17218
H

MEMOIRES

POUR SERVIR

A L'HISTOIRE

DES

HOMMES

ILLUSTRES

DANS LA REPUBLIQUE DES LETTRES.

AVEC

UN CATALOGUE RAISONNE'

de leurs Ouvrages.

Par feu le R. P. NICERON, *Barnabite.*

TOME XLII.

A LA SCIENCE

A PARIS,

Chez BRIASSON, Libraire, rue S. Jacques,
à la Science.

M DCC XLI.

Avec Approbation & Privilége du Roi.

TABLE
ALPHABETIQUE

Des Auteurs contenus dans les quarante-deux Volumes de ces Mémoires.

Le chiffre marque le Volume.

Les noms qui sont en italique marquent les Auteurs dont il est dit peu de choses & dont il n'est parlé que dans la vie des autres & non en particulier.

Tome *XLII*,

a ij

TABLE ALPHABETIQUE

a iij

TABLE ALPHABETIQUE

a iiij

TABLE ALPHABETIQUE

TABLE ALPHABETIQUE

M.

TABLE ALPHABETIQUE

Fin de la Table Alphabetique des Auteurs.

Table particuliere du quarante-deuxiéme Volume.

TABLE ALPHAB. DES AUTEURS.

FIN.

Les Volumes suivans seront donnez au tems ordinaire, c'est-à-dire de six en six mois, l'Auteur ayant laissé à sa mort de la matiere pour plusieurs Volumes. Ceux qui auront des additions, des corrections ou quelques vies à faire inserer dans la suite, s'adresseront au Libraire.

MEMOIRES

MEMOIRES

POUR SERVIR

A L'HISTOIRE

DES

HOMMES

ILLUSTRES

DANS LA REPUBLIQUE
des Lettres.

Avec un Catalogue raisonné
de leurs Ouvrages.

FRANÇOIS ROBORTEL.

FRANÇOIS ROBORTEL, na-quit à *Udine* dans le Frioul le 9. F. ROBOR-
TEL.
Septembre 1516. d'*André Robortel*,
qui sortoit d'une famille noble, originaire de *Ceneda*.

Il commença ses études dans sa
Patrie, & alla ensuite s'y perfection-

Tome XLII.   A

F.ROBOR-
TEL.

ner à *Padoue*. Les progrès qu'il y fit
le mirent bientôt en état d'enseigner
lui-même les autres.

Il fut de bonne heure appellé à
Lucques, pour y enseigner l'Eloquence ; mais un meurtre qu'il y commit,
l'ayant obligé d'en sortir, il en fut
banni par un Décret public.

Il se retira alors à *Pise*, où l'on le
choisit aussi-tôt pour enseigner l'Eloquence & la Philosophie Morale, & il
le fit avec beaucoup d'applaudissement & de réputation.

Sa fierté, & sa vanité, le rendirent
cependant odieux à plusieurs ; comme il prétendoit s'élever au-dessus
de tous les Sçavans de son siécle, il
les déchiroit sans cesse, & faisoit
tous ses efforts pour obscurcir la gloire qu'ils s'étoient acquise par leur
science & par leur mérite.

Après avoir professé quelque temps
à *Pise*, il quitta cette ville, pour aller faire la même chose à *Venise*. Ce
fut-là que *Baptiste Egnazio*, dont il
parloit toujours mal, & qu'il ne ces-
soit de railler, même en sa présence,
tira un jour, malgré son grand âge,
son poignard contre lui, pour se ven-

ger des outrages qu'il en avoit reçus.

Lazare Bonamico étant mort en 1552. *Robortel* fut appellé à *Padoue*, pour lui fucceder dans la Charge de Profeffeur en Belles-Lettres, & on lui affigna trois cens florins de gages. Il remplit cette place pendant fix ans, c'eft à dire jufqu'en 1558. qu'il la quitta pour aller être Profeffeur d'E-loquence à Boulogne, où lon lui donna des appointemens plus forts que ceux qu'il avoit à *Padoue*.

Une légere difgrace, que fa vanité lui rendit infupportable, le dégoûta de ce nouvel emploi. Ayant été prié par les Efpagnols de faire l'Oraifon funebre de l'Empereur *Charle-Quint*, à peine eut-il commencé fon difcours, que la mémoire & la hardieffe vin-rent à lui manquer tout d'un coup, & qu'il lui fut impoffible d'aller plus loin.

Ayant donc été rappellé à *Padoue*, en 1561. pour y profeffer de nou-veau les Belles-Lettres, & la Philofo-phie Morale, avec quatre cens flo-rins de gages, il retourna avec plai-fir dans cette ville, où il enfeigna jufqu'à la fin de fa vie.

F. ROBOR-TEL.

F. ROBOR-
TEL.

Il eut de grandes difputes avec *Charles Sigonius*, qui étoit plus fça-
vant & plus habile que lui, mais qui lui étoit inférieur par rapport aux talens extérieurs & à la déclamation, & il écrivit contre lui avec beaucoup d'aigreur.

Il mourut à *Padoue* le 18. Mars 1567. âgé de 50. ans, & fut enterré dans l'Eglife de *S. Antoine*, où les Allemands, qui l'aimoient & l'efti-
moient particulierement, lui firent élever un Maufolée avec fa Statue & cette Epitaphe.

> *Francifco Robortello, Utinenfi, Rhetoricæ Artis Moralifque Philofophiæ Profeffori Clariffimo, qui in florentiffi-
> mis quibufque Italiæ Gymnafiis magna cum famæ celebritate triginta annos publice docuit, Natio Germana Præcep-
> tori bene merito unanimis pofuit.*
>
> *Vixit annos 50. menfes 6. dies 9.*
>
> *Obiit 15. Cal. Aprilis 1567.*
>
> *Confiliario Carolo Forlich à Forlichf-
> purg, Procuratoribus Georgio Rot-
> mairo, & Ugone Jacobi Roterodamo.*

Catalogue de fes Ouvrages.

1. *Variorum locorum Annotationes, tam in Græcis quàm in Latinis Auto-*

ribus. Venitiis 1543. *in-*8°. It. *Parif.* F. ROBOR-
1544. *in-*8°. It. Dans le Recueil fui- TEL.
vant.

2. *Franc. Robortelli de Facultate
Hiftorica difputatio ; Laconici , feu Sudationis explicatio ; de Nominibus Romanorum ; de Rhetorica facultate ; explicatio in Catulli Epithalamium. His
accefferunt ejufdem Annotationum in
varia tam Græcorum quàm Latinorum
loca libri duo, Ode Græca quæ* Βιοχρη-
μωδ΄ία *infcribitur ; explanationes in
primum Æneidos Virgilii librum eodem
Robortello prælegente collecta à Joan.
Bapt. Bufgrado, Lucenfi. Florentiæ* 1548.
*in-*8°. pp. 354. Il faut parler en détail de toutes les piéces de ce Recueil,
qui eft rare.

Le premier Ouvrage *de Facultate
Hiftorica* eft daté de *Pife* le 29°. Mars
1548. Il a été réimprimé avec l'Ouvrage de *Staniflas Jovius* fur le même fujet , & quelques autres piéces
de differens Auteurs. *Bafileæ* 1557.
*in-*8° It. Avec *Joannis Bodini Metho-
dus ad facilem Hiftoriarum cognitio-
nem. Parif.* 1566. *in - *4°. *&* 1576.
*in-*8°. It. Dans le premier Tome du
Penus Artis Hiftorica. Bafileæ 1579.

A iij

F. ROBOR-
TEL.

*in-*8°. It. Dans le premier Tome du *Thesaurus Criticus* de *Gruter* p. 1386. C'est peu de chose que cet Ouvrage.

Le deuxiéme intitulé : *Laconici , seu sudationis , quæ adhuc visitur in ruinis Balnearum Pisanæurbis , ad Franciscum Lotinum Volaterranum , explicatio ,* est datée de *Pise* le 13. Janvier 1548. *Grævius* l'a inseré dans le deuxiéme Tome des Antiquités Romaines. Col. 381. Il se trouve aussi dans le premier Tome du *Thesaurus Criticus de Gruter.* p. 1397.

Le troisiéme *De Romanorum nominibus ,* daté aussi de *Pise* le 29. Mars 1548. a été de même inseré par *Gruter* dans le premier Tome de son *Thesaurus Criticus* p. 1403.

Le quatriéme *De Rhetorica Facultate ,* est un Discours qu'il prononça à *Pise* le 31. Octobre 1547. en commençant à expliquer les Livres de *Ciceron de Inventione. Gruter* l'a fait entrer dans le premier Tome de son *Thesaurus Criticus* p. 1412. sous le titre de *Præfatio ad libros Ciceronis de inventione.*

Le cinquiéme qui a pour titre : *Explicationes in Catulli Epithalamium,*

eft daté de *Pife* le 28. Avril 1648. F.ROBOR-
On le trouve à la p. 1428. du premier TEL.
Tome du *Thefaurus Criticus* de *Gru-*
ter. Ces explications ont auffi été in-
ferées dans une édition de *Catule*
donnée par les foins de *Federic Mo-*
rel cum notis variorum. Parif. 1604.
in-fol.

La fixiéme intitulée : *In varia loca,*
quæ tam in Græcis fcriptoribus, quam in
Latinis paffim leguntur , Annotationum
libri duo , quorum pofterior nunc pri-
mum ab ipfo Autore priori additus eft
Le premier Livre , qui avoit d'a-
bord paru féparément, eft daté de
Lucques le 11. Janvier 1542. *Gruter*
les a fait entrer tous les deux dans le
deuxiéme volume de fon *Thefaurus*
Criticus.

L'Ode Grecque eft datée de *Pife* le
premier Juin 1548. On la trouve
dans le premier Tome du *Thefaurus*
Criticus de *Gruter* p. 1430.

Le huitiéme *Explicationes in 1. Æ-*
neidos Virgilii librum collectæ à Joanne
Baptifta Bufgrado , Lucenfi , ex doc-
tiffimis interpretationibus Franc. Robor-
telli , præceptoris fui, a été auffi mis
dans le premier Tome du *Thefaurus*

F. ROBOR-   *Criticus* de *Gruter* p. 1435.

TEL.

3. *In librum Aristotelis de Arte Poëtica explicationes. Paraphrasis in librum Horatii de Arte Poëtica. Explicationes de Satyra, Epigrammate, Comoedia, Salibus, Elegia. Florentiæ* 1548. *in fol.* It. *Basileæ* 1555. *in-fol.*

4. *Æschyli Tragoediæ, Græce, ex Manuscriptis expurgatæ, ac suis metris restitutæ. Venetiis* 1552. *in-8°.*

5. *Scholia vetusta in Æschyli Tragoedias, codicibus Mss. collecta. Ibid.* 1552. *in-8o. Robortel* est le premier qui ait publié ces Scholies Grecques.

6. *Æliani de Militaribus Ordinibus instituendis liber, Græcè & Latinè, Francisco Robortello, & Theodoro Gaza Interpretibus. Venetiis* 1552. *in-4°.* Avec figures. On voit ici les deux traductions Latines de *Robortel* & de *Gaza.* It. dans le Recueil des œuvres d'*Elien,* donné par *Gesner. Tiguri* 1556. *in-fol.*

7. *Francisci Philelphi de Morali disciplina libri V. Averrois Paraphrasis in libros Platonis de Republica Latine, interprete Jacobo Martino, & Francisci Robortelli disputatio in libros Politicos Aristotelis. Edente eodem Robor-*

tello. Venetiis 1552. *in*-4°. F. Robor

8. *Dionyſii Longini liber de ſublimi* Tel.
genere Orationis, Græce primum editus,
cum Robortelli annotationibus margina-
libus. Baſileæ 1554. *in*-4°.

9. *Notæ in Epiſtolas familiares Ci-*
ceronis. Ces notes, qui ſe trouvent
dans les éditions de ces Epîtres, faites à *Veniſe* en 1554. 1565. 1586.
in-fol. & à *Paris* 1557. *in-fol.* Sont
en fort petit nombre. On les a tirées
de ſes deux Livres d'Annotations,
dont j'ai parlé ci-deſſus.

10. *De vita & victu Populi Romani ſub*
Imperatoribus Cæſ. Aug. Tomus I. qui
continet libros XV. Ejuſdem Diſputa-
tiones novem. De Provinciarum admi-
niſtratione & diſtributione apud Roma-
nos. De Judiciis Romanorum. De legio-
nibus Romanorum. De Magiſtratibus
Imperatorum Romanorum. De familiis
Romanorum. De cognominibus Impera-
torum Romanorum & appellationibus.
De commodis & præmiis ac donis milita-
ribus. De pœnis & ignominiis militum
Romanorum. De gradibus honorum.
Bononiæ. 1559. *in-fol.* L'Auteur promet dans la ſuite du titre un Commentaire ſur ce premier Tome *de vita*

F.ROBOR-
TEL.

& victu Populi Romani , & trois autres Tomes de cet Ouvrage , avec leurs Commentaires ; mais toutce la n'a pas paru. *Gaudentio Roberti* a inferé ces neuf Diſſertations dans le premier Tome de ſes *Miſcellanea Italica erudita. Parma* 1690. *in* 4°. *Grævius* les a fait auſſi entrer à l'exception de la 5e. *De familiis Romanorum ,* dans les Tomes III. VII. X. de ſon *Theſaurus Antiquitatum Romanarum.*

11. *De Menſium appellatione ex nominibus Imperatorum.* Cette Diſſertation ſe trouve dans le 8e. volume des Antiquités Romaines de *Grævius.* col. 305. It. dans le premier volume des *Miſcellanea Italica erudita* de *Gaudentio Roberti.*

12. *De convenientia ſupputationis Liviana Annorum cum Marmoribus Romanis, quæ in capitolio ſunt. Ejuſdem de Arte ſive ratione corrigendi veteres Auctores diſputatio. Ejuſdem emendationum libri duo. Patavii* 1557. *in-fol.* feuille 59. Le petit ouvrage *de convenientia* , &c. a été inferé dans les éditions de *Tite-Live* données à *Francfort* en 1578. 1588. 1628. *in-fol.* & dans le 2e. Tome du

Theſaurus Criticus de *Gruter.* celui de *Arte corrigendi veteres Auctores* l'a été auſſi dans le même volume du *Theſaurus Criticus* ; & a été mis à la ſuite du Traité de *Gaſpar Scioppius*, *de Arte Critica Noribergæ* 1597. *in-8o.* & *Amſtelodami* 1661. *in-8o.*

F.ROBOR-TEL.

13. *Oratio in funebre Imperatoris Caroli V. in ampliſſimo Hiſpanorum Collegio Bononiæ habita. Bononiæ* 1559. *in-4o.* pp. 82. It. dans le premier Tome du Recueil des Oraiſons funebres, imprimé à *Francfort* 1566. *in-8o.* It. traduite en Italien, dans le Recueil de *Sanſovino.*

14. *Franc. Robortelli Ephemerides Patavinæ menſis Quintilis* 1562. *adverſus Caroli Sigonii triduanas diſputationes à Conſtantio Chariſio, Forojulienſi, deſcripta & explicata fuſius. Gabrielis Faerni Epiſtola, quâ continetur cenſura emendationum ſigonii livianarum. Patavii* 1562. *in-4o.* feuil. 53. Robortel y attaque *Sigonius* avec le dernier emportement.

15. *De artificio dicendi liber. Item Tabulæ Oratoriæ in Ciceronis Orationes poſt reditum, pro Milone, & pro Cn. Plancio. Bononiæ* 1567. *in-4o.*

F. Robor-
tel.

V. Ghilmi, Teatro d'Huomini let-
terati part. 2ᵃ. p. 92. Imperialis Mu-
sæum Historicum p. 60. Udine illus-
trata da Giov. Guiseppe Capodagli p.
254. Tomasini Gymnasium Patavinum.
Les Eloges de M. de Thou, & les ad-
ditions de Teissier. Nicolai Comneni
Papadoli Gymnasium Patavinum tom.
I. p. 318.

CLAUDE BERROYER.

C. Ber-
royer.

CLAUDE BERROYER, na-
quit à *Moulins*, Capitale du
Bourbonnois, où son pere étoit Gref-
fier au Baillage & Siége Présidial.

Il vint de bonne heure à *Paris*, &
y fut reçu au ferment d'Avocat le
22. Fevrier 1677. Il plaida pendant
quelque temps, & même avec succès; mais il se livra bientôt tout entier aux occupations du cabinet. Sa
grande application à l'étude, & l'expérience que l'usage des affaires lui
acquit, lui gagnerent en peu de
temps la confiance du public & l'estime des Magistrats, & il fut très-
employé à la consultation.

Il fut élû Batonnier des Avocats le 9. Mai 1728. & mourut à *Paris* le 7. Mars 1735.

Il avoit épousé N. *Maillet*, dont il eut quatre enfans, deux fils, & deux filles.

Catalogue de ſes Ouvrages.

1. *Recueil d'Arrêts du Parlement de Paris*, pris des *Mémoires de feu M. Pierre Bardet*, ancien *Avocat en la Cour*, avec les notes & les Diſſertations de *M. Claude Berroyer. Paris* 1690. *in-fol.* deux vol.

2. *Bibliotheque des Coutumes*, contenant la *Préface d'un nouveau Coutumier Général*, une liſte hiſtorique des *Coutumiers Généraux*, une liſte alphabetique des Textes & Commentaires des Coutumes*, *Uſances*, *Statuts*, *Fors*, *Chartes*, *Styles*, *Loix de Police*, & autres *Municipales du Royaume. Le texte des anciennes Coutumes du Bourbonnois*, avec le *Procès verbal donné ſur le Manuſcrit. Le texte des nouvelles Coutumes de Bourbonnois*, corrigé ſur l'original, avec des apoſtilles de *Maître Charles du Moulin* & ſon *Commentaire poſthume*, augmenté par lui-même de plus des trois quarts. Qua-

C. BER-
ROYER.

tre *Consultations du même Auteur*, qui ont été omises dans le *Recueil de ses œuvres par MM. Claude Berroyer & Eusebe de Lauriere. Paris* 1699. *in-*4°. Ils ont travaillé tous les deux à ce Recueil, mais *Berroyer* a fait seul la Préface, qui contient des conjectures sur l'origine du Droit François.

3. *Traités de M. du Plessis, ancien Avocat au Parlement, sur la Coutume de Paris, donnés au public sur le Manuscrit de l'Auteur, plus correct & plus ample que toutes les copies qui ont paru jusqu'à présent : avec des notes pour servir de preuves, & des dissertations de MM. Berroyer & de Lauriere. Paris* 1699. *in-fol.* It. *Ibid.* 1707. *in-fol.* It. *Ibid.* 1709. *in-fol.* On peut voir ce que j'ai dit sur cet Ouvrage dans l'article de *Lauriere* Tome 37e. de ces Mémoires p. 299.

V. Son Eloge dans le Mercure de Juin. 1737. *partie deuxiéme. p.* 1270.

BARTHELEMI LATOMUS.

B. LATO-
MUS.

BARTHELEMI LATOMUS, naquit à *Arlon*, ville des Pays-Bas dans le Duché de *Luxembourg* l'an 1485.

Il s'appliqua aux Belles-Lettres avec B. LATO-
tant de fuccès, qu'il fe vit en état MUS.
d'inftruire lui-même les autres. Il enfeigna d'abord la langue Latine à
Tréves, il fut enfuite Profeffeur en
Eloquence à *Cologne*, & depuis Principal du College Philofophique de
Fribourg, Enfin étant venu à *Paris*
vers l'an 1534. il y fut fait Profeffeur Royal en langue, & en Eloquence Latine.

Il fit en 1539. un voyage en Italie par ordre du Roi *François* I. & de
retour à *Paris* l'année fuivante, il y
prononça au mois d'Octobre un difcours dans lequel il décrivit ce
voyage.

Il rempliffoit encore la Chaire
Royale en 1541. mais fe voyant a-
vancé en âge, & ayant befoin de repos, il fe retira peu de temps après
à *Coblentz* auprès de l'Archevêque &
Electeur de *Tréves*, qui le fit fon
Confeiller.

Il mourut dans ce lieu vers l'an
1566. âgé de plus de 80. ans.

Catalogue de fes Ouvrages.

I. *Annotationes in Ciceronis Paradoxa. Colonia* 1534. *in-4°.* It. *Bafilea*
1547. *in 8°.*

B. LATO-
MUS.

2. *Annotationes in libros Ciceronis de Officiis, de Amicitia, Senectute, & in somnium Scipionis. Coloniæ* 1534. *in-*4°.

3. *Ciceronis Oratio pro Dejotaro cum argumentis & annotationibus margina-libus Bart. Latomi. Parif.* 1536. *in-*4°.

4. *Ciceronis Oratio pro Marcello, cum artificio & paraphrasi Phil. Me-lanchthonis, & annotationibus Bart. Latomi. Parif.* 1636. *in-*4°.

5. *Cicero pro lege Manilia, cum argumentis & annotationibus Bart. La-tomi. Parif.* 1536. *in-*4°.

6. *Cicero pro Archia Poëta cum annotationibus B. Latomi, addito arti-ficio & integra paraphrasi Ph. Me-lanchthonis. Parif.* 1536. *in* 4°.

7. *Ciceronis Oratio pro sexto Roscio Amerino, annotationibus B. Latomi illustrata. Parif.* 1537. *in-*4°.

8. *Ciceronis Oratio pro M. Cœlio cum argumentis & annotationibus mar-ginalibus B. Latomi. Parif.* 1538. *in-quarto.*

9. *Annotationes in Ciceronis Ora-tionem pro Cecinna. Argentorati* 1539. *in-*4°.

19.

10. *Partiones ad Actiones Ciceronis in Verrem. Pariſ.* 1539. *in-4°.*

11. Ces notes ſur les Oraiſons de *Ciceron*, & d'autres ſur les Oraiſons du même *pro Quintio*, *pro L. Murana, ad Quirites poſt reditum, pro Cn. Plancio, pro Milone, pro ligario, in Vatinium,* & ſur les Philippiques, ſe trouvent dans les éditions de toutes les Oraiſons de *Ciceron* données à *Baſle* par *Oporin in-fol.* & dans quelques autres.

12. *Enarrationes in Topica Ciceronis ad Trebatium. Argentorati* 1539. *in-8°.*

13. *Enarrationes in Partitiones Oratorias Ciceronis. Pariſ.* 1539. *in-4°.* Ce fut *Pierre Galland*, qui publia cet Ouvrage, en l'abſence de *Latomus*, qui étoit allé en Italie.

14. *Epitome Commentariorum Dialecticæ inventionis Rodolphi Agricolæ. Pariſ.* 1533. *in-8°.* It. *Coloniæ* 1534. *in-8o. Baſilea* 1536. *in-8°*

15. *Scholia in Dialecticam Georgii Trapezuntii.* Dans l'édition de cette Dialectique faite à *Cologne* en 1544. *in-4°.* & dans celle de *Lyon* 1545. *in-4°.*

Tome XLII. B

B. LATO-
MUS.

16. *Notæ in Comœdias Terentii.* Dans une édition de ces Comédies faite à Paris en 1552. *in-fol.*

17. *Summa totius rationis differendi.* *Coloniæ* 1527. *&* 1542.

18. *Oratio Lutetiæ in Auditorio dicta mense Octobri anno* 1540. *qua peregrinationem suam per Italiam describit.* *Parif. Franc. Gryphius* 1540. *in-4o.*

19. *Oratio funebris in obitum Richardi, Archiepiscopi Trevirensis. Coloniæ* 1531. *in-4°.* It. Dans le troisiéme Tome du Recueil des Oraisons funebres données par *Simon Schardius.* *Francofurti* 1567. *in-8°.*

20. *Imperator Cæsar Maximilianus defunctus, Carmen. Augustæ Vindel.* 1519. *in-4°.* It. Dans le premier Tome des Oraisons funebres recueillies par *Schardius.*

21. *Actio memorabilis Francisci à Sickingen cùm in Trevirorum obsidione, tùm in exitu ejusdem.* (en vers) *Coloniæ* 1523. *in-4o.* It. Dans le deuxiéme Tome des Ecrivains d'Allemagne de *Schardius. Basileæ* 1574. *in-fol.*

22. *Gratulatio in Coronationem Regis Romanorum, ad Carolum V. Cæsarem, & Ferdinandum Regem, fra-*

tres. Cette piece eft en vers ; mais B. LATO-
j'ignore quand elle a paru.   MUS.

23. *Elegia de Auftriæ Nomine ad
Carolum V. Imp. Argentorati* 1527.

24. *Oratio de Eloquentiæ ac Ciceronis laudibus.* J'en ignore la date.

25. *Refponfio Barth. Latomi ad Epi-
ftolam quandam Martini Buceri de dif-
penfatione Euchariftiæ & invocatione
divorum, item de cœlibatu Sacerdotum ;
in qua interim Ecclefiæ & Sanctorum
Patrum auctoritas acerrime defenditur.*
Parif. Chrift. Wechel 1544. *in*-4°. pp.
30. datée de *Coblentz* le 12. Juillet
1543.

26. *Adverfus Martinum Bucerum
de Controverfiis quibufdam ad Religio-
nem pertinentibus altera plenaque de-
fenfio. Coloniæ* 1545. *in*-4°. Cette feconde lettre datée de *Coblentz* le 5.
Decembre 1544. roule fur les mêmes fujets que la précedente, mais
eft beaucoup plus étendue.

27. *De docta fimplicitate primæ Ecclefiæ & de ufu Calicis in Synaxi, &
de Euchariftiæ Sacrificio adverfus petu-
lantem infultationem Jacobi Andreæ,
Paftoris Goppingenfis, Refponfio. Colonia* 1559. *in*-4°. *Latomus* répond ici

B. Lato- à un Ouvrage, dans lequel *André*
mus. avoit entrepris de défendre les Prolé-
gomenes de *Jean Brentius* contre
l'Apologie de *Matthieu Bredenbach*.

28. *Reponsio Bartholomæi Latomi ad impudentissima convicia & calomnias Petri Daihæni, scripta Franckfordiæ in Conventu Cæsaris & Principum Electorum Imperii mense Martio anno* 1558. A la suite de l'Ouvrage précedent.

29. *Epistola de dissidio periculoque Germaniæ. Argentinæ* 1567. *in - 8°.* Avec une autre de *Jean Sturmius* sur le même sujet.

30. *Ad Christianissimum Galliarum Regem Franciscum, Bart. Latomi, Professoris ejus in bonis litteris Lutetiæ, Bombarda. Ejusdem ad Cardinalem Bellaium, Episcopum Parisiensem Elegiacon. Parif. Franc. Gryphius* 1536. *in-4°.* feuil. 19. Tout cela est en vers.

31. On trouve quelques-unes de fes Poësies dans les *Deliciæ Poëtarum Belgarum.*

V. Fr. *Swertius Athenæ Belgicæ Valerii Andreæ Bibliotheca Belgica. Gesneri Bibliotheca Universalis.*

NICOLAS VIGNIER.

NICOLAS VIGNIER, naquit N. VI-
en 1530. à *Bar-fur-Seine* de *Gui* GNIER.
Vignier, Avocat du Roi, & d'*Ed-
monde de Hors*, tous deux de familles nobles & anciennes.

Il fit une partie de fes études à
Paris, & s'y appliqua à la Jurifprudence, conformément à la volonté
de fon pere, & à la Médecine, fuivant fon goût particulier. Ayant embraffé de bonne heure les erreurs du
Calvinifme, il fe vit obligé de fe retirer en *Allemagne*, pour éviter les
difgraces qu'elles pouvoient lui attirer.

Là fe trouvant fans biens, il fe
mit à pratiquer la Médecine qui lui
paroiffoit plus lucrative & plus aifée
pour lui, que la Jurifprudence, dans
laquelle il étoit plus verfé, mais dont
la connoiffance lui devenoit inutile,
faute de poffeder la langue du pays.
Il la pratiqua toujours depuis avec
réputation & avec fuccès, & fut même appellé, en qualité de Médecin, à

la Cour de quelques Princes d'Allemagne.

Cette Profeſſion, qu'il avoit embraſſée, ne l'occupa pas cependant tout entier, il ſe donna à la compoſition de quelques Ouvrages. Ayant entrepris ſa Bibliotheque Hiſtoriale, il fut obligé de lire les Saints Peres & l'Hiſtoire de l'Egliſe, & cette lecture lui fit ouvrir les yeux ſur la vérité de la Religion Catholique qu'il avoit abandonnée. Réſolu alors de rentrer dans le ſein de l'Egliſe, il repaſſa en France, pour le faire en toute liberté, mais ſa femme attachée à l'erreur refuſa de l'y ſuivre, & demeura en Allemagne.

Le Roi *Henri III.* qui voulut le voir à ſon retour, l'honora de la qualité de ſon Médecin, & de celle d'Hiſtoriographe de France, & lui fit expédier au Camp devant Pontoiſe un brevet de Conſeiller d'Etat le 29. Juin 1589.

Il mourut à *Paris* le 13. Mars 1596. après avoir reçu tous ſes Sacremens, & fut enterré à S. *Etienne* du Mont, ſa Pàroiſſe, il étoit alors âgé de 66. ans.

Quelques-uns prétendent qu'il fut toujours Calvinifte, dû moins dans le cœur, parce qu'il fe trouve dans fon Hiftoire Ecclefiaftique plufieurs chofes contre les Papes, & même contre l'Eglife Catholique : mais ces chofes peuvent y avoir été inferés par fes fils, qui publierent cet Ouvrage après fa mort, comme *Jerôme Vignier*, fon petit-fils, l'a affûré plufieurs fois.

Il laiffa deux fils, *Nicolas Vignier*, dont je parlerai plus bas, & *Jean Vignier*, qui mourut fans enfans.

Catalogue de fes Ouvrages.

1. *Rerum Burgundionum Chronicon, in quo etiam rerum Gallicarum tempora accurate demonftrantur. Ex Bibliotheca Hiftorica Nicolai Vignerii.* Bafilea 1575. *in-4°.* Cette Chronique s'étend depuis l'an 408. jufqu'en 1482.

2. *Sommaire de l'Hiftoire des François, recueillie des plus certains Auteurs de l'ancienneté, & dirigée felon le vrai ordre des temps en quatre livres extraits de la Bibliotheque Hiftoriale de Nicolas Vignier. Plus un Traité de l'Origine, état, & demeure des anciens François.* Paris 1579. *in-fol.* Le Trai-

té qu'on voit à la fin de ce volume a
été imprimé à part avec des augmentations, à *Troyes* l'an 1582. in-4°.
Vignier l'a depuis traduit en Latin
sur cette derniere édition, & *Du
Chesne* a inseré cette traduction dans
le premier volume de sa Collection
des Historiens de France, p. 134.
Cet Ouvrage est curieux. L'Auteur
y traite son sujet avec beaucoup d'e-
xactitude, & il cite tous les bons
Auteurs qui ont parlé des François,
& dont il a tiré beaucoup d'éclair-
cissement pour l'Histoire.

3. *De la noblesse, ancienneté, remarques & mérites d'honneur de la
troisième Maison de France. Paris A-
bel Langelier* 1587. in-8°. pp. 206.
sans nom d'Auteur.

4. *Les Fastes des anciens Hebreux,
Grecs & Romains, & un Traité de
l'an & des mois. Paris* 1588. in-4°.

5. *La Bibliotheque Historiale, contenant la disposition & concordance des
temps, des Histoires & des Historio-
graphes ; ensemble l'état des principales & plus renommées Monarchies,
selon leur ordre & succession. Paris,
Abel Langelier,* 1588. in-fol. 3. vol.
Cet

Cet Ouvrage, dit l'Abbé *Lenglet*, N. VI-
est assez estimé, & il n'est guéres GNIER.
de bonne Bibliotheque, où il ne
puisse tenir une place honorable,
quoiqu'il ne soit pas exempt de
fautes, & qu'il soit commun & peu
recherché. J'ajoute qu'il y a travaillé
pendant 25 ans.

6. *La Bibliothéque Historiale, Tome 4. non encore imprimé. Avec les
Additions & corrections aux trois précedens volumes. Le tout tiré des Manuscrits de l'Auteur. Avec la vie &
l'éloge du même Auteur. Paris* 1650.
in-fol. La vie a été composée par
Guillaume Colletet.

7. *Recueil de l'Histoire de l'Eglise
depuis le Batême de Notre - Seigneur
Jesus-Christ, jusques à ce temps. Leyde*
1601. *in-fol.* Cet abregé de l'Histoire Ecclesiastique, qui va jusqu'à l'an
1519. a été publié par ses fils, qui
y ont fourré tout ce qu'ils ont voulu. C'est peu de chose.

8. *Raisons & causes de préseance
entre la France & l'Espagne, pro-
posées par un nommé Augustin Cra-
nato, Romain, pour l'Espagne, & tra-*

Tome XLII.　　　C

duites d'Italien en François. Ensemble les *Réponses* & *Défenses* pour la France à chacune d'icelles. Paris 1608. *in-8°.* feuil. 69. Cet Ouvrage a été publié par *Jean Vignier*, fils de l'Auteur.

9. *Histoire de la Maison de Luxembourg*, où sont plusieurs occurrences & affaires, tant d'Afrique & Asie que d'Europe. Paris 1617. *in-8°. Vignier*, qui avoit entrepris cette Histoire étant mort avant que de l'avoir achevée, *du Chesne* l'a continuée depuis l'an 1557. où il en étoit resté jusqu'en 1616. & l'a publiée avec d'autres piéces. It. illustrée de notes, avec une continuation jusqu'à présent & les *Tables Généalogiques des Princes de cette Illustre Maison*. Paris 1619. *in-4°.* Cette édition a été donnée par *Nicolas George Pavillon*, Avocat au Parlement.

10. *Traité de l'ancien Etat de la petite Bretagne, & du Droit de la Couronne de France sur icelle*, contre les faussetés & calomnies des deux Histoires de Bretagne composées par le sieur d'Argentré. Paris 1619. *in-*

4°. Cet Ouvrage a été publié par
Nicolas Vignier, fils de l'Auteur,
qui a mis à la tête une longue Pré
face.

*V. ſon Eloge par Guillaume Col-
letet. Les Eloges de M. de Thou &
les additions de Teiſſier. Les Eloges
de ſainte Marthe liv. 4.*

NICOLAS VIGNIER.

NICOLAS VIGNIER le fils, N. VI-
naquit en Allemagne de *Ni-* GNIER.
colas Vignier, dont je viens de parler, mais on ne ſçait en quel endroit
préciſément. Il fut élevé dans la Religion Proteſtante que ſon pere pro-
feſſoit alors, & il ſe rendit dans la
ſuite célébre dans ſon parti.

Il étoit Miniſtre à Blois dès le
commencement du dix-ſeptiéme
ſiécle. Ce fut en cette qualité qu'il
aſſiſta au Synode National des Egliſes Proteſtantes Réformées de France aſſemblé à *Gap* au mois d'Octobre 1603. & à celui qui ſe tint à
Alais, pendant les mois d'Octobre,
de Novembre & de Decembre 1620.

& qu'il fut Secretaire de tous les deux.

Il composa son *Théatre de l'An-*
techrist, par l'ordre du Synode assemblé à *la Rochelle* au mois de Mars
& d'Avril 1607. Cet Ouvrage plein
de calomnies grossieres contre l'E-
glise Romaine fut présenté au Synode de *saint Maixent*, qui se tint
dans le mois de Mai & de Juin
1609. & examiné ensuite par l'A-
cadémie de *Saumur*, qui lui donna
son approbation. Il fit du bruit, &
les Protestans moderés le trouverent
trop vif.

Il avoit épousé *Olympe Belon*, fille de *H. Belon*. Auteur d'un Livre
intitulé : *Le Trésor de l'Ame Chré-*
tienne, qu'il dédia à *Roberte Mougne*
sa femme ; & il en eut quelques enfans, entre autre *Jerôme Vignier*,
dont j'ai parlé dans le second tome
de ces Mémoires p. 357.

Celui-ci ayant embrassé la Religion Catholique, & s'étant fait Prêtre de l'Oratoire, n'oublia rien pour
retirer son pere de l'erreur, & le
Seigneur accorda enfin sa conversion à son zéle & à ses prieres.

Nicolas Vignier rentra dans le fein
de l'Eglife Catholique après l'an
1631. mais on ne fçait combien il
furvêcut à fa converfion, & quand
il mourut.

Catalogue de fes Ouvrages.

1. *Recueil de l'Hiftoire de l'Eglife
depuis le Batême de notre Seigneur Jefus-Chrift jufques à ce temps.* Leyde
1601. *in-fol.* Il a publié cet Ouvrage de fon pere, & l'on prétend
qu'il y a inferé plufieurs traits contre l'Eglife Catholique.

2. Il a mis une longue Préface à
un Ouvrage de fon pere, qui a pour
titre : *Traité de l'ancien Etat de la
petite Bretagne, &c.* Paris 1619. *in-
4°.*

3. *Cantiques fur la naiffance &
Paffion de Notre Seigneur.* Leyde
1599. *in-8°.*

4. *Differtatio de Venetorum excom-
municatione contra Cardinalem Baro-
nium.* Salmurii 1606. *in-8°.* It. *Francofurti* 1607. *in-4°.* It. traduit en Anglois. Londres 1607. *in-4°.*

5. *Examen des erreurs avancées en
quelques propofitions & Ecrits par Fr.
Sylveftre, Gardien des Capucins de*

N. VI-
GNIER.

la ville de *Blois. Avec le Discours de*
ce qui s'est passé sur le défi fait par ice-
lui au Ministre. Saumur 1607. in-
4°. pp. 119.

6. *Traité de la vraie participation*
du Corps & du Sang de Notre Sei-
gneur Jesus-Christ. Avec une Home-
lie de la disposition que le Chrétien
doit avoir pour se présenter à la sain-
te Céne du Seigneur. Geneve 1607.
in-8°. pp. 144. Cet Ouvrage & le
précedent ont été réfutés par un autre intitulé : *Correction Chrétienne*
des erreurs & des impietés de Vignier,
Ministre à Blois ès Livres qu'il ap-
pelle Examen , &c. & de la vraie participation du Corps & du Sang de
Notre Seigneur. *Plus un sincere dis-*
cours touchant la disposition du Chré-
tien , pour communier fructueusement
contre les inepties de son Homelie sur
ce sujet. Par le R. P. Sylvestre de La-
val , Prédicateur Capucin. Orleans
1608. *in*-8°.

7. *Théatre de l'Antechrist : auquel*
est répondu au Cardinal Bellarmin ,
au sieur de Remond , à Pererius , Ri-
bera , Viegas , Sanderus , & autres ,
qui par leurs Ecrits condamnent la

doctrine des Eglises Réformées sur ce
sujet. 1610. in-fol. It. *Geneve* 1613.
in-8°. pp. 1182.

8. *Apologie Catholique de la doctri-*
ne des Eglises Réformées, contre un
Ecrit de Pierre Coton, Prêtre de la
Société, qu'ils appellent de Jesus,
revû par Jacques Dinet, Prêtre de la
même Société, & imprimé à Blois au
mois de Fevrier 1617. sous le titre
d'Abregé des Controverses, ou
sommaire des erreurs des Religion-
naires de notre temps. Saumur. 1617.
in-8°. pp. 220.

9. *Theses 62. de Satisfactione*
Christi. Lugd. Bat. 1622.

10. *L'Art de bien mourir. La Ro-*
chelle 1625. in-8°.

11. *Pratique de repentance, ou Ser-*
mons sur le Pseaume 51. avec une
paraphrase d'icelui. La Recherche du
cœur, ou cinq Sermons sur Jérémie
XVII. 10. *Le bon Centenier, ou cinq*
Sermons sur S. Matthieu VIII. 1.
2. &c. *La Rochelle* 1631. *in-8°.* It.
Rouen 1650. *in-8°.*

V. *Les Synodes des Eglises P. Réfor-*
mées recueillis par le sieur Aymon.

GUILLAUME WOLLASTON.

GUILLAUME WOL-
LASTON, naquit à *Caton-
Clanford* dans le Comté de *Stafford*
le 26. Mars 1659. d'une famille ancienne & distinguée dans ce Comté.

Son pere qui étoit de la seconde
branche de cette famille, & médio-
crement partagé des biens de la fortune, l'envoya à l'âge de dix ans
apprendre le Latin dans une Ecole
qu'on venoit de fonder dans le lieu
où il demeuroit, & deux ans après
dans le College de *Litchfield*, dont
les Magistrats ayant chassé le Maître à l'occasion d'une dispute, plusieurs de ses Ecoliers le suivirent,
& entr'autres le jeune *Wollaston*,
qui continua de profiter de ses leçons, jusqu'à ce que ce Maître fût
rappellé dans son premier poste.

Wollaston rentra avec lui dans le
Collége, & y demeura environ une
année, c'est-à-dire, qu'il fut son
disciple près de quatre ans. Voilà
tout le temps qu'il donna aux hu-

manités, dans lefquelles il fit beau- G. Wol-
coup de progrès. Laston.

Quoiqu'il eut une averfion naturelle pour le bruit & le defordre qui
régnent ordinairement dans les grandes Ecoles, quoiqu'il craignît que
les mauvaifes manieres qu'on y con-
tracte fouvent, ne fuffent pour lui
contagieufes, quoique d'ailleurs il
fut dès ce temps-là fujet à de violens maux de tête dont il a été affli-
gé toute fa vie; il ne laiffa pas néanmoins le 18. Juin 1674. de fe faire
immatriculer dans le Collége de *Syd-
ney* à *Cambridge*, où il eut à fur-
monter bien des difficultés.

Sans patron & fans amis dans
toute l'Univerfité, peu de livres &
de fecours, fon pere n'étant pas en
état de lui fournir au-delà du nécef-
faire, point de Précepteur particulier pour diriger fes études, une ti-
midité naturelle qui l'empêchoit de
s'adreffer aux perfonnes des lumieres
defquelles il auroit pû profiter; enfin une fanté alors chancelante, en
voilà plus qu'il n'en falloit femble-
t-il pour décourager le jeune homme le mieux intentionné, ou

G. Wol-
laston.

pour retarder considérablement ses progrès..

Mais malgré tous ces desavantages, son assiduité opiniâtre à l'étude lui remplaça ces secours, & il ne laissa pas que de se faire une grande réputation dans l'Université, peut-être même trop grande pour son avancement ; car c'est probablement à l'envie qu'elle lui attira qu'il faut attribuer le refus qu'on lui fit dans son Collége d'un bénéfice vacant, qu'il avoit droit de demander.

Il quitta l'Université à l'âge de vingt-deux ans & demi, après y avoir pris le degré de *Maître-ès-Arts.* Et ce fut environ ce même temps qu'il reçut les Ordres de Diacre.

Il demeura ensuite chez son pere près d'une année, au bout de laquelle ne voyant aucune apparence d'avancement pour lui dans l'Eglise, il accepta la place de *Sous-Maître* dans l'Ecole publique de *Birmingham*, où il fut reçu avec tous les égards dûs à son mérite, comme une personne qui pour ne pas demeurer sans occupation, & ne pas être à

charge à fa famille, s'abaiffoit à un
pofte fort au-deffous de lui.

Peu de temps après on le fit Miniftre d'une Chapelle à deux milles
de *Birmingham.* La fatigue que
lui caufa ce nouveau pofte, jointe
à celle d'enfeigner, altera fi fort fa
fanté qu'il y a de l'apparence qu'il
y auroit enfin fuccombé. Mais au
bout de quatre ans, le premier Maître ou principal de l'Ecole ayant été
obligé de fe retirer, on donna à
Wollafton la place *de fecond Maître*,
& non celle de premier qu'il méritoit, & qu'on lui refufa, fous le
feul mais honorable prétexte qu'il
étoit encore trop jeune pour la
remplir. Ce fut à cette occafion
qu'il reçut les Ordres de Prêtre.

La chartre de l'Ecole exigeoit que
les Maîtres au nombre de trois fuffent Miniftres, & leur défendoit en
même temps de poffeder aucun bénéfice. *Wollafton* fut donc obligé
de renoncer à fa Chapelle, & s'appliqua tout entier à enfeigner, ce
qui ne lui rapportoit cependant que
70 livres fterling par an ; il confer-
va ce pofte environ deux ans.

G. WOL-
LASTON. *Wollaston* avoit un cousin de même nom que lui & fort riche, auquel la mort ayant enlevé en 1686.
un fils unique, il songea dès-lors
connoissant le mérite de ce digne
parent, à le constituer son principal héritier, lequel pensoit en ce
temps-là si peu à cet héritage & le
recherchoit si peu, que tout le temps
qu'il demeura à *Birmingham*, c'est-
à-dire, environ six ans, *Wollaston*
ne fit qu'une seule visite à son cousin, encore fut-ce peu de mois avant
la mort de ce parent, qui ne lui fit
pas même connoître alors la bonne intention qu'il avoit pour lui,
ce ne fut que dans sa derniere maladie qui arriva au mois d'Août 1688.
que l'ayant envoyé chercher, il lui
communiqua son testament.

Par sa mort qui suivit de près,
Wollaston se vit en possession d'un
bien fort considérable, qui loin de
corrompre ses mœurs, comme cela
n'est que trop ordinaire, ne fit que
le mettre en état de perfectionner
ses connoissances, & de se rendre
plus utile au monde & à l'Eglise.
La même modération, la même pieté

qu'il avoit fait paroître dans ſa mau- G. WOL-
vaiſe fortune , l'accompagnerent LASTON.
dans ſa proſpérité & juſqu'au tombeau.

Au mois de Novembre de cette
même année 1686. il vint à Londres,
& l'année ſuivante dans le même
mois , il épouſa Mademoiſelle *Cathe-*
rine Charlton , fille d'un riche bour-
geois de cette même ville , & digne par toutes ſortes d'endroits d'u-
ne perſonne de ſon mérite. Il vécut
avec elle dans la plus parfaite union
juſqu'en 1720. que la mort la lui enleva. Il en eut onze enfans , dont
quatre moururent pendant ſa vie ,
& les autres lui ont ſurvêcu. L'aîné
en 1738. étoit membre du Parlement pour le Bourg *d'Ipſwik.*

Depuis ſon mariage *Wollaſton* demeura toujours à Londres , & s'y
fixa tellement , qu'il n'en ſortit pas
même une ſeule fois pendant les
trente dernieres années de ſa vie.

Il s'y donna tout entier à l'étude ,
à la Philologie, aux Mathématiques,
à la Philoſophie naturelle , à l'Hiſtoire ancienne & moderne. Mais
comme le grand but de ſes recher-

ches, étoit la connoissance & l'a-
vancement de la Religion, il fit son
capital de s'instruire à fond des cul-
tes idolatres du Paganisme, des opinions, des cérémonies, & de la litterature des Juifs; de l'Histoire de
l'établissement du Christianisme,
aussi bien que des doctrines & des
pratiques introduites depuis dans
l'Eglise.

L'amour de la vérité qui le domi-
noit, lui fit préférer la retraite & la
méditation, tant à une vie dissipée,
ou trop grand commerce du monde,
qu'à un sçavoir de pur emprunt, &
à une aveugle adherence aux sentimens d'autrui.

Ce n'est pas qu'il fût misantro-
pe; il étoit au contraire extrêmement affable, & se faisoit toujours
un plaisir de faire part de ses lumieres aux personnes qui s'adressoient
à lui. Il se récréoit dans la compagnie de quelques amis choisis; sa
conversation vive & enjouée, son
naturel franc & ouvert, joint à son
profond sçavoir, le faisoient rechercher des personnes du premier mérite; mais il n'aimoit pas le grand

monde , & se soucioit encore moins G. Wol-
des applaudissemens & des honneurs laston.
du siécle. Son indifference à cet égard
alloit si loin , qu'il refusa long-tems
avant sa mort , une des premieres
dignités de l'Eglise qu'on lui offrit
& qu'on le pressoit d'accepter.

Quoiqu'il lût beaucoup , il méditoit encore davantage , & comme il pensoit librement, aussi disoit-
il librement sa pensée. Il regardoit
avec horreur toute espece de dissimu-
lation ; l'art de flatter lui étoit inconnu , & bien qu'il n'ignorât pas
que sa franchise ne pouvoit manquer
de lui faire des ennemis , il ne s'en
départoit jamais pour quelque considération que ce fût. La douceur
& la compassion se faisoient remarquer dans toute sa conduite & lui
étoient naturelles ; par l'une il souffroit tout , il s'accommodoit , il se
prêtoit à tout : par l'autre , il sentoit vivement les miseres du prochain , & s'empressoit à y porter du
remede.

Il ne connoissoit pas la colere ni
le ressentiment , si quelquefois il lui
échapoit de parler avec un peu trop

G. WOL-
LASTON.

de vivacité, cela paſſoit en un moment, & il étoit plus fâché contre lui-même, que contre les perſonnes qui lui avoient donné ſujet de ſe fâcher. En un mot l'on peut dire que jamais homme ne ſçut mieux moderer ſes paſſions, & ne fut plus Philoſophe dans la pratique auſſi bien que dans la ſpéculation.

Quoique *Wollaſton* conſerva juſqu'à la fin la force & toute la pénétration de ſon eſprit ; cependant comme ſon corps s'affoibliſſoit, & qu'il vit bien deux ou trois ans avant ſa mort qu'il lui ſeroit impoſſible de mettre la derniere main aux Ouvrages qu'il avoit entrepris, il en brûla là plus grande partie, & ſi les autres n'eurent pas le même ſort, il paroît par l'endroit où on les trouva & par d'autres circonſtances, que c'eſt à un pur oubli qu'il faut l'attribuer.

Il y en avoit treize dont voici les titres. 1. *Grammatica Hebraica.* 2. *Tyrocinia Arabica & Syriaca.* 3. *Specimen vocabularii Biblico-Hebraïti, litteris noſtratibus, quantum fert linguarum diſſonantia, deſcripti.* 4. *Formula*

mula quædam Gemarinæ. 5. *De variis* G. Wol-
generibus pedum metrorum Carminum, laston.
&c. apud Judæos, Græcos, & Lati-
nos. 6. *De vocum tonis monitio ad*
Tyrones. 7. *Rudimenta ad mathesim*
& Philoſophiam ſpectantia. 8. *Miſ-*
cellanea Philologica. 9. *Judaïca ſive*
religionis & litteraturæ Judaïcæ Sy-
nopſis. 10. *Opinions des anciens Phi-*
loſophes. 11. *Recueil de quelques paſ-*
ſages des Peres qui ont rapport à l'Hiſ-
toire du Genre humain, tendant à faire
voir que les hommes n'ont pas habité
cette terre de toute éternité. 12. *Re-*
cueil de quelques paſſages des Peres qui
ont rapport à l'Hiſtoire de J. C. 13.
Traité touchant les Juifs, leur anti-
quité, leur langage, &c. ces quatre
derniers Ouvrages ſont écrits en
Anglois.

Voilà tout ce qu'on rencontra de
manuſcrits dans le cabinet de *Wol-*
laſton après ſa mort, nous avons
dit la raiſon pour laquelle peut-être
il ne les brûla point, puiſqu'ils é-
toient très-imparfaits, & peut être
encore plus que pluſieurs de ceux
qu'il avoit jetté au feu.

Auſſi l'Auteur de la Préface mi-

Tome XLII. D

G. WOL- se à la tête de la 6e. édition Angloi-
LASTON. se du Livre de *Wollaston* sur la *Re-*
ligion Naturelle faite à *Londres* en
1738. où il a inseré diverses particularités touchant la vie de *Wollas-*
ton, dont les sçavans Auteurs de la
Bibliotheque Britannique Tome II.
art. 3. ont donné un précis duquel
nous avons cru devoir profiter pour
enrichir notre Recueil. Cet Auteur,
dis-je de la Préface ne craint pas de
dire sans doute avec connoissance
de cause que si la famille de cet illustre défunt souffroit qu'aucun de
ces manuscrits vît le jour, elle feroit en cela injure également à la
mémoire de *Wollaston* & au public.

Aussi l'Auteur ne les desti-
noit - il pas pour être imprimés.
L'on voit par la plus grande partie
des titres ci-dessus que c'étoient des
materiaux qu'il ramassoit pour son
usage particulier, & pour la com-
position de son livre sur la *Religion*
Naturelle, qu'il a ensuite publié,
& qui a tant fait d'honneur à sa
mémoire.

Ces Essais, ces differens Traités

G. WOL-
LASTON.

quoiqu'informes, ces Recueils quelques imparfaits qu'ils foient , ne
doivent pas être cependant négligés
dans les familles , non - feulement
parce qu'ils font les Ouvrages de
leurs ancêtres aux defcendans defquels ils peuvent être de quelque
utilité , mais encore peuvent être
dans la fuite communiqués à ceux
qui travailleroient fur pareilles matieres , qui en les parcourant y peuvent quelquefois trouver bien du
fecours, à quoi d'abord l'on n'avoit
pas eu lieu de s'attendre.

Ce Livre de l'*Ebauche de la Religion Naturelle* , eft proprement le
feul Ouvrage que *Wollafton* ait fini
dans les deux premieres parties qu'il
en a publié , la mort qui le prévint
ne lui permit pas de travailler à la
troifiéme qui devoit rendre fon
Ouvrage complet ainfi qu'il fe l'é-
toit propofé.

Il paroît en effet par un petit écrit
qu'on trouva parmi fes papiers après
fa mort qu'il auroit éclairci la troifiéme queftion avec le même foin
qu'il avoit fait les deux précedentes
s'il en eût eu le loifir. Cet écrit

D ij

avoit pour titre : *Chefs & materiaux*
pour servir de réponse à la troisiéme
question, jettés sur le papier confusé-
ment & d'une maniere abregée, pour
être examinés plus à loisir quand je les
aurai mis en ordre. Le 4 Juillet 1723.
c'est-à-dire environ trois mois avant
sa mort

Ce qui le pressa de donner au Public la seconde édition de son Livre
(que l'on doit regarder comme la
premiere) avant qu'il en eût fini la
troisiéme partie, c'est qu'en 1722.
il en avoit fait imprimer à ses frais
les deux premieres parties, dont il
fit tirer un petit nombre d'exemplaires pour l'usage de quelques-uns de
ses amis, desquels il étoit bien aise
d'avoir l'approbation, & de profiter
de leurs refléxions sur son Ouvrage,
avant que de le continuer & de le
répandre. Mais comme l'impression
en fut faite à la hâte, & sans beaucoup de soins, il s'y glissa beaucoup
de fautes & de fautes même grossieres.

Cependant à l'insçu de l'Auteur
l'on en vendit sous main plusieurs
exemplaires, & le bruit s'étant ré-

pandu que tout imparfait qu'étoit G. WOL-
cet Ouvrage, on alloit le contrefai- LASTON.
re inceffament ; craignant qu'on ne
fit revivre cette premiere édition
avec toutes fes imperfections, pour
prévenir ce défagrément, *Wollafton*
fe détermina & fe preffa à en donner au public en 1724. une nouvelle édition par lui revûë, corrigée &
augmentée, en attendant qu'il pût
y joindre dans la fuite la troifiéme
partie. Mais à peine eut-il revû &
corrigé ces deux premieres parties
pour cette feconde édition, qu'il
eut le malheur de fe caffer un bras ;
ce qui augmenta fes infirmités, &
accélera fa mort qui arriva le 29.
d'Octobre 1734. étant âgée d'environ 64 ans.

Dans les derniers momens de fa
vie, il fit paroître la même fermeté, la même tranquillité d'efprit,
& la même foumiffion aux ordres de la Providence qu'il avoit
marquées dans fa bonne & dans fa
mauvaife fortune. Il mourut comme il avoit vécu, c'eft-à-dire en
Philofophe, mais en Philofophe
Chrétien. Car c'eft fort injuftement

G. WOL-
LASTON.

qu'on l'a accusé ou même simplement soupçonné de Deïsme, sous
prétexte qu'il s'est borné à établir
les grands principes de la Réligion
naturelle, sans dire un seul mot de
la révélation, ce qui n'entroit pas
encore dans le plan de son Ouvrage, aussi n'a t-il point cité l'Ecriture, mais seulement les Philosophes
Grecs & Latins & souvent les Rabbins.

Ce qui encore peut-être, a d'a-
bord donné cours à l'accusation de
Deïsme faussement intentée à *Wollaston*, est une erreur vulgaire qui l'a
fait confondre à cause de la ressem-
blance du nom avec *Thomas Woolf-
ton*, Auteur de quelques brochures
impies, qui attaquent directement
la vérité litterale des Miracles de
Jesus-Christ. L'on trouve la vie de
ce dernier Auteur dans le quaran-
tiéme Tome de ces Mémoires pag.
274.

On a réfuté dans plusieurs Ecrits
publiés en Angleterre une accusation si mal fondée, & il ne faut que
lire sans partialité l'Ouvrage même
de *Wollaston*, pour lui rendre à cet

égard toute la juſtice qui lui eſt
düe.

Qu'on peſe pour cela en particulier ſur ce qu'il a dit à la page 211.
de l'original 6e. édition, & page
365. de la traduction Françoiſe, où
il s'explique de cette maniere, en
ſuivant la traduction de la Bibliothéque Britannique.

Ici je commence à ſentir combien j'ai beſoin de guide (pour me
conduire plus ſûrement, *veut-il dire*
dans cette recherche particulierement de la nature, de l'immatérialité, & de l'immortalité de l'ame,
ainſi que de l'avantage qu'auront les
ames de ceux qui pendant qu'elles
animoient le corps, ont fait un bon
uſage des lumieres de la droite raiſon.) » Mais comme la Religion
» naturelle *continue-t-il*, eſt l'uni-
» que ſujet que je me ſuis propoſé
» de traiter, il faut que je me con-
» tente des lumieres que la nature
» peut fournir, n'ayant pour cet
» effet ce me ſemble, qu'à expoſer
» fidélement ce qu'un Philoſophe
» Payen auroit penſé en matiere de
» Religion, ſans autre ſecours,

G. WOL-
LASTON.

» & presque par la seule force de sa
» raison. J'espere qu'en faisant cela
» non plus qu'en aucune chose que
» j'ai avancée dans cette *Ebauche*, je
» n'ai pas porté atteinte à quelque
» autre véritable religion que ce
» soit. Tout ce qui est immédiate-
» ment révelé de Dieu, doit, ainsi
» que toutes les autres choses, être
» pris pour ce qu'il est ; ce qu'on ne
» sçauroit faire, si on ne le reçoit
» avec le plus profond respect, si
» on n'y ajoute une foi entiere, &
» si on n'y obéit avec soin. Loin
» donc que les principes, sur les-
» quels j'ai si fort insisté, & qui sont
» ma grande Thése, tendent en au-
» cune maniere à sapper les fonde-
» mens de la véritable Religion ré-
» velée, qu'au contraire ils frayent
» le chemin, en disposant les hom-
» mes à la recevoir. C'est une re-
» marque que je fais ici une fois
» pour toutes, & à laquelle (écrit-
» il à son ami) je vous prie de faire
» attention.

Lorsqu'on fera réfléxion sur ces paroles de *Vollaston*, l'on connoîtra aisé-
ment que ce n'est point là le langage
d'un

d'un Deïfte , & d'un homme qui ne G. Wol-
croyoit point à la révélation. LASTON.

Auffi malgré toutes ces malignes
infinuations de quelques Ecrivains
qui ont attaqué fon Ouvrage & fon
fyftême , il n'a pas laiffé d'être uni-
verfellement approuvé & admiré.
Témoins les honneurs publics qu'on
a rendu à fa mémoire ; témoins les
Eloges que les Journaliftes lui ont
donné & qui femblent à l'envi s'être
difputé l'honneur , quelque difficile
qu'il fût , d'en donner des Extraits
exacts & des Analyfes excellentes ,
pour faire connoître par-tout un
Livre qui méritoit fi fort de l'être.
Témoins le débit prodigieux qu'a eu
fon Livre en Angleterre , puifqu'en
1738. que parut à *Londres* la 6e. édition Angloife de cet Ouvrage , il
s'en étoit déja vendu près de dix
mille exemplaires fans compter ce
qui s'étoit débité de l'édition Françoife publiée à la *Haye* en 1726.
Témoin enfin l'honneur particulier,
qu'après fa mort il reçut de la part
de la Reine d'Angleterre, Guillelmi-
ne Charlotte de Brandebourg d'Anf-
pach , en faifant placer le bufte de

Tome XLII. E

G. Wol-
laston.

Wollaston dans une grotte de son jardin de Richemont, avec les autres grands hommes qui par leur génie avoient illustré son règne, tels que les Newton, Lock, Samuel Clark, &c.

Catalogue de ses Ouvrages.

En 1690. *Wollaston* fit imprimer à *Londres* une *Paraphrase du Livre de l'Ecclesiaste*; mais dans la suite, il en fut si peu content, que n'ayant pas le loisir ou la volonté de la corriger, il fit tout ce qu'il put pour en supprimer les exemplaires.

En 1703. il publia une petite *Grammaire Latine*, mais uniquement destinée pour l'usage de sa famille.

The Religion of nature delineated, &c. c'est-à-dire, *Ebauche de la Religion Naturelle*. La 6e. édition Angloise de ce Livre a paru à *Londres*, in-4°. chez Jean & Paul Kenapton en 219. pag. quant au corps de l'Ouvrage il n'y a rien de changé à la seconde édition laquelle en 1724. peu avant sa mort, l'Auteur avoit fait faire dans la même ville en petit in-4°. de 218. pages.

A cette derniere édition l'on a

ajouté une Préface contenant diver- G. Wol-
ses particularités concernant la Vie, LASTON.
le caractere & les Ecrits de cet Auteur dont nous avons fait mention
ci-dessus.

Wollaston ne travailla d'abord cette *Ebauche de la Religion Naturelle,*
que pour la satisfaction d'un ami
particulier, à qui il semble répondre, & lui donner son avis sur les
trois questions suivantes.

1°. *Y a-t-il réellement telle chose
qui soit une Religion Naturelle proprement & véritablement ainsi nommée.*

2°. *S'il y en a une en quoi consiste-
t-elle?* Voilà les deux seules questions
auxquelles, ainsi qu'il a été remarqué
ci-dessus, *Wollaston* ait pû faire réponse, au sujet desquelles il donne
néanmoins, à ce que l'on prétend,
un système presque complet de la
Religion Naturelle. Qu'on auroit
dû plutôt nommer, principes ou
système de la pure équité naturelle,
& de la rectitude intrinseque des
Actes Moraux d'un agent libre.

La troisiéme question à laquelle
l'Auteur prétendoit répondre s'il n'a-

E ij

G. WOL-
LASTON.

voit été prévenu par la mort étoit celle-ci. *Comment faut-il s'y prendre pour
se mettre en état de juger par soi-même
des autres Religions qu'on professe dans
le monde, pour se déterminer sur les
points problématiques, & pour ac-
quérir à cet égard, une tranquillité
d'esprit qui nous empêche d'inquieter
personne, & de nous inquieter nous-
même de ce que font les autres?* Comme Messieurs *le Clerc* dans la seconde partie du 25. Tome de sa Bibliothéque ancienne & moderne art. 2.
& Tome 26. art. 6. *De la Chapelle*
Tome 12. seconde partie, & Tome
13. premiere partie de sa Bibliothéque
Angloise. Et les Auteurs de *l'Histoire
Litteraire de l'Europe* Tome 3. mois
d'Octobre 1726. ont fait des
Extraits excellens & des Analyses
complettes de cet Ouvrage de *Wollaston*, cela nous dispensera de nous
étendre sur ce qui est contenu dans
ce Livre composé suivant la méthode des Géometres, ce qui par cette raison seroit difficile ou plutôt
impossible de faire en abrégé pour
faire connoître d'un coup d'œil le
long enchaînement des raisonne-

mens de l'Auteur, & faire comprendre ce que contient de bon
& de neuf, son Ouvrage qui par-
tout est serré, précis, & est le fruit
des profondes méditations d'un habile Philosophe, ainsi nous nous
contenterons de dire que son systême semble rouler simplement & se
réduire à ce principe, *que les actions*
des hommes sont bonnes ou mauvaises,
en tant qu'elles renferment l'affirma-
tion ou la négation d'une, ou plusieurs
vérités.

» Si la simplicité, la fécondité,
» la clarté, la nouveauté des princi-
» pes qui régnent dans un Ouvrage,
» suffisent pour faire sa fortune; nous
» répondons à celui-ci de l'approba-
» tion universelle, & nous osons le
» recommander aux personnes cu-
» rieuses & sensées, non comme une
» *Ebauche* grossiere, ainsi que l'Auteur
» l'appelle modestement, mais com-
» mé un cours achevé de Morale.
C'est ainsi que les Auteurs de *l'His-*
toire Litteraire de l'Europe commen-
cent l'Extrait qu'ils ont fait de ce
Livre.

Monsieur *de la Chapelle* en com-

G. WOL-
LASTON.

G. Wol-
laston.

mençant le sien ne s'est pas expliqué d'une maniere moins avantageuse en faveur du Livre & de son
Auteur.

Le Clerc qui en a fait aussi deux
longs Extraits, après avoir applaudi presque par-tout aux sentimens
de l'Auteur, & avoir fort loué l'é-
tenduë de ses principes & sa profonde Métaphysique, ne laisse pas dès
le commencement de son premier
Extrait de combattre l'existence d'u-
ne Religion purement naturelle &
parfaite, à la connoissance de laquelle sans aucune idée de la révélation,
la seule raison humaine pourroit
parvenir ainsi que l'a prétendu *Wol-*
laston.

Dans son Extrait *le Clerc* doute
fort qu'il y ait jamais eu un homme
qui par le bon usage de la raison,
sans aucune sorte de secours de la
révélation, se soit formé seul, une
idée tolérable d'un systême de la Religion qui en cela ait évité l'erreur
en tout.

Il dit qu'au commencement la suprême divinité, a pris soin par elle-
même d'inspirer les hommes, ou

leur a donné certaines intelligences G. Wou
supérieures à la nature humaine, LASTON.
pour les conduire & les instruire
de leurs devoirs, & leur faire connoître l'existence d'un Dieu qui les
avoit créé & leur vouloit du bien.
Il ajoute que ç'a été-là la source des
idées que les hommes ont eu depuis
de Dieu, & de la révélation. Mais
comme la nature humaine est fort
imparfaite, & sur-tout sujette à se
tromper; les hommes ont obscurci
plus ou moins, ce qu'ils sçavoient
de ces lumieres primitives. Ainsi il
croit qu'il n'y a jamais eu d'exemple d'une Religion naturelle, sans
mélanges d'erreur ou de mensonge.
Il convient néanmoins que par l'aug-
mentation de nos connoissances que
peuvent fournir les Sciences abstrai-
tes, & par la réfléxion, l'on peut s'en
former naturellement une idée.

L'on doit voir là-dessus ce que
dit S. Paul dans son premier Chapitre de l'Epître aux Romains vers.
18. & suivans, & Chapitre 2. v.
14. & suivans & act. 14. 17. *Lock*
qui avoit varié sur cette matiere, é-
toit enfin revenu à croire, que les

G. Wol-
laston.

principes de morale & de la Religion naturelle, pouvoient auſſi bien ſe démontrer que ceux de quelque ſcience que ce fût.

Dans ſon quatriéme Livre *de l'Entendement Humain* Chapitre 3. ſection 18. il dit : » Je ne doute
» point qu'on ne puiſſe déduire de
» propoſitions évidentes par elles-
» mêmes, les véritables meſures du
» juſte & de l'injuſte par des conſé-
» quences néceſſaires & auſſi incon-
» teſtables que celles qu'on emplóye
» dans les Mathématiques, ſi l'on
» veut s'appliquer à ces diſcuſſions
» de morale, avec la même indif-
» férence (ou abſtraction d'idées
» étrangeres) & avec autant d'at-
» tention qu'on s'attache à ſuivre des
» raiſonnemens Mathématiques ;
» on peut appercevoir certainement
» le rapport des autres modes (à
» l'égard des objets moraux) auſſi
» bien que ceux du nombre & de
» l'étenduë ; & je ne ſçaurois voir
» *continuë-t-il*, pourquoi ils ne ſe-
» roient pas auſſi capables de dé-
» monſtration, ſi l'on ſongeoit à ſe
» faire de bonnes méthodes pour

examiner pied à pied leur convenance ou leur disconvenance.

Wollaston dans son Livre a pour ainsi dire atteint ce but, ou sans se servir du secours de la révélation, s'abstenant de citer l'Ecriture, ce qu'il n'auroit pas apparemment manqué de faire dans la suite pour dernière & complette démonstration de la vérité de son systême, ou n'employant que les sentimens de ceux qui ont passé pour anciens sages & Philosophes, regardant sur ce pied-là seulement les anciens Rabbins qu'il cite en témoignage, il démontre avec une sagacité merveilleuse, qu'il y a une Religion naturelle qui existe ; laquelle ne peut en consultant la seule raison, méconnoître un Etre suprême, ni ne pas distinguer ce qui est juste réellement, d'avec ce qui est injuste. Ce dernier article semble avoir été le plus travaillé par l'Auteur, à qui *le Clerc* reproche de n'avoir point parlé du dernier jugement où les gens de bien doivent être recompensés & les méchans punis ; quoique Socrate, Platon, & les Platoniciens

G. WOL- euffent reconnu & fuivi ce dogme.

LASTON.   Ce reproche n'auroit pas été fait
par *le Clerc*, s'il s'étoit fouvenu de ce
que *Wollafton* dit entr'autres chofes
dans les propofitions 13. & 14. de
la neuviéme fection. Puifque dans
le corollaire de cette derniere propofition, après avoir dit, que non-
feulement les méchans feront moins
heureux que les fages & vertueux,
mais encore qu'ils feront réellement
malheureux dans la vie avenir : il
conclut ainfi. « *Il confte donc* qu'il y
» aura à l'avenir des récompenfes
» & des châtimens ; & que les hom-
» mes feront heureux ou malheu-
» reux, fuivant leur conduite, leurs
» plaifirs, & leurs fouffrances dans
» cette vie.

    Ce qui ferviroit d'ailleurs à jufti-
fier là-deffus l'Auteur, c'eft comme
on l'a dit, qu'il n'avoit encore achevé
& publié que les deux premieres
parties de fon Ouvrage, & alloit
travailler à la troifiéme, lorfque la
mort le furprit, ainfi qu'il eft prouvé ci-deffus par l'écrit trouvé après
fa mort. Il eft à préfumer que dans
cette troifiéme partie ou dans une

quatriéme, qu'il auroit peut-être été obligé d'y joindre, de la Religion naturelle il nous auroit conduit à la loi révelée, & d'elle à la Religion Chrétienne.

C'eft aufli ce qui doit encore fervir de réponfe à *le Clerc*, lorfqu'il dit à la fin de fon premier Extrait, » au cas qu'il fût vrai que *Wollafton* » eût fini fon Ouvrage à la feconde » partie, il étoit furprenant com- » ment cet Auteur en ait pû lire » tant d'autres, foit Payens, Juifs, » & Chrétiens, en Hébreu, en Grec, » & en Latin, & en ait feulement » tiré, je ne fçai quelle religion quin- » teffentiée, qui tendroit fi on n'y » ajoutoit rien, à anéantir toutes » celles qui ont été au monde juf- » qu'à préfent, car la Religion telle » qu'il la décrit eft une Religion en » idée, qui ne fe trouve que dans la » tête de quelque mélancolique. « Il fembloit en effet du principe de *Wollafton*, tel qu'il en tire la confé- quence dans fon corollaire cité ci- deffus, que s'il doit y avoir un de- gré de gloire qui fervira de récom- penfe pour les fages Payens dans la

G. WOL- LASTON.

G. Wol-
laston.

vie à venir, il y auroit quelque injuſtice à n'en point accorder aux Mahométans ou aux idolatres Indiens vertueux, ce qui doit rendre ſon principe tout au moins douteux, parce qu'il laiſſe aux fauſſes Religions un avantage qui les rend ſinon égales au moins peu inférieures à celles de J. C. qui a été annoncée par les Apôtres comme une Religion néceſſaire au ſalut & au bonheur éternel des hommes.

Le Clerc cependant rend cette juſtice à *Wollaſton*, qu'il y a dans ſon Livre bien des choſes dont on peut beaucoup profiter. Quelque prévenu que l'on puiſſe être, que les premieres notions & les idées de la Morale ſont bien différentes de celles des Mathématiques : les problêmes de celles-ci pouvant ſe réſoudre avec évidence & certitude, pouvant ſe démontrer, parce que les idées de ce qui en fait le ſujet ſont fixes, & pour ainſi dire les mêmes dans tous les eſprits, tandis que les idées des choſes morales ſont au contraire vagues, confuſes & ſi peu déterminées, que ſouvent ceux qui en diſ-

putent s'entendent ſi peu les uns les G. WOL-
autres, qu'après de longues & vai- LASTON.
nes diſputes, ils ne peuvent convenir de rien; ce que l'on croyoit
néanmoins ſi difficile ou preſqu'impoſſible, *Wollaſton* comme nous
l'avons remarqué, paroît l'avoir exé-
cuté par une profonde méditation
& avec une pénétration merveilleu-
ſe, en débrouillant avec le ſeul ſecours de la raiſon, ce cahos de nos
idées, à l'égard du droit & de la
Religion naturelle.

Il a ſçu en tirer des principes & de
juſtes conſéquences pour démontrer
autant mathématiquement que cela
ſe peut faire, quelles doivent être
les vrayes idées & les régles que la
raiſon n'ayant encore d'autre guide
qu'elle-même, doit ſuivre pour la
juſte diſtinction du bien & du mal
moral, & pour ne point s'écarter des
régles leſquelles, ſuivant les principes
de l'Auteur, conſtituent ce qu'il appelle *la Religion naturelle.*

Sur ces principes, en ouvrant de
nouvelles routes, *Wollaſton* s'eſt fait
& a tracé avec un ſtyle noble &
énergique un ſyſtême Mathémati-

G. Wol-que , qui fera toujours l'éloge de
LASTON. l'Auteur & de son Ouvrage qui dans
tous les temps sera estimé & regardé
comme original dans ce genre.

On le connoîtra dès que l'on vou-
dra comparer ses principes & son
Ouvrage avec ceux de Grotius *de
Jure Belli & Pacis* , de Puffendorf ,
du Jesuite Lessius *de Justitiâ , & Jure* , de Jean Godefroy Bachman ,
mort Professeur en Théologie à
Duisbourg , dont Salomon Vantil a
fait imprimer en 1704. à *Leyde* ,
chez Lutchmans en un petit *in-*12.
le dernier Ouvrage de ce Professeur intitulé : *Theologia Naturalis* .
Que l'on compare encore pareillement entr'autres le Traité de la Religion Naturelle de *Martin* Pasteur ,
à *Utrecht* imprimé *in* 12. à *Amst.* en
1713. chez Brunel , & ce qu'Alphonse Turetin a dit de la *Religion Naturelle* , Tome premier de
ses Dissertations & pensées *Théologiques* imprimées à *Geneve* en 1737.
&c. Ainsi que le petit *Essai* , mais
excellent de M. l'Abbé de S. Pierre ,
de l'Origine du Droit & des Devoirs ,
publié dans la seconde partie du

Tome huitiéme de la *Bibliothéque de* G. Wol-
l'*Europe.* L'on remarquera par cette laston.
comparaifon du premier coup d'œil
combien le plan fur lequel *Wollafton* a travaillé eft différent de celui
de ces Auteurs, Ainfi que de ceux
des Derham , des Ray , des Clark ,
&c.

Les Auteurs de la *Bibliothéque Britannique* , mois d'Avril , Mai & Juin
1738. pag. 74. & 75. nous appre-
nent que l'on vient de réimprimer
en Angleterre un abregé en Anglois
de l'*Ebauche de la Religion Naturelle de Wollafton* , fait par un ami du
Chevalier *Stééle* & à fa follicitation ,
& qu'à cet abregé l'on y a ajouté *une
apoftille touchant la Religion Chrétienne.*

Comme l'on trouvoit , avec jufte
raifon , qu'il manquoit à cet égard
quelque chofe au Livre de *Wollafton,*
& qu'on auroit fouhaité qu'il en eût
parlé , l'Auteur de cet abregé a cru
qu'il ne pouvoit mieux faire que de
donner, en fuivant la Méthode de ce
Philofophe *une courte Ebauche du
Chriftianifme.* Cette derniere ébau-
che qui n'eft que de 24. pages *in-*

8°. contient les propositions suivantes , développées néanmoins & éta-
blies, *dit-on,* avec beaucoup de préci-
sion & de clarté.

1°. *Il est raisonnable de penser qu'il
doit y avoir quelque religion révelée.*

2°. *Il a plû en effet à Dieu, de nous
révéler sa volonté par l'Evangile.*

3°. *La Religion Chrétienne étant
donc révélée , on doit y ajouter foi,
& lui obeir.*

4°. *Ainsi ceux à qui elle est proposée
ne doivent pas s'imaginer de pouvoir
se sauver par la seule pratique des devoirs de la morale, même la plus excellente , sans qu'il leur soit nécessaire de
croire cette Religion.*

5°. *Une vie conforme à la raison &
à la vérité , laquelle est le chemin du
bonheur, & la pratique du Christianisme dans les lieux où il est connu &
enseigné, sont en effet une seule & même chose.*

A ces cinq articles , l'Auteur a
joint une *Conclusion* , contenant l'A-
pologie de *Wollaston*, & une exhor-
tation à obéir aux loix de l'Evangile.
Tout cela avec les deux abregés ne
contient que 160. pages *in-*8°.

Ebau-

Ebauche de la Religion Naturelle
par M. Wollaſton *, traduite de l'An-*
glois avec un ſupplément & autres
additions conſidérables. A la Haye,
chez Jean Swart 1726. *in-*4°. pages
442. ſans la Préface qui en contient
19. & la table.

L'on doit avoir obligation au Traducteur, qui nous a fait connoître
deça la mer ce Livre ſi eſtimé en
Angleterre, les Auteurs de la Bibliothéque Britannique, prétendent
néanmoins que ſa traduction n'eſt
point aſſez exacte, & en ont donné
des exemples. Dans un Livre où
l'on a ſuivi une Méthode ſi Mathé-
matique, tout y eſt important, toutes les expreſſions y doivent être
abſolument conformes à l'original,
mais ſouvent les termes, le tour
d'une langue ſe refuſent à l'énergie
de l'autre - quoiqu'il en ſoit, en attendant une traduction que l'on
croira plus exacte, le public ne laiſ-
ſera pas d'être redevable de celle-ci
au Traducteur, & d'avoir voulu le
premier ſatisfaire l'empreſſement de
ceux qui ne ſçachant pas l'Anglois,
ont été ravi de connoître un Livre

Tome XLII. F

qui d'abord a faifi l'admiration de
toute la Grande-Bretagne.

Le Traducteur a d'ailleurs mérité la reconnoiffance du public, non
feulement parce qu'il a ajouté à fa
traduction fes notes particulieres fur
l'Ouvrage ; mais l'a encore enrichie
de la plupart de celles que *Wollafton*
avoit mifes à fon Livre, lefquelles
dans cette traduction ont un avantage qu'elles n'avoient pas dans l'o-
riginal.

L'on fe plaignoit avec raifon de
celles que l'Auteur avoit mifes au
bas des pages de fon Livre : plufieurs paroiffoient inutiles ; mal di-
gerées , imprimées affez mal en
Grec , en Hebreu , mais ce que l'on
y trouvoit de pis , c'eft que les paffages des Auteurs , y étoient ordinairement cités fans marquer les Livres ou Traités des Auteurs dont
ils étoient tirés , & le nom feul des
Auteurs n'y étoit fouvent cité que
par des abréviations qui le faifoient
méconnoître.

M. Fayole, ami du Traducteur ,
Profeffeur des Langues Orientales
à la *Haye* , a débrouillé & traduit

toutes ces Enigmes Gréques & Hébraïques, avec une patience & une
lecture infinie, il falloit un aussi habile homme pour débarrasser les Lecteurs de ce labyrinthe, ayant pour
leur soulagement retranché les citations qui ne faisoient que répeter inutilement la même chose, ayant mis
ces citations dans un ordre, où l'on
ne trouve que ce qui étoit essentiel
dans les notes de l'Auteur, ce qui
fera toujours estimer cette édition
Françoise où ces notes se trouvent
ainsi traduites & arrangées.

Pour en augmenter encore les
avantages, le Traducteur y a ajouté de sa façon un Supplément divisé en trois parties.

Dans la premiere il y fait un examen général, & y donne l'éclaircis-
sement du principe dominant dans
le Livre de *Wollaston* sur lequel il
fonde la nature des actes morale-
ment bons & mauvais. Le Traducteur à la fin de la seconde partie de
son Supplément donne une idée a-
bregée de ce principe dont nous
avons dit un mot ci-devant page
62. mais à moins que d'avoir aupa-

G. Wol-
laston.

G. Wol-
laston.

ravant lû le Livre de Wollaston,
l'on auroit peine de comprendre,
comme il faut, ce principe en abregé,
parce que l'on ne peut bien le connoître que par la suite & le détail
des propositions de l'Auteur.

Dans la seconde partie du Supplément du Traducteur, se trouve un
Extrait & une réfutation de deux
Critiques de l'*Ebauche de la Religion
Naturelle*, l'une faite par un anonyme auquel M. de la *Chapelle* dans
l'Extrait du Livre de *Wollaston* avoit
fait déja quelques réponses, l'autre
Critique auquel le Traducteur encore répond, est un nommé Jean
Clark très-different du Sçavant qui
porte le même nom de batême, qui
en 1720. a donné au public une
dissertation ou discours *sur la Cause
& l'Origine du mal Moral*, & étoit
frere du fameux Samuel Clark.

Il semble que ces Critiques auront eu lieu de se plaindre du peu
de ménagement du Traducteur à
leur égard. Il dit véritablement pour
excuse qu'ils étoient les agresseurs,
mais ils ne l'étoient pas de lui per-
sonnellement, & s'il les blâme avec

juftice de s'être échappés les premiers G. **Wol-**
en des invectives groffieres contre **Laston.**
l'Auteur, n'a-t-il pas lieu de craindre d'avoir donné contre le même
écueil.

La troifiéme partie enfin du Supplément contient une démonftration
abregée de la prémotion Phyfique ,
& une nouvelle maniere d'envifager
l'action de Dieu fur les Créatures.
Cette derniere partie ainfi que les
deux autres, méritent d'être lûës.

L'Auteur de ce Supplément a été
déterminé , dit - il , à faire part au
public de fes remarques particulieres
fur la maniere d'examiner l'action
de Dieu fur les Créatures & de cette démonftration abregée & nouvelle de la prémotion Phyfique , par
la liaifon que cette queftion a avec
le Traité de Dieu contenu dans le
Livre de l'*Ebauche* , & par la maniere
dont *Wollafton* a parlé de ces deux
articles , il lui a paru ajoute-t il , que
cet Ecrivain s'eft trop laiffé aller
dans ces deux points , aux préjugés
ordinaires qui ont fait tant d'ennemis à la prémotion Phyfique.

GUILLAUME FORBES.

GUILLAUME FORBES en Latin *Forbesius*, qui fut le premier Evêque *d'Edimbourg*, naquit environ l'an 1585. à *Aberdeen ou Aberdon*, ville au Nord d'*Ecosse*, des plus anciennes & des plus considérables de ce Royaume : laquelle est séparée en deux parties un peu distantes l'une de l'autre, dont l'une se nomme la Vieille Ville, & l'autre la Nouvelle. Il y a Evêché, & Université avec différens Colléges.

Le pere de *Guillaume Forbes* étoit *Thomas*, lequel, quoique d'une très-bonne famille, avoit été moins distingué par-là dans sa patrie, que par sa parfaite probité, ce qui est un éloge supérieur aux titres, qui ne flattent souvent qu'une fausse vanité des descendans. La mere de notre *Guillaume Forbes* se nommoit *Jeanne Cargill*, sœur de Jacques Cargill, Médecin à *Aberdeen*, où il s'étoit acquis beaucoup de réputation dans l'exercice de sa Profession.

Guillaume Forbes commença ses G. Forétudes dans sa patrie, pendant le BES. cours desquelles, il ne se fit pas moins cherir de ses Professeurs par sa douceur & sa modestie, qu'il s'en fit estimer par son génie distingué, & par son application extraordinaire à l'étude.

Ayant achevé de très-bonne heure son Cours de Philosophie, à quoi il employa 4 années, il fut reçu Maître aux Arts, avec tant d'applaudissemens, que quoique *Forbes* ne fut âgé que de seize ans environ, Gilbert Grey, principal du Collége de Marshal, qui venoit d'être fondé à *Aberdeen*, par George Marshal grand Maréchal d'Ecosse, fit choisir *Forbes* dont il connoissoit les talens, pour professer la Logique dans ce nouveau Collége ; ce que fit *Forbes* pendant quatre ans, en ne s'écartant point des principes de la Philosophie d'Aristote & les défendant en toutes occasions dans ses leçons, contre ceux de la Philosophie de Ramus, qui commençoit à se répandre dans les Ecoles.

Forbes ayant si bien employé sa

première jeuneſſe, la paſſion qu'il a-
voit pour l'étude ne ſe ralentit point
pendant le reſte de ſa vie. C'eſt pour
la mieux ſatisfaire & pour augmenter ſes connoiſſances qu'il prit ce
tems pour voyager dans les pays
étrangers.

Comme ſes mœurs réglées & ſon
goût pour l'étude ſembloient le deſ-
tiner au miniſtere Eccleſiaſtique;
pour ſe rendre plus habile dans la
Théologie, il commença ſes voyages
par l'Allemagne, & profitant pour
cela de l'occaſion des Marchands
d'*Aberdeen*, il ſe rendit avec eux
à *Dantzik*, où ils tenterent inutilement de lui faire prendre le parti du
Commerce dans lequel ſon pere a-
voit d'abord eu envie de l'engager.

Après avoir parcouru une partie
de la *Pruſſe*, de la *Pologne*, & des
pays du Nord d'Allemagne, il ſe
rendit ſucceſſivement pour y étudier
plus aſſidûment dans les Univerſités d'*Helmſtad* & d'*Heidelberg*. Il y
fit une étude ſérieuſe des Peres de
l'Egliſe, des antiquités Eccleſiaſti-
ques, des Scholaſtiques & des
Auteurs

Auteurs qui ont traité des Contro- G. For
verfes. BES.

Comme *Forbes* fçavoit déja parfaitement le Latin & le Grec, il
crut que pour être bon Théologien,
il lui manquoit encore la connoiffance de la langue Sainte. Il s'y appliqua avec ardeur, & y réuffit de maniere, qu'on auroit cru qu'il étoit
un vrai Juif, tant il poffédoit la langue de la Bible, & le langage des
Rabbins.

Après avoir ainfi fait un fi bon
ufage de fon temps en Allemagne
où il féjourna quatre ans, il fe rendit à *Leyde*, où entr'autres fe trouvoient alors, Scaliger, Grotius,
Voffius, Heinfius, Hommius, tous
fçavans comme l'on fçait, illuftres
par leur mérite, le fien en fut bien-
tôt connu, leur étant préfenté par un
Ecoffois de fes parens, nommé Ja-
chæus, Profeffeur dans l'Univerfité
ou Académie de *Leyde*, & *Forbes*
ne fut pas moins eftimé des fçavans de cette ville, qu'il l'avoit été
de tous ceux dont il avoit été connu en Allemagne.

Après quelques mois de féjour à
Tome XLII. G

G. For-
bes.

Leyde, il auroit voulu continuer ses voyages par la France & l'Italie, mais étant d'une complexion délicate, beaucoup altérée par une trop forte application à l'étude, il se rendit à *Londres*, où sa réputation l'avoit déja si avantageusement prévenu, que l'Université d'*Oxfort*, lui fit offrir la Chaire de Professeur en Hébreu, mais étant alors attaqué d'une fiévre tierce très-opiniâtre, on lui conseilla de retourner en sa patrie, où l'air natal plus que les remedes, pourroit faire cesser sa maladie, & rétablir son mauvais temperament.

Forbes après cinq ans d'absence arriva à *Aberdeen*, il y fut reçu avec joie & distinction de ses compatriotes. L'air natal ne lui fut pas inutile. Ses forces effectivement lui étant revenuës, quelques temps après le Comte *Forbes* l'aîné & le chef de la famille, le fit nommer Ministre ou Pasteur de l'Eglise d'*Alford*, petit bourg ou village considérable du Diocèse d'Aberdeen.

La facilité & le goût qu'avoit *Forbes* à la Prédication, réunis en lui

à un grand fond de doctrine, lui
firent en cet endroit une réputation
favorable, que ses Concitoyens &
le Clergé d'*Aberdeen* voulant profiter de ses talens dans la Prédication,
l'enleverent à cette premiere Eglise,
c'est-à-dire le déterminerent à retourner dans sa patrie, pour y exercer le même emploi de Ministre &
de Prédicateur.

Jacques I. Roi de la Grande-Bretagne, étant venu quelque temps
après revoir son ancien Royaume
d'Ecosse, après s'y être donné la
satisfaction d'y visiter les anciens
Palais des Rois ses prédecesseurs,
s'arrêta un peu de temps à saint *André*, ville qui est regardée comme
la capitale d'*Ecosse*. Dans cette ville
il y avoit une ancienne Université,
laquelle autrefois ayant été illustre,
étoit pour lors bien déchûë de son
premier état.

Ce Roi ayant convoqué dans cette ville une assemblée du Clergé
pour y régler differentes affaires qui
concernoient les Eglises d'*Ecosse* :
les Universités de saint *André* &
d'*Aberdeen*, pour se remettre en quel-

G ij

G.For-que forte dans leur ancien luftre,
bes. crurent devoir lui demander le ré-
tabliffement des cérémonies qui s'y
obfervoient anciennement lors des
receptions des Docteurs, des Licen-
tiés, &c. ils crurent par là fe donner plus de relief dans le public.

Quelque inutiles & fuperfluës
que fuffent en elles-mêmes de femblables cérémonies qui n'ajoutent
rien à la Science du Candidat, le
Roi crut devoir fe prêter à ces préjugés, & y ayant donné fon confen-
tement, Junius fon Chapelain E-
coffois de nation, qui étoit le Pro-
moteur de cette demande, fut le
premier qui avec une cérémonie magnifique, fut reçu Docteur en Théologie.

Un ou deux jours enfuite, ce même Junius après avoir fait un beau
difcours, reçut à fon tour avec pareilles formalités plufieurs Docteurs,
du nombre defquels fut notre *Forbes.*

De retour à *Aberdeen* avec ce nouveau degré de Docteur en Théologie, mais avec une foibleffe confidérable encore caufée par fa trop

forte application à l'étude , par son
trop grand zéle à remplir ses fonctions de Pasteur , & par ses trop fréquens & trop longs sermons qui é-
puisoient sa poitrine: le Magistrat &
le peuple d'*Aberdeen* voyant de jour
en jour s'affoiblir la santé d'un Pasteur qu'ils aimoient & estimoient ,
crurent devoir lui procurer un poste
honorable & plus avantageux, lequel
en même temps ne seroit point fati-
guant. Pour cela ils le firent nommer principal du Collége de *Mar-*
shal. Forbes accepta ce poste & ne
s'en reposa pas davantage.

Ayant vû dans les réglemens de
la fondation de ce nouveau Collége que le *Principal* devoit veiller à
ce que les Ecoliers fussent instruits
dans la connoissance des principes
de la Religion,& qu'il devoit pareillement avoir soin qu'ils le fussent
dans la langue Hébraïque , quoiqu'il eut pû se reposer sur ses subal-
ternes de l'exécution de ces réglé-
mens , n'étant pas moins laborieux
qu'habile, il voulut lui-même se donner ce soin , & toutes les semaines
il faisoit dans ce Collége deux leçons

G iij

de Théologie, & une autre pour les premiers principes de la langue Hébraïque, outre cela il inſtruiſoit encore en particulier les Ecoliers ſur les Controverſes de Théologie, à quoi il s'étoit particulierement appliqué dans le Cours de ſes études.

Pendant qu'il étoit *Préfet* ou principal du Collége de *Marſhal*, l'Evêque & l'Univerſité d'*Aberdeen* pour rendre, en quelque ſorte, juſtice à ſon mérite, le nommerent *Doyen* de la Faculté de Théologie pour y préſider aux examens & aux Théſes. Il fut enſuite nommé *Recteur Magnifique*, qui eſt la premiere dignité de l'Univerſité après celle de *Chancelier*, laquelle appartient à l'Evêque, & eſt attaché à ſa dignité.

Le zéle de *Forbes* pour ſon Collége pendant qu'il en fut le Préfet, ne ſe borna pas à ces devoirs Académiques. Le bâtiment de ce Collége de forme quarrée avoit été autrefois un Couvent de Franciſcains, une des aîles étoit en aſſez bon état, mais les trois autres, ainſi que l'Egliſe, étoient abſolument en ruine ;

par les aumônes & les libéralités G. For-
que *Forbes* sçut se procurer, il trou- BES.
va le moyen d'en faire réparer &
décorer l'Eglise en pierres de taille
polies, de mettre en état d'être ha-
bitées les trois aîles du Collége;
enfin d'y commencer une belle Bibliothéque, qui par la continuation
de la liberalité & de l'attention des
Magistrats & des habitans d'*Aberdeen*, a été depuis fort augmentée.

Glorieux & content de laisser à
sa patrie ces monumens de son zéle,
ce qui flatte toujours l'honnête homme & le bon Citoyen, il ne songeoit
plus qu'à y finir tranquillement le
peu de jours que la foiblesse de sa
santé sembloit lui promettre. Mais
la grande réputation qu'il s'étoit acquise, engagea la ville d'*Edimbourg*
à le demander pour Pasteur ou Ministre.

La ville d'*Aberdeen*, qui ne vouloit pas perdre ce bon sujet, s'opposa
le plus qu'elle put à cette vocation,
Forbes même par rapport à son peu
de santé s'excusa de l'accepter, les
Magistrats supérieurs & le Synode
Provincial, ne voulurent point dé-

G. FOR-
BIS

ferer à ses excuses, il fallut obeir.

Arrivé à *Edimbourg* après tant de
distinction & d'empressement qu'on
lui avoit marqué pour l'y faire venir,
il avoit, ce sembloit-il, tout lieu de
s'attendre à y vivre gracieusement.
Mais cette ville toute presbyterienne, qui suivoit la discipline de Geneve, laquelle n'admet point l'Episcopat, ne put souffrir les premiers
Sermons de *Forbes* dans lesquels il
ne se contenta pas de faire valoir les
droits & l'institution des Evêques
au-delà de leurs justes bornes, d'y
paroître contraire aux décisions du
Synode de *Dordrecht* qui étoit tout
récent, & de soutenir les sentimens
des Arminiens ou remontrans proscrits par ce Synode; mais il défendit
même dans ses Sermons beaucoup
des sentimens de l'Eglise Romaine,
ce qui le fit passer près de plusieurs
pour un Catholique déguisé. Cela
joint à la longueur extraordinaire de
ses sermons, où il s'abandonnoit
souvent sans préparation à un zéle
peu prudent, lui aliena successive-
ment les esprits & lui enleva la confiance & l'estime du peuple d'E-
dimbourg.

Il eſt vrai que dans ſa Théolo- G.For-
gie il avoit quelques ſentimens ſin- BES.
guliers, il en convenoit ; mais comme d'autre côté ſes intentions é-
toient bonnes, & que naturellement
il avoit beaucoup de douceur & de
modération, il ſe flattoit, par ſes
ſentimens particuliers, avoir trouvé
le moyen de réunir avec l'Egliſe
Romaine tous les prétendus Réformés, de même que les Epiſcopaux
avec les Preſbyteriens. C'eſt pour
cela qu'il ne ceſſoit de louer Caſſan-
der & Vicelius, ainſi que tous ceux
qui comme ces hommes moderés
avoient tenté cette réunion générale
qui doit faire l'objet des ſouhaits de
tous les vrais Chrétiens.

Forbes ſuivoit d'ailleurs ce que
dans les pays étrangers on appelloit
le Proteſtantiſme relâché, lequel
avoit commencé d'être fort à la mo-
de ſous les régnes de Jacques I. &
de Charles I.

Tout cela fut cauſe que les habitans d'*Edimbourg* ſe dégoûterent
bien tôt de *Forbes*. Comme il en
eſſuyoit de jour en jour de nouveaux
déſagrémens, il ſongea à quitter cet-

G.For-
bes.

te ville, ainsi que l'emploi qu'il y
y avoit, & à retourner à *Aber-*
deen. Il prit pour prétexte sa mauvaise santé, à quoi la fumée & les
brouillards qui régnent ordinairement sur *Edimbourg* étoient, disoit-
il, très-contraires.

Sa patrie apprit avec plaisir la volonté qu'il avoit d'y retourner, elle lui envoya l'argent nécessaire
pour en faire le voyage; malgré son
peu de santé, il y reprit ses premieres fonctions, qu'il continua quelques années, & ne songeoit plus a-
lors qu'à y finir ses jours lorsqu'u-
ne nouvelle raison, mais très-hono-
rable pour lui, l'obligea encore d'en
sortir.

Charles I. Roi de la Grande-Bretagne par différens motifs, ayant jugé à propos de se faire couronner de
l'ancienne couronne des Rois d'E-
cosse, partit de Londres à ce sujet
au commencement de l'année 1633.
avec grand apparcil & une nombreuse Cour, dont une partie étoit
composée d'Evêques, de ses Chapelains & autres Ecclesiastiques.

Il arriva à *Edimbourg* où *Forbes*

avoit été nommé pour y haranguer G. Fo. le Roi à la tête des Députés de l'U-
niverſité d'*Aberdeen*, & pour y prê-
cher le premier Sermon qui devoit ſe faire devant le Roi, *Forbes*
s'en acquitta parfaitement, & satis-
fit également & le Roi & tous ceux
qui l'entendirent, il en reçut de
grands applaudiſſemens, & retourna ainſi glorieux dans ſa patrie. Ces
louanges qu'il avoit méritées furent
bien-tôt ſuivies de la récompenſe.

Le Roi voulant favoriſer le Clergé de l'Egliſe Anglicane, & étendre en *Ecoſſe* le Rit ou la diſcipline
de cette Egliſe, pendant ſon ſéjour
à *Edimbourg*, y fonda un Evêché qu'il
dota de grands revenus, auxquels
il ajouta tout ce qui étoit néceſſaire
pour loger commodément & agréablement un Evêque.

Comme le Roi au mois d'Août
1633. étoit ſur ſon départ, ſans
qu'il eût encore déclaré à qui il deſ-
tinoit ce nouvel Evêché, l'Archevêque de S. André Primat d'*Ecoſſe*,
ne craignît point alors de lui demander là deſſus ſes intentions. Le
Roi lui répondit, *Qui puis-je y nom-*

mer que *Forbes* qui est digne encore d'un plus grand poste. Mandez-le, vous le proclamerez & sacrerez Evêque d'*Edimbourg* avec les cérémonies usitées dans l'*Eglise Anglicane.* Avant que de partir d'*Edimbourg*, ce Prince en fit expédier la Patente à *Forbes.*

Mais *Forbes* jouit peu de cet honneur, car environ trois mois après son élevation à l'Episcopat, il tomba dans une grande maladie, dont il reconnut d'abord qu'il ne réchaperoit pas.

Il se prépara donc à la mort avec toute la tranquillité d'esprit possible, dès que sa maladie augmentant il se vit forcé à rester au lit, il se fit administrer l'Eucharistie après auparavant avoir fait sa confession & avoir reçu l'absolution d'un Prêtre, ce qui confirma l'opinion qu'on avoit eu autrefois à *Edimbourg* qu'il étoit Catholique dans le cœur, d'autant plus que son fils long-temps après se déclara ouvertement Catholique Romain. Par le Livre de *Forbes* qui a paru après sa mort dont nous ferons mention ci-après, il seroit absolument impossible de prouver qu'il le fut, & encore moins qu'il fut ce qu'on appelle un vrai Réformé.

Après que *Forbes* eut ainſi pourvû à ce qu'il jugea néceſſaire au ſalut de ſon ame, il crut ne devoir point négliger ce qui concernoit la conſervation de ſon corps, pour cela il fit appeller les Médecins, leur Art & leurs ſoins furent inutiles : il mourut le premier Avril 1634. âgé de 49 ans, après n'avoir poſſedé que trois mois ſon Evêché, il fut enterré dans ſon Egliſe Cathédrale.

Nous ne ſçavons point ſi Guillaume *Forbes* laiſſa pluſieurs enfans. Nous ſçavons ſeulement qu'il en laiſſa un qui mourut après avoir fait Profeſſion publique de la Religion Romaine, ainſi que nous l'avons remarqué ci-deſſus.

Dans le 18e Tome de la *Bibliothéque Choiſie* pag. 44. *le Clerc* dit que *Forbes* » étoit un homme de » bien, mais dont les ſentimens » étoient très-mitigés à l'égard des » dogmes de l'Egliſe Romaine, » comme on le peut voir ajoute-t-il, » dans ſon Livre poſthume.

Le même *le Clerc* en donnant
l'Extrait de l'Histoire d'Edouard
Hyde, Comte de Clarendon, sur les
guerres civiles d'Angleterre pendant les règnes des Rois Charles I.
& II. qui a été publiée à *Oxford* en
1705. & 1707. sur la foi de ces Mémoires, *le Clerc* nous apprend,
» que si les sentimens de *Forbes* lors
» de sa promotion à l'Episcopat, é-
» toient connus en ce temps-là en
» *Ecosse*, son élection pouvoit faire
» tort au Roi Charles I. & que
» dans ce temps-là, & les circons-
» tances où se trouvoient alors les
» affaires du Royaume d'*Ecosse*, ce
» Roi ne se conduisît pas avec assez
» de prudence, en faisant entr'au-
» tres choses l'Archevêque de saint
» André Chancelier du Royaume,
» & en donnant d'autres emplois
» civils à quatre ou cinq Evêques.
» contre l'usage de ce pays-là ; cela
» exposa ces Evêques à l'envie de
» la noblesse d'*Ecosse*, & quelqu'uns
» d'entre ces prélats, faute d'éduca-
» tion ou de prudence, s'attirèrent
» la haine de leur nation par leur
» conduite dans les délibérations
» publiques.

Quoique cette reflexion du comte de Clarendon ſembleroit ne guéres regarder *Forbes* premier Evêque
d'*Edimbourg*, puiſqu'il y en eut un
du même nom en ce temps-là Evêque d'*Aberdeen*, nommé *Patrik
Forbes*, voici cependant comment,
au ſujet de notre Guillaume *Forbes*,
premier Evêque d'*Edimbourg*, s'explique M. Burnet Evêque de *Saliſbury* pag. 19. & 20. de ſon premier
Tome de l'Hiſtoire des Révolutions
d'Angleterre, traduite par M. de la
Pilonniere.

Le Roi (Charles I.) pendant ſon «
ſejour en *Ecoſſe* érigea un nouvel «
Evêché à *Edimbourg*, & y nom- «
ma un certain *Forbes* qui paſſoit «
pour un homme d'une grande pie- «
té & d'un grand ſçavoir, mais il «
entroit beaucoup de l'eſprit mo- «
nachal dans ſa dévotion, & ſon «
ſçavoir n'étoit que celui d'un pé- «
dant qui avoit battu le pays d'an- «
tiquité. Il avoit tellement la mala- «
die de prêcher, qu'il étoit ſouvent «
des cinq à ſix heures tout de ſuite «
ne Chaire. Il ſe mit en tête de réunir«
les Catholiques Romains & les «

» Proteſtans, & ne fit que montrer
» par un de ſes Livres qu'il intitula
» *conſidérations modeſtes*, qu'il pen-
» choit du côté des premiers. C'é-
» toit un homme très-ſimple & qui
» avoit peu de connoiſſance du mon-
» de, ce qui fut cauſe qu'on eut à
» lui reprocher pluſieurs défauts de
» conduite. Il ne vécut pas long-tems
» après ſa nomination, & il mourut
» ſoupçonné de Catholiciſme, avec
» d'autant plus de fondement, que
» ſon fils embraſſa la Religion Ro-
» maine.

Quoiqu'il en fût du manque de
prudence & du ſçavoir vivre de
Forbes, qui étoient des défauts aſſez communs aux ſçavans des Ecoles
des derniers ſiécles, il étoit, ainſi
que ceux qui le connoiſſoient en
conviennent, très-ſçavant dans la
Théologie & ce qui n'étoit pas
moins eſtimable, il avoit beaucoup
de pieté jointe à beaucoup de modération, de douceur & d'humilité. Elles ne marchent pas toujours de
compagnie.

L'on peut ajouter à l'hiſtoire de
la vie de *Forbes* dont nous ramaſ-
ſons

ſons ſeulement les mémoires ſui- G. For-
vant le deſſein général de notre Re- bes.
cueil, pour lequel nous ne nous
ſommes nullement chargés du ſeul
éloge pompeux ni de l'Oraiſon funebre (ordinairement ſuſpecte) des
Auteurs qui entrent dans notre
compilation, nous pouvons, dis-je,
ajouter que *Forbes* avoit une mémoire excellente, & l'on diſoit de lui,
qu'il ignoroit ce que c'étoit que
d'oublier les choſes qu'une fois il
avoit appriſes. *Unde vulgo dictum*
quod ignoraret quid ſit obliviſci, c'eſt ce
que dit ſon éloge mis à la tête de
ſon Livre.

Il faut d'ailleurs convenir que
parmis les différens talens de *Forbes*,
il étoit très-bon Dialecticien, &
qu'il poſſédoit parfaitement les
Controverſes ; à quoi il avoit d'a-
bord eu lieu de s'appliquer & de
s'exercer, en Pruſſe, en Pologne,
& en Allemagne où ſe trouvent
tant de différens partis diviſés de
ſentimens au ſujet de la Religion.

Par un principe très-louable en
retranchant des diſputes, tout ce
qu'il croioit n'être point abſolu-

ment essentiel à la Religion, in-
terprétant favorablement & modi-
fiant les termes qui mal entendus,
faisoient souvent le seul objet des
Controverses, convenant de ce qui
pouvoit être toléré de part & d'autres, abhorrant sur-tout ce zéle faux
& amer des exécutions & autres
peines employées par rapport à la
Religion, contre ceux qui different
de sentimens, & que l'on prétend
par là les ramener aux nôtres, regardant ces moyens comme également contraires à l'esprit & au vrai
bien du Christianisme, *Forbes* s'é-
toit flatté de concilier tous les differens partis qui divisent la Religion Chrétienne, mais comme il
est mort à l'âge de 49 ans seulement l'on connoît qu'il ne vécut
pas assez pour travailler & avancer
ce grand projet. Mais l'une des premieres causes & des plus essentielles
de ces divisions régnantes, est comme le disoit *Isaac Casaubon* cité dans
la Préface de la premiere édition du
Livre de *Forbes* dont nous ferons
mention ci-après, *Disputare malu-
mus quàm pie vivere.* Nous aimons

mieux difputer avec ferveur fur les
differens points de la Religion, que
de remplir exactement les préceptes & les devoirs indifpenfables du
Chriftianifme, ce qui eft l'écueil contre lequel la plupart des Chrétiens
& des Théologiens vont heurter.

Auffi *Forbes* qui fouhaitoit avec
ardeur cette unanimité fi défirable
dans les fentimens de la Religion,
répetoit fouvent ces mots, *pauca
effe credenda, multa agenda.* Non
pas qu'il fût perfuadé que les articles de la Religion qu'il faut croire dûffent être regardés comme indifferens, ou réduits prefqu'à rien,
& qu'on en dût négliger la connoiffance, il étoit lui même un exemple du contraire. Il vouloit feulement apprendre par-là, que les articles qu'un Chrétien doit croire
n'étant pas infinis, & fe rapportant
aux principaux; il lui étoit aifé de
s'en inftruire affez pour en être con-
vaincu en ce qui eft abfolument né-
ceffaire pour le falut, mais qu'à l'é-
gard des préceptes & devoirs de
la Religion, tout Chrétien non-
feulement ne devoit point fe négli-

G. FOR-
BES.

ger en quoi que ce fût dans leur pratique, mais devoit au contraire s'attacher avec tout le plus grand soin à les remplir, ce qui demandoit une attention continuelle & sans exception de notre part, c'est ce que pratiqua *Forbes* pendant tout le cours de sa vie avec une pieté des plus exemplaires.

Catalogue de ses Ouvrages.

Ce Catalogue sera tout simple, puisque *Forbes* de son vivant n'a fait imprimer aucun de ses Ouvrges, il en laissa un seulement en manuscrit pour être imprimé, lequel à cause des mouvemens & des guerres d'Angleterre, ne pût être donné au public que long-temps après la mort de l'Auteur.

La premiere édition de ce Livre fut faite à *Londres* en 1658. in-8°.

La seconde à *Helmstad* en 1704. Voici le titre de la troisiéme :

Guilielmi Forbesii Episcopi Edemburgensis primi, considerationes modestæ & pacificæ Controversiarum, de justificatione, Purgatorio, invocatione Sanctorum, Christo mediatore, & Eucharistiâ. Editio 3ª & emendata, atque

annotationibus & tribus indicibus au- G. For-
Eta , accessit etiam Compendium Regu- bes.
la Veronianæ , Curante Joanne Fa-
bricio. Francofurti ad Mœnum anno
1707. in-8°.

François Veron natif de *Paris*,
mort en 1649. a beaucoup écrit,
ses Ouvrages ont été recueillis en
2. vol. *in-fol.* il a passé toujours pour
un ardent Controversiste, mais dont
la science ne répondoit pas en cela à son zéle qui souvent étoit accompagné de peu de modération &
de prudence. Son Livre intitulé :
Régle Générale de la foi Catholique
séparée de toutes les opinions Scholasti-
ques & de tous les sentimens & abus,
&c. fut imprimé pour la premiere
fois à *Paris* en 1645. ce Livre ainsi
que sa Méthode pour les Controverses dont le P. *Gonteri* Jesuite a-
voit le premier donné le plan, furent d'abord approuvés par le Clergé de *France*, l'on ne tarda guéres à
s'appercevoir des défauts de cette
prétenduë méthode dont Veron se
faisoit seul honneur, puisqu'elle
fournissoit plus d'armes aux Hérétiques pour détruire les fondemens

de la Religion, qu'aux Catholiques
pour les soutenir contr'eux. C'est ce
que lui montra un Ministre de Man-
te, nommé *Isaac Chorin* à l'égard
des Juifs, des Ariens, des Mono-
thélites, &c. dans un petit livre que
ce Ministre fit imprimer à *Sedan* en
1623. in-12. intitulé : *Réfutation de
la nouvelle Méthode*, &c. Dans le
Livre de *la Régle Générale de la foi*,
&c. Veron ne craint pas de dire:
*Retranchez de Bellarmin & de tant
d'autres Livres de Controverses, tout
ce qui est de la doctrine Scholastique,
hors les articles de foi, vous les dimi-
nuerez de trente-cinq parties, si le tout
en fait quarante.*

La premiere édition du livre de *G.
Forbes* étant rare sur-tout en Allemagne, *Jean Fabricius* Luthérien, Professeur en Théologie à *Helmstad* Abbé
de *Kœnigs Luter*, Inspecteur de toutes les Ecoles de *Brunswik Wol-
fembutel*, dont l'on peut voir un
Eloge abregé à l'art. 3. du premier
vol. de la *Bibliothéque Germanique*,
a eu soin par ces deux dernieres
éditions, de remettre ce Livre de
Forbes sous les yeux du public, en

y ajoutant quelques légeres notes, G. FOR-
mais en petit nombre de sa façon BES.
avec deux Extraits de livres qu'il a
cru y avoir quelque rapport.

La seconde & la troisiéme édition sont pareilles, & sont les mêmes, excepté qu'à la troisiéme, quoique le titre n'en dise rien, l'on y a
ajouté à la fin un Extrait du Traité
par lequel commence la Théologie
des Freres *Walenburch*, où il s'agit
de l'examen des principes de la foi;
dans lequel Traité il distingue ce
qui est d'une foi certaine & universelle dans le Christianisme, de ce
qui est moins certain, & en Controverse & peut-être toleré sans bles-
ser la charité ni la foi. En quoi ils
disent s'être beaucoup servi du Livre de François *Veron* auparavant
Jesuite, en suite Curé de Charen-
ton, & fameux Controversiste, dont
l'abregé du Livre *De Regula fidei*
se trouve à la fin de la troisiéme édition du Livre de *Forbes*, ainsi qu'il
est marqué dans le titreci-dessus.

A la tête de toutes ces trois éditions, se trouve *Elenchus vitæ Guill.
Forbesii* fait par un ami zélé auquel
apparemment il avoit confié le ma-

G.Forbes.

nufcrit de fon Livre, & qu'il avoit chargé de le faire imprimer. Ce Mémoire de la vie de *Forbes* eft bien écrit, & nous avons cru devoir nous en fervir pour guide.

Comme *le Clerc* dans le V. Tom. de fa Bibliothéque Choifie art. 9. a donné un long Extrait de cet Ouvrage de *Forbes*, cela nous difpenfera de nous y étendre. Dans le Traité du Purgatoire, *Forbes* femble avoir eu intention de prouver que les anciens ne croioient point l'éternité des peines de l'enfer, qu'ils confondoient fouvent avec ce qui s'appelle aujourd'hui le Purgatoire. Ce fentiment a été depuis peu renouvellé par l'Auteur du Livre intitulé : *Syftême des anciens & des modernes concilié par l'expofition des fentimens différens de quelques Théologiens fur l'état des ames féparées des corps*, imprimé *in-12.* à *Amfterdam*, chez les Wefteins en 1731. & 1733. lequel eft écrit en plufieurs lettres ; on l'attribuë à un Suiffe très-diftingué aujourd'hui par fon efprit & par fa pieté. Ces Lettres fe trouvent ordinairement jointes

tes aux nouveaux *Eſſais ſur la bonté* G. For-
de Dieu, *la liberté de l'homme & l'o-* bes.
rigine du mal, traduits de l'Anglois
de M. Chubb, imprimés à *Amſter-*
dam, chez Changuion en 1732.

Le Clerc dans ſon Extrait ci-deſ «
ſus convient que *Forbes* étoit un «
homme d'eſprit & de grande lectu-«
re, qu'il ne lui manquoit qu'un peu «
de bonne Philoſophie, & d'étude «
critique de l'Ecriture Sainte, ce «
qui lui auroit donné lieu de ſe dé-«
gager de pluſieurs idées embaraſ-«
ſées qu'il ſembloit avoir, & dont «
il n'avoit pas, ce ſembloit-il, une «
notion aſſez claire & diſtincte. Ce-«
ci eſt remarqué par *le Clerc* au ſujet
du dernier Traité *de Euchariſtiâ*,
où *Forbes* ſemble ſe contredire, &
fait un ſyſtême qui ne peut guéres
être adopté par aucun parti.

Forbes en mourant a laiſſé un
exemplaire des Controverſes de
Bellarmin de la premiere édition
de *Paris*, relié en trois volumes
in-fol. dont le haut, les côtés & le
deſſous des marges de chaque page,
étoient toutes remplies de ſes notes.

Elles étoient pour ainsi dire le
fond & le recueil journalier & abregé de ses études de Théologie ,
de même que des ouvrages , lesquels suivant toute apparence il se
promettoit dans la suite de donner
au public.

Celui seul qui a été imprimé dont
nous venons de donner le titre ,
n'est qu'une partie de ces mêmes
notes , sur quelques traités particuliers de Bellarmin : que *Forbes* avoit
depuis étendues & mises en ordre
pour être publiées d'avance , en attendant qu'il eût le loisir de mettre
le reste en même état. Ce qui se
connoît par le titre des Traités imprimés de *Forbes*, qui se rapportent,
ainsi qu'il est marqué à leur tête ,
à ceux des Controverses de Bellarmin qui traitoient des mêmes matieres.

Cet exemplaire ainsi chargé des
notes manuscrites de *Forbes* , tomba après sa mort entre les mains de
Robert Baronius Ecossois , Professeur en Théologie , & en cette derniere qualité son successeur à *Aberdeen*, il regardoit , & il a conservé

cet exemplaire comme un vrai tréfor, difant que de tous ceux qui
avoient écrit contre Bellarmin,
aucun n'y avoit fi bien réuffi que
Forbes l'avoit fait dans fes notes.
Baronius fe flattoit de les faire imprimer, & d'y joindre des additions & des differtations de fa façon, mais à peine avoit-il commencé de s'appliquer férieufement à
cet Ouvrage, qu'il mourut, & cela
refta imparfait dans fon cabinet.

Le *Clerc* dans fon Extrait ci-deffus cité du Livre de *Forbes*, après
avoir remarqué qu'on peut regarder
ce Livre comme une Hiftoire nette
& exacte des fentimens des Théologiens des derniers fiécles, fur les
matières particulieres qu'il traite
dans fon Livre, après avoir dit que
le plan de *Forbes*, n'eft pas tant de
rechercher ce qui eft vrai en foi-mê-
me, que de découvrir ce qu'ont
cru communément les Théologiens,
de fixer l'état de leurs Controverfes,
& de montrer que l'on s'éloigne
fouvent plus de l'Eglife Romaine
qu'on ne doit, ce docte journalifte
ajoute qu'il feroit à fouhaiter que

I ij

G. FOR-
BES.

l'on eût de semblables recherches sur toute la Théologie pour les consulter au besoin.

Ces notes manuscrites de *Forbes* avoient déja bien avancé ce plan désiré par le *Clerc*, plan que Baronius ou Baron, ainsi que nous venons de le dire, s'il n'eut été prévenu par la mort, se flattoit d'exécuter, en publiant les notes entières de *Forbes* mises en ordre, avec les additions & les supplémens qu'il croyoit à propos d'y faire.

Baronius étoit très-capable d'exécuter ce projet, puisqu'il a donné lui-même au public plusieurs Ouvrages de Controverse qui ont été estimés, entr'autres *De auctoritate Scriptura, de discrimine peccati venialis & mortalis, de possibilitate legis implendæ, Philosophia Theologia ancilla,* &c.

JEAN FORBES.

J. FORBES. *JEAN FORBES*, fils de Patrice ou Patrice *Forbes*, Seigneur de *Corse* & Baron d'*Oneil* en *Ecosse*, &

Evêque d'*Aberdeen* , naquit dans ladite Ville , environ lan 1593.

Il étoit de la famille de *Guillaume de Forbes* dont nous venons de donner la vie , mais étoit plus jeune que lui d'environ huit ans.

Après avoir fait avec beaucoup de ſuccès ſes études de Théologie d'abord dans l'Univerſité d'*Aberdeen* , enſuite dans celle d'*Heidelberg* ſous le docte *Parœus* , il les continua dans différentes Académies ou Univerſités de la haute & baſſe Allemagne , où il étudia auſſi la langue Hébraïque & s'y rendit très-habile ; enfin par-tout où il paſſa il s'y fit diſtinguer par ſon ſçavoir.

Il faut qu'il eût fait de bonne heure de grands progrès dans la Théologie , puiſque *Pictet* dans ſes œuvres mêlées qui font le troiſiéme Tome de ſa Théologie, page 263. remarque qu'en 1608. *Jean Forbes Ecoſſois* ſoutint une diſpute publique contre l'Archevêque & les Luthériens d'Upſal , *Forbes* étant né en 1593. ne pouvoit avoir alors que 16. à 17. ans.

Enfin, après avoir étudié avec

J. FORBES. foin, la Théologie, les Peres de l'Eglise & l'Histoire Ecclesiastique; de retour en sa patrie, son sçavoir distingué dont l'on sentoit alors le besoin qu'on avoit, ne fut pas un des moindres motifs qui engagerent l'Université d'*Aberdeen* de créer en sa faveur, une Chaire de Professeur qui le feroit en même temps en Théologie & en Histoire Ecclésiastique. Les conjonctures du tems, ainsi que nous le dirons ci-après, exigeoient que sa patrie profitât du bonheur qu'elle avoit de trouver chez elle un si habile sujet pour remplir ce double poste.

Mr Burnet Evêque de Salisbury, dans le premier Tome de son Histoire des dernieres *Révolutions d'Angleterre*, pag. 33. donne une idée peu avantageuse de la Science & de l'Etat alors des Ecclesiastiques d'Ecosse, il étoit de ce pays-là & son témoignage ne doit guéres être suspect.

» Toute leur Science, dit-il, ramassée ensemble, se réduisoit à » deux ou trois mots d'Hebreu, » très-peu de Grec, quelques lam-

beaux de Controverse contre les « J. FORBES.
Papistes , & sur - tout contre les «
Arminiens. Ces Messieurs n'al- «
loient pas plus loin . . . . . l'espece «
de sçavoir qu'ils recommandoient «
à leurs jeunes étudians, se termi- «
noit à quelques systêmes de Théo- «
logie Allemande ; quelques Com- «
mentaires sur l'Ecriture ; quelques «
Livres de Controverse & de pieté. «
Ils étoient si exacts dans les Uni- «
versités & les Ecoles à leur faire «
faire & répeter le tour de ce petit «
espace , que s'ils n'avoient point «
de gens fort sçavans , ils n'en «
avoient point non plus de fort «
ignorans parmi eux. «

Ce fut pour les engager à aller
puiser dans des sources plus abon-
dantes , & pour leur en montrer le
chemin que cette Chaire en Théologie & en même temps en Histoire Ecclesiastique fut fondée. *Jean
Forbes* étoit très-capable de fournir
seul cette vaste carriere, M. Burnet
dit que ce fut le pere de *Jean Forbes* , Evêque d'Aberdeen , qui fonda
cette Chaire double : la reconnoissance & les liens du sang , eurent la

J.FORBES. moindre part au choix que l'on fit
du fils pour la remplir, il auroit été
bien difficile de trouver ailleurs un
sujet qui en eût été plus digne.

Aussi s'acquitta-t-il de cet emploi
avec un grand applaudissement. Jusqu'à ce qu'ayant toujours compté
de parvenir à l'Episcopat, ainsi que
l'avoit fait son pere, s'étant rangé
pour cela dans le parti des Episcopaux, ayant signé les cinq articles
du Roi Jacques I. il se trouva in-
sensiblement envéloppé dans les
troubles qui sous Charles I. agiterent si fort l'Eglise & le Royaume d'Ecosse, ce qui fit perdre à
Forbes sa Chaire de Professeur, &
le parti du Roi auquel il fut toujours attaché, n'ayant pas prévalu, ses
espérances pour l'Episcopat, s'éva-
nouirent.

Jacques I. avoit rétabli l'Episcopat en Ecosse en 1610. En 1618. il
voulut que le Synode assemblé à
Perth dressât les cinq articles suivans.
1°. Que l'on recevroit la Communion à genoux. 2°. Qu'on adminis-
treroit le Baptême dans les maisons
particulieres lorsque la nécessité le

requereroit. 3°. Que l'on diftribueroit J. FORBES.
auffi la Sainte Céne en particulier
dans le même cas de néceffité. 4°.
Qu'après que les enfans auroient été
inftruits dans la Religion, ils rece-
vroient la bénédiction de l'Evêque
par l'impofition des mains, ce qui fe
nomme autrement la confirmation.
5°. Qu'on célébreroit les fêtes les plus
remarquables deftinées à la mémoire de quelques bienfaits fignalés de
Dieu, comme la fête de la naiffance
de *Jefus-Chrift*, celle de fa Paffion,
de fon Afcenfion, de l'envoi du S.
Efprit autrement Pentecôte. Tous
ces articles, comme l'on voit, ne ten-
doient qu'à rapprocher autant qu'il
étoit poffible la difcipline Anglicane, de la Prefbyterienne ou autrement de la difcipline Réformée
qu'on fuivoit à *Geneve*. Ces articles
étoient affez indifferens en eux mêmes, & *Forbes* afpirant à l'Epifcopat
avoit un interêt perfonnel à n'en pas
contrarier les pratiques & les droits.
Il foufcrivit fans peine à ces articles,
ce qui devoit lui rendre plus facile
la nomination du Roi à l'Evêché, fi
les affaires du Prince fe fuffent réta-
blies en Ecoffe.

J. FORBES. Ce mélange de discipline en chose assez indifferente pour rapprocher l'Eglise Presbyterienne de l'Anglicane , ou tout au moins pour les engager à se tolerer mutuellement comme leur interêt commun sembloit le demander , auroit paru louable dans un Prince qui veut faire vivre ensemble ses Sujets en paix , quoique dans leurs sentimens ou leur discipline particuliere il y ait quelques differences.

Mais les Ecossois encore mieux que les Anglois , crurent s'appercevoir bien-tôt que l'introduction de l'Episcopat en Ecosse avoit bien d'autres vûës que de rapprocher pour la paix ces deux partis.

Ils crurent pénétrer le vrai motif de ce nouveau rétablissement des Evêques en leur pays. Les Auteurs & l'imprudence de la plupart de ces Prélats que l'on venoit de placer en Ecosse , qui vouloient tout asservir à leur autorité , indisposerent tous les esprits contr'eux & contre le Roi , par l'abus qu'ils faisoient de la trop grande faveur qu'il leur accordoit.

» Ils étoient à ce que remarque J. Forbes,
» M. Burnet, si enflez du zéle que
» le Roi marquoit pour leur agran-
» dissement, & si bien mis en train
» par l'Archevêque *Laud*, qu'ils
» passerent toutes les bornes de la
» modération ; & semblerent, par
leur conduite hautaine, confirmer
aux Ecossois, toutes les idées qu'ils
avoient que l'on vouloit, par les E-
piscopaux, subjuguer les Presbyteriens, ou les mettre continuelle-
ment & si fort aux prises ensemble,
qu'ils s'entredétruiroient, ou de-
viendroient tout au moins ennemis
irréconciliables ; & que pendant ces
divisions entr'eux, l'on auroit le
bonheur en l'un & l'autre Royaume d'y rétablir la Religion Romaine d'une maniere victorieuse. Ce à
quoi il ne paroissoit pas aisé de réus-
sir tant que les Episcopaux & les
Presbyteriens vivroient ensemble en
paix.

L'on ne peut guéres douter que
ce ne fussent-là les grandes vûës de
la Reine, Madame Henriette Marie de France, sœur de Louis XIII.
épouse de Charles I. laquelle avoit

J.FORBES. beaucoup d'afcendant fur l'efprit de
ce Prince , & étoit guidée par les
avis fecrets du Nonce , & par les
habiles confeils des Ecclefiaftiques
qu'elle avoit près d'elle. *Laud* pour
mieux s'attirer la confiance de la
Reine , fembloit en ce deffein fe
prêter aux mefures de la Princeffe.

D'un autre côté le Roi conduit
par les confeils intereffés & violens
de fes Miniftres à ce que dit le même Burnet , » ne fongeoit à rien
moins qu'à changer en Ecoffe tou- «
» te la Conftitution de l'Eglife, &
» la face du Royaume , & à arracher
» de gens peu difpofez à s'en défaifir
» les biens Ecclefiaftiques dont les
» peuples s'étoient emparés en Ecoffe
» lors de la réformation , qui fai-
» foient une partie fi confidérable des
» richeffes de cet Etat.

Toute la nation mécontente &
les efprits extrêmement aigris , l'on
ne fongea en Ecoffe qu'à faire des
ligues & des conféderations pour
fe maintenir & fe garantir contre
les projets de la Cour. La guerre ci-
vile fuivit de près; les Ecoffois fe joi-
gnirent aux Anglois qui avoient

leurs griefs particuliers, & la guer-J.Forbes.
re, comme l'on fçait, eut une fuite bien funefte pour le Roi.

Les affaires d'Ecoffe étant dans cette fermentation, *Jean Forbes* fut malgré lui enveloppé dans ces troubles.

Il avoit figné, comme nous l'avons dit ci-deffus, les cinq articles arrêtés en 1618. au Synode de *Perth*, mais il ne voulut point figner dans la fuite la confédération nationale faite à l'occafion de ces articles & de la Liturgie. Cela lui attira une condamnation de la part du Synode tenu à *Aberdeen* en 1640. & cette affemblée ayant remis l'exécution de fa Sentence à la Claffe d'*Edimbourg*, cette Claffe le dépouilla l'année fuivante de la Chaire qu'il avoit dans l'Univerfité d'*Aberdeen*.

Il parut foutenir ce coup avec toute la modération & la tranquillité poffible. Il ne laiffa pas, malgré fon expulfion de fa Chaire, de continuer à vivre avec union & amitié avec les Prefbyteriens, fréquentant leur affemblée, & communiant de leur mains, voulant montrer par-là

J.Forbes. qu'il étoit ennemi de tout schisme.

L'année suivante, c'est-à dire en 1642. comme les troubles augmentoient en Ecosse ainsi qu'en Angleterre contre le gouvernement de Charles I. & que l'on y pressoit vivement la souscription du Traité d'alliance de ce Royaume avec celui d'Angleterre. *Forbes* voulant se ménager avec le parti du Roi qui pouvoit reprendre le dessus, voulant néanmoins paroître n'en prendre aucun pour se soustraire à la souscription de ce Traité d'union des deux Royaumes & éviter les malheurs de la guerre qu'il prévoyoit devoir suivre ce Traité ; il se détermina à quitter sa patrie, & se retira en Hollande, où il resta quelques années, pendant lesquelles ayant revû ses leçons qu'il avoit faites dans l'Université d'*Aberdeen*, & reuni les matériaux qu'il avoit ramassé à ce sujet, il en composa & fit imprimer à *Amst.* en 1642. ses *Institutiones Historico-Theologicæ, in-fol.* Livre qui dès qu'il parut mérita les Eloges des plus sçavans Théologiens de Hollande & qui quelque gros qu'il foit, a mérité qu'il y en ait eu J.FORBES déja trois éditions.

L'année fuivante, c'eft-à-dire en 1646. il publia & fit imprimer à *Amfterdam*, *in-4°*. le Commentaire de fon pere fur l'Apocalypfe. Je croi qu'il y fit en même temps imprimer fon *Irenicum* qu'il compofa a l'occafion des troubles de l'Eglife d'Ecoffe & pour tâcher à les pacifier.

Forbes retourna enfuite en Ecoffe, & fe retira dans fa Terre de Corfe, où il fit des additions & des corrections à fon Livre des *Inftitutions Hiftoriques - Thélogiques*, qui n'ont paru que dans l'édition d'*Amft.* de 1703. qui contient le Recueil de fes œuvres, il travailla auffi dans fa retraite à plufieurs Ouvrages de pieté & de morale, qui n'ont été publié que dans le Recueil ci-deffus.

Tout le refte du temps qu'il vécut il mèna une vie fort folitaire & fort édifiante dans fa terre, où il mourut le 29. Avril 1648. âgé d'environ 55 ans, & fut enterré, fuivant qu'il l'avoit ordonné, fans la moindre pompe dans le Cimetiere de fa

J. FORBES. Paroiſſe de Corſe, ou par modeſtie il avoit pareillement défendu qu'on lui érigeât aucun tombeau & qu'on lui mît aucune épitaphe.

Crenius part. 13. *animadverſ.* pag. 101. s'explique d'une maniere peu avantageuſe ſur le caractere perſonel de *Forbes* au ſujet de ſa variation dans la Religion, il l'accuſe de diverſes mauvaiſes ſoupleſſes, & lui reproche ſon ambition & ſon avarice. Peut être le confond-il avec un autre Forbes, ſi c'eſt de celui-ci dont il parle, la modeſtie qu'il marqua lors de ſa mort, montreroit aſſez qu'il ſeroit alors bien revenu des idées de vanité qu'il auroit pû avoir pendant ſa vie. Et ſes Livres poſthumes marquent au moins qu'à la fin de ſes jours il avoit un grand fond de pieté.

Catalogue de ſes Ouvrages.

Joannis Forbeſii à Corſe Inſtitutiones Hiſtorico-Theologicæ. Amſtelod. 1645. *in-fol.* La ſeconde édition de ce Livre a paru à *Geneve* en 1699. *in-fol.* elle eſt la même que celle-ci-deſſus. La troiſiéme compoſe le ſecond Tome du Recueil des œuvres

vtes de *Jean Forbes* imprimé à *Amſ-*
terdam, *in fol.* en 1703. par les ſoins
de M. Gurtler, Profeſſeur en Théologie à *Deventer*, fils de celui dont
nous avons donné la vie dans le
Tome précedent, qui a orné cette
édition de ſçavantes Préfaces & des
indices néceſſaires. Il y a joint les
corrections & additions de l'Auteur. En voici le titre.

Reverendi viri Johannis Forbeſii à
Corſe Presbyteri & SS. Theologia Do-
ctoris, ejuſdemque Profeſſoris in Aca-
demiâ Aberdonenſi Opera omnia in-
ter quæ plurima poſthuma, reliqua ab
auctore interpolata emendata atque au-
cta. C'eſt-à-dire, *toutes les œuvres de*
Jean Forbes, Seigneur de Corſe Prê-
tre, Docteur en Théologie, & Profeſ-
ſeur dans la même Faculté, dans l'U-
niverſité d'Aberdeen. Parmi leſquels
il y en a pluſieurs poſthumes ; les au-
tres ont été changées, corrigées &
augmentées par l'Auteur. A Amſter-
dam, chez les *Wetſteins* 1703. *in-*
fol. Tome I. pag. 914. Tome II.
pag. 735. ſans les Préfaces & les
Indices.

Quoique *les Inſtitutions Hiſtori-*
Tome XLII. K

ques-Théologiques de *Forbes* n'occupent que le second Tome de ce Recueil, nous commencerons par elles, parce que c'est l'Ouvrage le plus considérable de *Forbes*, & qui lui a fait le plus d'honneur, quoiqu'il ne l'ait pas achevé comme il avoit dessein de le faire.

La premiere origine de ce Livre, ainsi que de l'érection de la nouvelle Chaire de Professeur en Théologie, & en Histoire en faveur de *Jean Forbes*, dont ce Livre a été la suite, fut que l'on apprit en Ecosse que le Pape avoit envoyé en secret dans ce Royaume plusieurs Missionnaires pour tâcher de regagner ceux qui avoient quitté la Religion Romaine.

L'on sçavoit que rien n'avoit plus fait valoir la réformation de Luther, de Calvin & de ceux qui les suivirent, que de ce qu'ils avoient prétendu que l'état actuel de l'Eglise lorsqu'ils commencerent à prêcher, soit dans les dogmes, soit dans la discipline & les cérémonies, étoit absolument different de celui de l'Eglise primitive.

L'expérience avoit appris que ce J. Forbes.
qui avoit d'abord engagé les peuples à suivre la doctrine de ces prétendus Réformateurs , c'est qu'ils
n'avoient pas cessé de crier que le
retranchement de la coupe à l'égard
des fidéles étoit contraire à ce qui
avoit été ordonné expressément par
J. C. qui avoit dit : *buvez-en tous.* Ce
qu'ils confirmoient par les Ecrits de
S. *Paul.* Ils soutenoient que les prieres
& services de l'Eglise ne devoient
pas être faits en langue inconnuë au
peuple , cela étant défendu par l'A-
pôtre & contraire à la pratique des
premiers siécles de l'Eglise. Que la
transubstantiation dont le terme
barbare & inconnu avant le onze
ou douziéme siécle , étoit un terme
& un dogme inventé par les Scho-
lastiques , qu'il n'avoit été autorisé
qu'au treiziéme siécle par Innocent
III. qui autorisa aussi la confession
auriculaire , libre auparavant suivant
qu'ils prétendoient le prouver , par
ce qu'avoit ordonné au quatriéme
siécle *Nectaire* Evêque de Constantinople au rapport de Socrate & de
Zozomene , & ajoûtoient que cette

K ij

J.FORBES. néceffité de la confeffion auriculaire
que l'on avoit fait fucceder à la confeffion publique, établie feulement
pour les pénitens de péchés fcanda-
leux, n'avoit été ordonnée par ce
grand Pape que par politique pour
tenir tous les laïcs dans une dépen-
dence abfoluë du Clergé, quoique
J.C. ni fes Apôtres dans une chofe fi
effentielle n'euffent, difoient-ils, rien
ordonné à ce fujet. Ils ne s'élevoient
pas moins contre le dogme du Purgatoire qu'ils traitoient de fabuleux,
& difoient avoir enfanté les prieres
pour les morts, ce qui n'avoit été
prêché long-temps après l'établiffement de l'Evangile, à ce qu'ils pu-
blioient, que pour procurer des dons,
des fondations, & des richeffes im-
menfes aux Ecclefiaftiques. Ils traitoient de nouveauté l'introduction
du culte des images. Celle de tant
de cérémonies differentes, celle de
la bigarure de tant d'Ordre Religieux, ils accufoient de nouvelle
ufurpation l'autorité du Pape fur
toute l'Eglife, l'on fçait avec quelle véhémence & emportement Luther avoit déclamé contre cette au-

torité , & contre les Indulgences. **J. FORBES.**
Enfin il n'y avoit prefque point de
doctrine & de pratique autorifées
alors dans l'Eglife Catholique , contre la prétendue nouveauté defquelles ils ne s'élevaffent avec aigreur
& fans ménagemens. Leur principal axiome étoit *ab initio non erat*
fic.

Les Miffionnaires envoyés en E-
coffe dans un temps où les leçons
de *Guillaume Forbes* auffi Profeffeur
en ce temps-là à *Aberdeen* , leur
fervoit déja beaucoup , ainfi que
nous l'avons remarqué dans fa vie ,
prétendirent, à leur tour, par l'antiquité , juftifier les dogmes prétendus nouveaux & les pratiques ac-
tuelles de l'Eglife Romaine.

Suivans en cela les traces des Cardinaux Bellarmin & du Perron , &
profitant de leurs fçavans Ouvrages,
ils fe fervoient pour répondre aux
nouveaux Réformateurs , de l'autorité des Peres, & des autres anciens
Auteurs Ecclefiaftiques , ce qui frappoit d'abord les prétendus Réformés , & leur faifoit comprendre
fans peine que tout au moins en

J.Forbes. plufieurs chofes , ils avoient eu tort
d'avoir embraffé leur réforme.

Pour arrêter ce progrès des Miffionnaires , les Réformés d'Ecoffe
crurent qu'ils devoient mieux étudier qu'ils ne l'avoient fait non-feulement la Théologie , mais encore
l'Hiftoire Ecclefiaftique , les Peres ,
les Conciles & les anciens monumens de l'Eglife , afin de former &
d'inftruire fur toutes ces chofes leurs
jeunes étudians , & les rendre capables de réfoudre les nouvelles difficultés que propofoient ces Miffionnaires avec fuccès.

Cela donna lieu comme nous l'a-
vons dit à l'érection de la nouvelle
Chaire dans l'Univerfité d'*Aberdeen*,
qu'occupa *Jean Forbes* , & des leçons qu'il y fit , il en compofa fon
Livre qui contient bien des quef-
tions curieufes & importantes. C'eft
un vafte Recueil , ou en traitant de
la Doctrine Chrétienne , il y remarque les differentes circonftances
qui fucceffivement y ont, dit-il,ame-
né des changemens , il y fait mention des differentes erreurs qui font
nées dans chaque fiécle , des difpu-

tes & Controverfes qui s'y font éle- J. FORBES
vées , & y ont été agitées depuis
les temps apoftoliques jufqu'au dix-
feptiéme fiécle. Il y a ramaffé avec
grand foin tous les paffages des anciens Auteurs Ecclefiaftiques qui
concernent les matieres qu'il traite ,
& par où l'on peut voir quels ont
été leurs fentimens. *Forbes* y raifon-
ne peu , mais il fait voir par - tout
beaucoup de lecture & de jugement.

Il a divifé fon Ouvrage en feize
Livres , & prétendoit y ajouter un
fecond vol. fa vie fut trop courte
pour y travailler dans fa retraite à
fon retour en Ecoffe , & ne lui permit que de faire des corrections &
des additions au premier volume
qu'il avoit fait imprimer, & dont
l'on a profité dans la troifiéme édition d'Amfterdam.

Dans le premier Livre des *Inftitut.*
Hift. Théologiq. Jean Forbes traite
de Dieu & de fes attributs dans le
goût & fuivant la méthode ordinaire
des Théologiens. Dans le 7e. chapitre de ce Livre , il y réfute en particulier la Differtation *De pace &*
Concordiâ Ecclefia de *Samuel Pre-*

J.Forbes. *zipcovius* illustre Socinien Polonois qui s'étoit caché sous le nom d'*Irenée Philalethe*, & qui âgé seulement de 18. ans commençant alors à peine ses études dans l'Université de *Leyde*, y publia ce Livre en 1628. dont il y a eu plusieurs éditions, où il prétendit que si l'on ne réussit point à convaincre & convertir les Sociniens, l'on doit au moins les tolerer.

Dans son second Livre *Forbes* traite de l'Incarnation. Dans le troisiéme de la differente situation & des differens états de l'Eglise primitive, de plusieurs hérésies & disputes, que dès le premier siécle elle vit naître dans son sein ; il y traite aussi particulierement du 5e. Concile œcuménique de 551. qui est le second de Constantinople & de quelqués autres. De l'état des affaires depuis le Concile de Chalcedoine jusqu'à l'Empereur *Honorius*, & des differentes Révolutions arrivées dans le Gouvernement politique de l'Italie jusqu'à Charlemagne, ce qui commença à frayer aux Papes que cet Empereur combla de ses bien-

bienfaits , le chemin de la grandeur J. FORBES.
& la puissance où depuis ce Prin-
ce, les Papes sont parvenus.

Le quatriéme Livre fait le détail
de ce qui concerne Mahomet & ses
Sectateurs ainsi que des Croisades.

Le cinquiéme est rempli de ce
qui regarde le Monothélisme & les
affaires qui se traiterent du temps
du Pape *Honorius*, qui souscrivit, à
ce qu'on prétend, à cette hérésie. Le
sixiéme est employé contre les adop-
tionaires dont *Felix d'Urgel* & *Eli-
pand* Evêque de Tolede, étoient les
Chefs. Ils disoient, que quoique
J. C. fût véritable, naturel, & propre Fils de Dieu, quant à sa nature
Divine; il n'étoit cependant Fils de
Dieu que par adoption & par grace
à l'égard de sa nature humaine. On
croit qu'ils vouloient par ce détour
introduire dans l'Eglise les dogmes
de Nestorius. Le septiéme Livre
traite de l'Objet du Culte Religieux,
ainsi que du 7e. & 8e. Conciles œcu-
méniques.

L'hérésie Pélagienne & ses bran-
ches, ce qui concerne la grace, le
franc arbitre, & plusieurs questions

Tome XLII. L

J. Forbes. qui s'y rapportent, occupent le 8e.
Livre.

Les autres suivans, quoiqu'en
même temps historiques, paroissent
plus Théologiques. Puisque le 9me.
concerne les Sacremens en général,
leur nature, leur efficace, & leur
nombre. Le 10me. celui du baptême en particulier, & il y combat
les sentimens des Donatistes & de
l'Eglise Romaine à ce sujet. Le
11me. Traité du Sacrement de l'Eucharistie. Le 12me. celui de la Pénitence, & confession, & des questions qui y ont rapport, il y combat les sentimens de l'Eglise Romaine, les erreurs des Gnostiques,
de Felicissime, des Novatiens, des
Luthériens. Le 13me. parle du Purgatoire & de la prière pour les
morts. Le 14me. de l'unité & du
schisme. Le 15me. de la primauté de
S. Pierre. Enfin le 16me. & dernier
Livre, est employé à l'histoire des
successeurs, tant de S. Pierre que
des autres Apôtres.

Les Professeurs de l'Université de
Leyde & *d'Utrech*, s'empresserent à
donner les Eloges les plus magni-

fiques au Livre de *Jean Forbes* lorſqu'il parut. Ils ſont imprimés au commencement. Voici le témoignage a-
vantageux qu'en a donné M. Burnet Evêque de Saliſbury en parlant
de l'Auteur. » Il fut, dit-il, d'une
» érudition beaucoup plus étendue
» que celle de ſon pere , & ſi grand ,
» qu'il n'y a perſonne peut-être en
» ce ſiécle , qui le ſurpaſſe. Ceux
» qui liront ſon Livre des *Inſtitutions*
» *Hiſtoriques & Théologiques* , ne lui
» diſputeront pas cette qualité ; car
» c'eſt un Ouvrage excellent , que ſi
» on l'avoit laiſſé en paix dans la re-
» traite qu'il avoit choiſi pour s'ap-
» pliquer à l'étude , & qu'il l'eût pû
» achever par un ſecond volume ,
» ce ſeroit peut-être le plus riche
» Traité de Théologie qu'on ait en-
» core vû paroître. Il en occupoit la
» Chaire de Profeſſeur que ſon pere
» avoit fondée lorſque les Ligueurs
» le chaſſerent , & l'obligerent de
» s'enfuir de l'autre côté de la mer.

Morhof dans ſon *Polyhiſtor* Liv.
5. n. 29. parle de ce Livre de *Jean*
Forbes avec beaucoup d'eſtime , &
le loue par rapport aux choſes ſça-

J.FORBES. vantes & recherchées qui s'y trouvent. *Cave* dans ses Prolégoménes
Hiſtoriques & Litteraires ne l'eſtime pas moins, & en conſeille la
lecture comme d'un Ouvrage fort
utile à ceux qui s'attachent à l'é-
tude de l'antiquité Eccleſiaſtique,
il ajoute qu'il auroit ſans doute été
d'une plus grande utilité, ſi l'Auteur avoit aſſez vécu pour achever le
plan qu'il s'étoit propoſé dans ſon
Livre, lequel étant d'un grand uſage pour les étudians, a mérité qu'on
en fit pour eux un abregé dont voici le titre :

*Arnoldi Montani Forbeſius contra-
ctus*, à Amſt. 1663. *in-8º.*

*Patricii Forbeſii Commentarius in
Apocalypſin, cum annotationibus Joh.
Forbeſii*, Amſt. 1646. *in-4º.*

Jean Forbes en donnant au public
cet Ouvrage poſthume de ſon pere,
qui étoit Evêque d'Aberdeen, y a
ajouté ſes remarques particulieres.

A l'égard des autres Ouvrages de
Jean Forbes compris dans le premier Tome du Recueil de ſes œuvres, lequel Tome eſt de 914. pag.
quelques-uns avoient déja été pu-

bliés, quelques autres paroiſſoient J.Forbes.
pour la premiere fois, & ont été
imprimés ſur les manuſcrits que
l'Auteur en avoit laiſſés en mourant.

Quoiqu'ils ne ſoient pas tous d'un
uſage auſſi général ni auſſi important que l'eſt ſa Théologie Hiſtorique dont nous venons de parler, il
y en a cependant quelques-uns qui le
font, entr'autres ſon *Traité de Théologie Morale*, qui a été imprimé
ſur le propre manuſcrit de l'Auteur
& n'avoit point encore paru auparavant. D'ailleurs tout ce qui part
des grands hommes eſt toujours
précieux.

Comme *les Nouvelles de la République des Lettres* au mois de Fevrier 1704. ont fait une Analyſe
exacte des Ouvrages particuliers de
Forbes compris dans ce premier
Tome, nous nous contenterons de
les indiquer.

Brieve idée de la vie interieure de
Forbes, *tirée des amples Commentaires ſur les exercices ſpirituels de l'Auteur que M. Gaiden a eu en Ecoſſois
écrits de la propre main de* Forbes,
& qu'il a traduits en latin.

J.FORBES   Cette vie contient les prieres, les actions de grace, la confession des péchés, les mortifications, les combats, & les entretiens de Forbes avec Dieu. Cette grande spiritualité dans la dévotion, ainsi que le remarque Burnet, étoit alors fort commune en Ecosse, & comme l'on abuse souvent des meilleures choses, elle dégeneroit quelquefois chez les particuliers en enthousiasme.

Les Commentaires de la vie interieure, & des exercices spirituels de Forbes *écrits par lui-même & traduits encore en Latin par M. Garden.*

Ces Commentaires sont fort longs, & contiennent presque jour par jour l'histoire de tous les exercices de pieté de l'Auteur, & des graces qu'il avoit reçues de Dieu dans ces exercices. Tout cela a ce que remarque M. *Bernard*, est très-édifiant & propre à nourrir la pieté.

Cette vie intérieure est suivie d'un *Sermon* sur le verset premier du Ps. 110. d'une *Dissertation sur la Vision de Dieu* & d'un autre *Sermon*, Sur S. Jean Chap. 14. vers. 27.

Dix Livres de Théologie Morale J.FORBES.
qui contiennent une explication du Dé-
calogue.

Ce grand Ouvrage peut passer
pour un corps complet de morale,
il contient plusieurs matieres sçavan-
tes & curieuses, & plusieurs Dissertations importantes. L'Auteur y
explique diverses questions sur la
Loi de Dieu, & sur les commandemens particuliers dont elle est composée : il y examine aussi les cas de
Conscience les plus considérables &
les plus difficiles. Il suit dans ce
Traité sa méthode odinaire, c'est-
à-dire, qu'il ne s'étend point en
longs raisonnemens ; mais il rapporte toujours l'opinion des peres, &
même des Théologiens Scholasti-
ques. Méthode qu'il a suivie aussi
dans sa Dissertation ci-dessus de la
vision de Dieu.

Irenicum, ou Conseil pour parvenir à la paix entre les Episcopaux
& les Presbyteriens, ou non Con-
formistes. Ce Livre qui mérita l'approbation du célèbre *Usserius,* avoit
déja paru auparavant. *Forbes* le composa à l'occasion des troubles qui

J.Forbes. agiterent de son temps les Eglises d'Ecosse : il vouloit concilier les deux partis, & son Livre fit un effet contraire ; sans contenter les Episcopaux, il ne fit qu'irriter le parti des Presbyteriens qui parlerent & écrivirent fortement contre l'Auteur. Pour les appaiser, il en fit faire une seconde édition, dans laquelle il effaça ou corrigea tous les mots & toutes les expressions qui avoient offensé les Presbyteriens.

Forbes a divisé ce Livre en deux parties. Dans la premiere, il tâche de prouver l'innocence de certaines cérémonies pratiquées par les Episcopaux, il montre qu'on les doit tolérer tout au moins comme indifferentes. Il en distingue l'usage légitime, de l'abus qu'on en peut faire. Il y parle aussi de l'obligation du serment que les Ecossois prêterent en 1581. Dans la seconde partie il rapporte le témoignage des Eglises Réformées & des Ecrivains Ecclesiastiques, tant sur les matieres dont il parle dans la premiere partie que sur quelques autres. Il y a aussi une Dissertation en faveur du gouverne-

ment Epiſcopal, il y tâche de faire
voir que l'Hérétique *Aërius* & S.
Jerôme ſont les premiers dans l'ancienne Egliſe, qui ont oſé nier
que ce gouvernement eût une origine & une inſtitution divine.

Saint Jerôme dans ſes Lettres 83.
*ad oceanum Preſbyterum & 85. ad
Evagrium* avoit fait connoître là-
deſſus ſon ſentiment, mais particulierement dans ſon commentaire ſur
l'Epître à *Tite* ou après avoir rapporté les paroles de l'Apôtre, qui
ordonne à *Tite* d'établir des Prêtres
dans les Villes, S. Paul marque les
qualités qu'ils doivent avoir, qu'il
faut qu'ils ſoient irréprochables
qu'ils n'ayent qu'une ſeule femme,
&c. Il ajoute en ſuite ces mots remarquables, il faut donc que l'E-
vêque ſoit irréprochable, &c. D'où
ſaint Jerôme conclut & appuye ſon
ſentiment par d'autres paſſages de
l'Ecriture, *Item eſt ergo Preſbyter
qui & Epiſcopus.* C'eſt ce ſentiment
que *Forbes* combat particuliement
dans ſa Diſſertation. Et comme les
Epiſcopaux d'Angleterre avoient
auſſi écrit contre l'opinion de ſaint

J. FORBES. Jérôme, David Blondel pour la défendre écrivit son Livre intitulé : *Apologia pro Sententia Hieronymi de Presbyteris & Episcopis,* qu'il fit imprimer en ce temps-là, c'est en 1646. à *Amst.* chez Blaeu, *in-4°.*

Enfin, ce premier volume des Œuvres de *Forbes* est terminé par un excellent Traité du devoir & de la résidence des Pasteurs où entr'autres questions, il y traite de leur suite légitime ou illégitime dans le temps de la persécution.

FRANÇOIS BRUYS.

F. BRUYS. FRANÇOIS BRUYS, naquit à *Serrieres,* village du *Mâconnois,* le 7. Février 1708. de *François Bruys,* Marchand de ce lieu, & de Claudine *Paisseaud.* Il fut élevé sous les yeux de *Jacques Paisseaud,* son oncle maternel, qui étoit alors Curé de *Chavagny,* près de *Mâcon.* Cet Ecclésiastique lui enseigna les principes de la langue Latine, & lui trouvant d'heureuses dispositions pour les Sciences, il détermina son pere à le faire étudier fous les Moines de *Cluni.* Le jeune *Bruys* y fit fes humanités, & lorfqu'elles furent achevées, il partit pour *Notre-Dame des Graces en Forêt*, où il commença fon Cours de Philofophie fous les PP. de l'Oratoire, & d'où il revint en 1725.

Au bout de deux ans il quitta fa patrie, qui n'étoit pas un Théatre affez vafte pour fes talens. Il prit la route de *Geneve* en 1727. & trouva malgré fon extrême jeuneffe, l'art de fe faire connoître de la plupart des fçavans de cette ville.

Après dix mois de féjour à *Geneve*, M. *Bruys* alla en *Suiffe*, de-là en Hollande. Il arriva à la *Haye* le 3. Juillet 1728. * Mais que ce voyage lui fut fatal, puifqu'il eut le malheur d'abandonner la foi Catholique, pour embraffer la Réligion Prétenduë Réformée !

A peine fut-il à la *Haye*, qu'il chercha les moyens d'y fubfifter avec

* Il y deftina fa première vifite à M. BRUZEN DE LA MARTINIERE, & ne tarda pas à s'acquerir l'eftime des autres perfonnes de Lettres de cette Ville.

F.BRUYS. bienséance. La crainte de retomber dans l'indigence, le rendit Auteur. Il composa divers Ouvrages ; entr'autres, la *Critique desintereffée des Journaux*, dont nous aurons bien-tôt sujet de parler.

Une affaire fâcheuse qui lui survint, l'obligea en 1730. de quitter cette ville, pour aller en Angleterre. Cet événement qui lui a caufé bien de l'inquiétude & qui a fait beaucoup de bruit, ce me femble d'être rapporté ici.

Une Differtation concernant le menfonge officieux, inferée dans les *Difcours Hiftoriques fur l'Hiftoire Sainte* de *Jacques Saurin*, fournit à fes ennemis l'occafion d'humilier ce Miniftre. L'Auteur faifant la fonction d'Hiftorien, débitoit les principales raifons de ceux qui foutiennent qu'en certains cas il eft permis de déguifer la vérité, & de ceux qui le nient. Il ne décida rien fur cette queftion ; mais on s'apperçut aifément qu'il panchoit vers l'affirmative. Le texte de cette *Differtation*, étoit tiré du I. Liv. des Rois chap. 16. v. 1. & 2. où Dieu ordon-

ne à ſon Prophéte d'aller à Bethléem ſacrer David Roi d'Iſraël. Il
parut à Saurin que ce paſſage favori-
ſoit les partiſans du menſonge officieux, qu'il renfermoit un de ces
menſonges ou déguiſemens permis;
& qu'en cet endroit, Dieu lui-même avoit donné à Samuel une pru-
dente direction, qui ne l'obligeoit
qu'à énoncer une partie de la vérité
en dérobant à la connoiſſance des
Bethléemites, le principal, peut-être l'unique but de ſon voyage. Il
prétendit que c'étoit le ſens qu'on
pouvoit donner à l'expédient que
le Tout-puiſſant voulut bien ſugge-
rer à Samuel, pour l'affermir contre la terreur de Saül & de la mort,
lorſque Dieu lui dit de prendre une
géniſſe de ſon troupeau, & de répondre à ceux qui l'interrogeroient,
qu'il venoit à Bethléem pour ſacri-
fier.

Le Miniſtre *de la Chapelle* plaça
dans la *Bibliothéque raiſonnée* une
Satire contre *Saurin*, où non-ſeule-
ment il prétendit avoir réfuté la Diſſertation; mais il attaqua les mœurs
de cet Auteur. M. *Bruys*, qui prit

F. BRUYS. part à cette querelle en faveur de
M. *Saurin*, le défendit dans sa
Critique desinteressée des Journaux,
Tome I. pag. 108. cette dispute de-
vint si vive, qu'elle fut portée au
Synode de la *Haye* de 1730.

Durant l'assemblée de ce Synode,
M. *Bruys* avoit travaillé au 3e. vol.
de la *Critique desinteressée*, qui parut à la fin du mois de Septembre.
L'Auteur y insera article 8. pag.
113. une lettre à M. *Falaiseau*,
sous le titre de *Nouveaux Eclaircis-*
semens sur l'affaire de M. Saurin, en
forme de lettre adressée à Monsieur
F.... avec une lettre circulaire de l'E-
glise de Leyden sur la même matiere :
& il eut l'imprudence de la signer.
Elle étoit vive : il y développoit
des intrigues, dont la découverte
ne fut pas agréable aux Ministres.
Vers la fin de Septembre l'impression du 3e. volume de cette
Critique étant déja fort avancée, M.
Bruys entendit parler d'un Edit des
Etats de Hollande, qui imposoit
un rigoureux silence sur la question
du mensonge officieux. Les *Nou-*
veaux Eclaircissemens qu'il avoit
placez dans son *Journal*, se seroien

trouvé contraire à cette loi. L'Auteur réfolut donc d'abord de les fupprimer, & c'étoit le confeil de tous fes amis. Mais il crut qu'il étoit de la bienféance d'en parler à M. *Saurin*, à qui il avoit annoncé cette piece, & qui fouhaitoit paffionnément qu'elle vît le jour. M. *Bruys* s'en expliqua avec lui. *J'ai relevé en termes un peu aigres*, lui dit-il, *la conduite que vos ennemis ont tenuë au Synode; & non-feulement je les ai defignés de forte qu'on ne peut les méconnoître; mais j'ai nommé leurs chefs. Quel parti dois-je prendre? Le Libraire ne veut pas rifquer la publication de cette Piece, & pour moi, je crains les embarras d'un Procès.* M. Saurin lui répondit qu'il n'avoit point entendu parler de cet Edit; mais que fi le Journal paroiffoit 24 heures avant la publication de l'Edit, il n'y avoit rien à craindre, ni pour l'Auteur, ni pour l'imprimeur. M. *Saurin* lui repeta trois fois la même chofe, & ajouta que, fi l'on vouloit l'inquieter, il fçauroit, par le crédit de fes amis, le tirer de tout embarras. M. *Bruys* ainfi

F. BRUYS. rasſuré, publia le 3e. volume de ſa
Critique, qui lui attira le procès qu'il
appréhendoit. Les Conſiſtoires Val-
lons & Flamands s'unirent contre
ce livre ; ils établirent des Com-
miſſaires pour l'examiner, & flattez
de l'eſpérance du ſuccès, ils rendirent des plaintes ameres à la *Cour
de Hollande*. Pour laiſſer le temps à
cet orage de ſe diſſiper, M. *Bruys*
fit un voyage à *Londres*, mais les
lettres de ſes amis, & les conſeils de M. des Marteaux le déterminerent à revenir bien-tôt à la
Haye.

M. *Saurin* dont M. *Bruys* ſoute-
noit ſi vivement la querelle, ne fit
aucune demarche pour ſeconder ſon
défenſeur. Loin de tenir la parole
qu'il lui avoit donnée, quel fut
l'étonnement de celui-ci, lorſqu'il
lut dans les gazettes, huit ou dix
jours après ſon entretien avec M.
Saurin, la déclaration ſuivante :
» Comme depuis l'impreſſion de
» mes diſcours ſur l'Hiſtoire Sainte,
» il a paru divers Ecrits ſous les
» noms de *lettres ſérieuſes & ba-
» bines, Critique deſintereſſée des
Journaux,*

» *Journaux*, & autres, dans lesquels F. BRUYS.
» on a entrepris l'Apologie de ma
» doctrine, je crus devoir prier M.
» Bonyouft, Pasteur de l'Eglise
» Françoise d'Utrecht, d'assurer le
» Synode tenu à la *Haye*, au mois
» d'Août 1730. que je n'avois aucu-
» ne part directe, aux susdits Ecrits.
» Je réïtere la même déclaration,
» non-seulement à l'égard des E-
» crits qui ont été publiez avant la
» tenuë de ce Synode ; mais même
» à l'égard de ceux qui ont été pu-
» bliez depuis ce temps-là, nom-
» mément le 3e. volume de la *Cri-*
» *tique desinteressée des Journaux*, qui
« vient de paroître, & qui avoit été
» annoncée dans les Gazettes. A la
» *Haye* le 7. Octobre 1730. *Saurin.*

M. *Bruys*, qui vit bien pour lors,
qu'il avoit eu tort de compter sur
les promesses de M. *Saurin*, suc-
comba dans cette affaire. Ce Procès dura jusqu'au 22 Juillet 1731.
qu'il fut terminé à la satisfaction
de M. *de la Chapelle*, la doctrine
de M. *Saurin* sur le mensonge officieux fut condamnée : *la Cour de*
Hollande ordonna la suppression

Tome XLII. M

F. BRUYS. du 3e. volume de la *Critique desintereſſée des Journaux*, & condamna pareillement, comme des propoſitions ſcandaleuſes, les articles 11. & 12. qui ſe trouvent pag. 150. de ce Livre, ſçavoir que : *l'Écriture nous apprend que Dieu a loué & récompenſé quelques ſaints perſonnages qui ont déguiſé la vérité pour de bonnes fins : d'où l'on peut conclure évidemment qu'il approuve ces petits artifices. S'il les approuve, il ſeroit contradictoire de ſuppoſer qu'ils ſont contraires à Sa Sainteté.* Le 12. eſt conçu en ces termes : *D'ailleurs il eſt inconteſtable que le menſonge officieux eſt de droit naturel, donc il n'eſt point contraire à la Sainteté de Dieu, d'ordonner aux hommes de s'en ſervir.* Monſieur *Bruys* eut beau alleguer que le premier article, *l'Écriture*, &c. eſt tiré mot pour mot de la *Morale Chrétienne* de Moiſe Amiraul. Liv. 3. & appuyée ſur des raiſons très-fortes par M. Barbeyrac dans les notes ſur Grotius, *Droit de la Guerre & de la Paix*, Tom. II. Liv. 3. chap. 2. p. 726. note 5. & que la 2e. propoſition eſt dans Puf-

fendorf , *Droit de la Nature & des* F. BRUYS.
Gens. M. *Saurin* ne vit pas la décision de ce Procès. Le chagrin qu'il
avoit ressenti de cette affaire lui a-
voit causé une inflammation de
poitrine qui l'enleva le 30. Decembre 1730. à l'âge de 53. ans , étant
né à Nîmes en 1677.

Ce Procès qui suscita aussi à M.
Bruys de très-vives inquietudes , &
le jetta dans une dépense considérable , l'ayant dégoûté du séjour de
la Hollande , il alla en Allemagne :
il demeura près de deux ans à Em-
merick , où il épousa *Anne Dentil*
de *Montauban,* dont il eut deux enfans : il parcourut le pays de *Cleves,*
où il composa en 1731. un Traité
Historique au sujet des contestations
qui étoient entre la maison de *Bran-*
debourg & celle de *Neubourg.* L'Auteur l'auroit publié , si le Roi de
Prusse eût voulu lui accorder la permission qu'il lui demanda de le faire
imprimer. Mais ce Prince se contenta d'accepter le Ms. qu'il conser-
ve dans sa Bibliothéque.

M. *Bruys* étoit encore à Em-
merick , lorsque son ancienne incli-

F. BRUYS. nation pour la Hollande se réveilla
dans son cœur. Il partit pour Utrecht,
résolu de s'y fixer. Mais le Comte
de Vied-Neu-Wid l'appella à sa
Cour en 1735. M. le Baron de Nie-
rodsf lui écrivit, pour l'y attirer,
des lettres très-obligeantes de la
part de ce Prince, qui lui promettoit sa protection & un emploi.
M. *Bruys* accepta avec reconnoissance cette offre, où il croyoit appercevoir une ombre de fortune. Plein
de cette flatteuse idée, il partit d'U-
trecht le 8. Fevrier 1735. il passa
dans le pays de *Munster*, de là à
Cologne où il s'arrêta quelques tems.
Il arriva au mois de Mars de la
même année à Neu-Wied où il fut
reçu d'une maniere dont il eut sujet
d'être content : le Comte lui donna
des marques de son estime en con-
fiant sa Bibliothéque à ses soins. La
Comtesse lui accorda sa protection,
& lui témoigna sa confiance par une
commission importante dont elle
l'honora huit jours après son arrivée, & dont il s'acquitta fidélement.
Il eut aussi le bonheur de plaire au
Comte Hereditaire, dont il gagna
les bonnes graces.

M. *Bruys*, qui s'étoit fait des F. BRUYS. idées fort agréables de cette petite cour, s'apperçut bien-tôt qu'elle n'étoit pas propre à un homme de lettres tel que lui : il étoit trop accoutumé à la liberté & à la dépendance, dont il avoit joui en Hollande pour ne se pas trouver contraint à la Cour du Comte de Neu-Vied. L'emploi de Bibliothécaire, dont ce Prince l'avoit honoré, n'avoit pas assez de charme, pour le retenir, & il ne cherchoit qu'une occasion de se dérober aux Chaines dont il étoit lié. Il auroit volontiers suivi son inclination qui le rappelloit en Hollande. Mais depuis quatre ou cinq ans qu'il reconnoissoit l'erreur de l'hérésie, où il avoit eu le malheur de s'engager, il étoit temps qu'il l'abandonnât, pour ne pas résister davantage à la vérité qui le frappoit sensiblement. D'ailleurs le désir de revoir sa patrie, qu'il avoit quittée dans un âge fort tendre, combattoit le penchant qui le rappelloit dans les Provinces-Unies, & l'emporta dans son esprit. Il méditoit son retour en France, lors-

F. BRUYS. qu'il perdit le 27. Mai 1736. son illustre bienfaictrice, la Comtesse de Neu-Wied. La reconnoissance qu'il conservoit des bontés de cette Princesse, lui dicta un Eloge qu'il composa, pour transmettre, s'il étoit possible, ses vertus à la posterité. La circonstance fatale de cette mort, hâta l'exécution de son dessein, c'est-à-dire son départ. Il se détacha donc entierement d'une Cour où il n'avoit plus à esperer les mêmes agrémens qu'il y avoit goûtez. Au mois d'Août 1736. il quitta l'Allemagne pour revenir dans sa patrie. Il abjura le Calvinisme à Paris, & rentra de bonne foi dans le sein de l'Eglise. De Paris, où il resta quatre ou cinq mois, il alla en Bourgogne. Des interêts de famille l'obligerent alors d'embrasser le parti de la Jurisprudence, malgré le dégoût qu'il avoit pour cette profession. Il fallut cependant le vaincre, & il étoit venu à Dijon, où le jour même qu'il prit les Licences, il fut attaqué de la maladie qui l'a conduit au tombeau. Il est mort dans cette ville d'une Hydropisie de poitrine, la nuit du 20. au 21. Mai 1738. dans F. BRUYS. la 31. année de ſon âge.

Je me crois obligé de dire, qu'il a donné toutes les marques poſſibles d'un retour ſincere à la Religion Catholique. L'on pourroit en quelque façon excuſer ſa chûte dans l'erreur, s'il pouvoit y avoir quelque raiſon d'abandonner la foi de ſes ancêtres pour profeſſer l'héréſie. Né du côté paternel d'une famille Proteſtante, ſon pere fut le ſeul à qui Dieu fit la grace de rentrer dans le ſein de l'Egliſe, malgré les préjugés de ſa naiſſance & de ſon éducation, & l'exemple d'un pere & du plus grand nombre de ſes parens, qui ſortirent du Royaume après la Révocation de l'Edit de Nantes. M. *Bruys* étoit encore dans l'âge le plus tendre, lorſqu'il alla en Suiſſe. Son voyage de Hollande fut l'effet d'une curioſité aſſez naturelle, de voir un frere & une ſœur de ſon pere, établis à la Haye, & qui l'engagerent, par les voyes les plus ſubtiles, à profeſſer la Religion Proteſtante, qu'il ne ſuivit pas long-temps de bonne foi.

F. Bruys. Dvns les *Mémoires MJ.* dont nous parlerons plus bas, il témoigne le plus fort éloignement pour le Calvinisme. Il y fait une peinture affreuse de l'hérésie, & des desordres que produisent la liberté de Réligion & la tolérance. Il déteste tous les Ouvrages qui sont sortis de sa plume, par cequ'ils fournissent des armes aux ennemis de la vérité. » » Inutiles productions de l'erreur, » dit-il dans sa Préface, je les desa- » voue, quoique d'autres peut-être » se fissent honneur d'y avoir em- » ployé leur loisir. Je rénonce à la » réputation qu'ils pourroient me » donner, & aux éloges qu'ils » m'ont attiré de Messieurs les » Journalistes de Hollande. J'excep- » te à quelques égards la *Critique* » *desinteressée des Journaux* de ce » desaveu général : son droit d'aî- » nesse doit lui valoir une prédilec- » tion paternelle, & d'ailleurs c'est » par elle que j'ai commencé à con- » noître toutes les horreurs du » précipice dans lequel j'étois » tombé. Il dit que son *retour en France*, n'est pas l'effet de l'inconstance

rance, ni d'un faux zéle ; mais celui F. BRUYS.
d'une vraye conviction de la vérité,
& d'un deſir ſincere de conſacrer ſa
plume au ſervice de l'Egliſe & de ſa
patrie par attachement à la Religion
& par reſpect pour ſon Roi. Je l'ai
oui rétracter ſpécialement ſon Hiſtoire des Papes , pour laquelle il
montroit autant d'horreur qu'auroit pû faire le plus ſimple & le
plus ſoumis des fidéles. Son zéle ne
s'eſt point démenti à la mort. J'ai
appris des Paſteurs qui l'ont aſſiſté
dans ces derniers momens , qu'il y
a fait paroître les ſentimens les plus
vifs de Religion & de pieté.

  Catalogue de ſes Ouvrages.

  1. *Critique deſintereſſée des Jour-*
naux Litteraires & des Ouvrages des
Sçavans , par une ſocieté de gens de
lettres. La Haye, *Chrétien Van-Lôm*
1730. *in-*12. 3. *vol.* ſi l'on trouve
dans cet Ouvrage quelques pieces
aſſez curieuſes , le reſte eſt très-
médiocre. C'eſt la premiere production d'un jeune homme de 22. ans.
Quoique ce plan ſoit utile , cependant l'on peut dire que , faute d'expérience pour un ſi grand projet,
  Tome XLII.   N

F. Bruys. il eſt demeuré fort au-deſſous de ſon
deſſein. Auſſi, lui a-t on repro-
ché avec quelque raiſon, qu'il avoit
entrepris de détruire la plupart des
Journaux ſans connoiſſance & avec
peu d'équité. Les Auteurs de la *Bibliothéque Françoiſe*, aſſurent, Tome
14. 2. part. p. 148. *qu'on peut conclure avec certitude qu'il n'a aucune
des qualités néceſſaires, pour réuſſir
dans un Ouvrage de la nature de celui qu'il a entrepris.* Ils ajoutent qu'on
pourroit peut-être prouver que l'Auteur a toutes les qualités oppoſées. *Style
plat & embarraſſé, mauvais goût,
aucune connoiſſance des livres, peu de
bonne foi, & grande opinion de lui-
même.* Quoique ce jugement ſoit ou-
tré, cependant il eſt vrai en bien
des choſes. Son ſtyle eſt ſur-tout
embarraſſé, & ce défaut ſe fait ſentir
dans tous ſes Ouvrages. D'ailleurs
il étoit impoſſible que M. *Bruys* eût
à cet âge une aſſez grande connoiſſance de tous les Livres dont il eſt
parlé dans les differens Journaux
dont il fait la Critique, pour décider, ſi les Auteurs de ces Journaux
ont tort de les louer ou de les blâ-

mer. Cet Ecrivain avoit annoncé F. BRUYS;
au public dans la Préface du I. Tome de sa *Critique-desinteressée*, qu'il
donneroit un volume chaque mois,
& tous les trois mois un Supplément, qui contiendroit des éclair-
cissemens & des remarques sur les
volumes précedens. Mais l'Imprimeur déclara dans un Avertisse-
ment qu'il mit à la fin du même
Tome qu'il ne publieroit desormais
ce Journal, que tous les deux mois,
& que le Supplément seroit retardé
à proportion. Cet Ouvrage n'est
parvenu qu'à son troisiéme Tome,
par rapport à l'affaire de M. *Saurin*,
que nous avons rapportée.

Le Nouvelliste du Parnasse Tome
I. pag. 28. & suiv. attribuë la *Cri-*
tique desinteressée des Journaux à
une *Communauté d'Ecrivains Fla-*
mans, dirigée par un glorieux Rival
de *Bayle*, (c'est Monsieur *Camusat*;)
& il ajoute pag. 181. de son troisiéme Tome, qu'il sçait certainement
que M. *Camusat* a eu beaucoup de
part à cet Ouvrage. Cependant M.
Bruys m'a assûré que M. *Camusat*
n'avoit travaillé en aucune maniere

F. BRUYS. à ce Journal. Il est d'autant plus croyable, que dans une note (de la Lettre signée, & dont nous avons parlé) qui se trouve au bas de la pag. 115. & de la pag. 116. du troisième Tome, il se donne pour Auteur de cette Critique. D'ailleurs le style de ce Journal est le même que celui de ces autres Ouvrages, & sur-tout de ses *Mémoires ms.* où il se dit hautement l'Auteur de la *Critique desintereffée*, &c. M. l'Abbé des Fontaines dit pag. 289. de son troisième Tome du Nouvelliste, que *les Auteurs de ce Journal sont bien propres à faire mourir d'ennui les Lecteurs, que ce sont des réfléxions immédiatement au-dessous du trivial, un style froid......des Tirades de sermons aussi élevées, que celles qu'on trouve dans le Pédagogue Chrétien, qu'il y a par-tout un petit air de vanité & de présomption qui sied bien à ces fameux Auteurs* : & il les traite enfin d'insectes du Parnasse.

2. *Réflexions en forme de lettres adressées au prochain Synode, qui doit s'assembler à la Haye au mois de Septembre 1730. sur l'affaire de M. Sau-*

rin & ſur celle de M. *Maty* , par F. BRUYS M.F.B. D.S. E. M. P. D. G. c'eſt-à-dire , *François Bruys de Serrieres en Maconnois* , Profeſſeur de Grammaire la Haye , *Chrétien Van-Lom* 1730. *in*-12. brochure de 39. pp. La premiere partie de cette Lettre regarde l'affaire de M. *Saurin* ſur le menſonge officieux ; & la ſeconde , une diſpute dogmatique qui s'éleva en 1730. à l'occaſion de la *Lettre d'un Théologien à un autre Théologien ſur le Myſtere de la Trinité. Paul Maty* Miniſtre , & Catechiſte , à la *Haye* , Auteur de cette *Lettre* , prétendoit expliquer d'une maniere nouvelle le Myſtere de la Trinité , en ſuppoſant trois Natures en *Jeſus-Chriſt* la Nature Divine , la Nature Angelique & la Nature Humaine. L'Auteur de ce monſtrueux ſyſtême prétendoit concilier par là les paſſages de l'Ecriture où le *Sauveur* eſt préſenté comme inférieur , & ſoumis à ſon Pere. Selon lui , Dieu eſt le Pere de J. C. parce que Dieu a créé la Nature Angelique qui ſervoit d'Ame à J. C. Cependant le Sauveur étoit Dieu par l'union myſterieuſe

F. BRUYS. de la Divinité avec cette Nature
Angelique plus parfaite que l'ame
humaine ; & il étoit homme par son
Corps formé du plus pur Sang de
la sainte Vierge. Ainsi il étoit Dieu,
Ange & Homme. M. Maty soutenoit
avec la derniere extravagance, que
J. C. étoit ainsi caracterisé dans les
Livres de l'Ancien & du Nouveau
Testament, & tel est le fruit du
droit d'examen que les Protestans
s'attribuent ; & un inconvénient de
ce droit, c'est qu'ils ne peuvent,
sans injustice, employer la voye de
fait contre un Hérétique. La conscience errante doit avoir dans leur
communion des priviléges qu'ils
ne sçauroient violer, sans détruire
les points fondamentaux de leur
doctrine. C'est par ces principes,
que M. *Bruys*, dans les *Refléxions*
en forme de lettre, &c. défend la personne, & non le systême de Monsieur Maty, qui ayant refusé de com-
paroître au Synode de la *Haye* du
mois de Septembre 1730. fut déclaré Hérétique par cette assemblée,
& déposé du ministere. Cependant
il est certain que M. *Bruys* ne pen-

ſoit pas d'une maniere fort orthodoxe ſur le Myſtere de la Trinité,
comme nous aurons bien-tôt occaſion de le prouver.

3. *Tacite avec des notes Hiſtoriques
& Politiques, pour ſervir de continuation à ce que M. Amelot de la Houſ-
ſaye avoit traduit du même Auteur,*
par M. L. C. D. G. la *Haye* 1730.
in-12. 6. vol. les deux derniers ſont
de 1731. L'année ſuivante l'édition
en fut contrefaite à Rouen. Voyez
le jugement que l'on porte de cette
continuation, pag. 128. du 35. vol.
de ces Mémoires. *V. Le Nouvelliſte
du Parnaſſe* Tom. I. pag. 28. &
ſuiv. pag. 288. & ſuiv. & pag. 188.
& ſuiv. du III. Tome.

4. *Hiſtoire des Papes depuis S. Pierre, juſqu'à Benoît XIII. incluſive-
ment. La* Haye, *Henri Scheurleer,*
in-4°. 5. vol. le premier & le ſecond de 1732. le troiſiéme & le
quatriéme de 1733. & le cinquiéme
de 1734. L'Auteur a parlé de cet
Ouvrage dans ſon *Poſtillon* où il répond à la Critique qu'on avoit faite
de cette Hiſtoire, & il s'y nomme.

N iiij

F. BRUYS. On peut voir aussi la pag. 57. &
suiv. de la *Réponse à la dixiéme
Lettre sur les Hollandois.* Dans cette
Piéce il s'avouë indirectment l'Auteur *de l'Histoire des Papes*, l'orsqu'il
dit, qu'il a *quelque interêt à la défendre.* Il est surprenant qu'un pareil
Ouvrage ait trouvé des Approba-
teurs. Tout le mérite de celui-ci auprès de ces sortes de Lecteurs, c'est
l'emportement qui y régne, emportement que les Protestans eux-mê-
mes n'ont pû s'empêcher de blamer.
L'Auteur n'avoit que 22 ans, lorfqu'il commença à y travailler, & il
l'acheva à 25. en 1733. Quelle exactitude peut-on attendre sur une
semblable matiere d'un Ecrivain de
cet âge ? J'ai appris de M. *Bruys*,
que ce fut l'indigence qui lui mit la
plume à la main. Il étoit alors brouil-
lé avec ses parens de la Haye, &
l'Imprimeur lui donnoit 24 livres
par feuille : c'étoit le moyen de
précipiter l'Ouvrage; on ne s'apper-
çoit que trop de ce défaut, & plut
à Dieu que ce fût le seul qui s'y
trouvât. L'Auteur lui-meme, outre les sentimens hérétiques qu'il

déteftoit, après fa réconciliation à F. BRUYS.
l'Eglife, faifoit peu de cas de cette
Hiftoire ; & il étoit le premier à
rire de ceux qui paroiffoient l'eftimer. Il a beau dire en mille endroits
de cet Ouvrage, qu'il eft Catholique Romain : il étoit alors Calvinifte, comme il m'en a fait l'aveu,
& même quelque chofe de pis, ainfi qu'il me feroit aifé de le prouver.
Prefque chaque page offre au Lecteur des fautes groffieres, & fi j'en
découvre ici quelques-unes, c'eft
moins pour prouver que l'Auteur
étoit Proteftant, ou plutôt qu'il
n'avoit aucune Religion, que pour
témoigner ma furprife de voir des
perfonnes eftimer cet Ouvrage. Il
affecte conftamment de refufer à Jefus-Chrift la qualité de Dieu, & je
défie que l'on puiffe produire un
feul endroit où il lui donne ce nom.
A la tête du troifiéme Tome on voit
une *Lettre de l'Auteur de la nouvelle
Hiftoire des Papes, où l'on éclaircit
divers endroits du premier Tome de
cette Hiftoire cenfurez mal-à-propos
par un Anonyme,* (L'Auteur des Lettres férieufes & badines.) » Le Con-

F. BRUYS. » cile de Nicée, y dit-il, pag. 4. fut
» tenu l'an 325. fous les aufpices de
» Conftantin qui, le fabre à la main,
» fit condamner l'héréfie Arienne,
» pag. 10. *ibid.* l'anonyme ne peut
» fouffrir que j'aye eu affez de géné-
» rofité, pour juftifier le malheu-
» reux, mais innocent Neftorius
» contre les perfécuteurs. J'ai pour-
» tant prouvé tout ce que j'ai dit à
» la décharge de ce prétendu Héré-
» fiarque, &c. » Il eft vrai qu'il
employe la pag. 203. du premier
tome & les fuivantes à juftifier Neftorius, & qu'il tâche de faire voir
que cet Héréfiarque avoit raifon de
refufer à la fainte Vierge la qualité
de mere de Dieu. Mais tout ce qu'il
allegue en fa faveur n'eft autre chofe que des raifonnemens qu'il em-
prunte de Bayle, & auxquels on a
répondu cent fois : & c'eft en vain
qu'il dit p. 11. de la Lettre que j'ai
citée, qu'il n'y avoit qu'une difpute
de mots entre Neftorius & S. Cy-
rille qu'il qualifie du titre de fameux
dévot. Il ofe dire pag. 209. du premier Tome qu'on a condamné les
Pélagiens & les Neftoriens, fans

qu'on ſçache , même aujourd'hui en
quoi conſiſtoit leur héréſie. Sur quoi
les Journaliſtes de Leipſie font cette réflexion ſi naturelle , pag. 8. de
leur *Acta Eruditorum an.* 1734. *Du-*
bitatio proinde exoritur an Autor ſit
Pontificius , iſque Janſeniſta. Philo-
ſophum diceremus eum , & quidem
Politices ſtudioſum , fortaſſis eum ali-
qua probabilitate. Je trouve dans un
autre de ſes Ouvrages une preuve
complette de ſon Arianiſme : c'eſt
dans les *Refléxions en forme de lettre*
adreſſée au prochain Synode, dont nous
avons parlé plus haut & où nous
avons dit , que l'Auteur ne penſoit
pas d'une maniere fort orthodoxe
ſur le Myſtere de la Trinité. On en
lit la preuve p. 37. de cette Piéce,
où il adopte le ſentiment d'Epiſco-
pius, lorſqu'il s'exprime ainſi : » Je
pourrois ſoutenir & prouver que «
quelque ſentiment qu'on eût ſur la «
Trinité, il ne peut ruiner les fon- «
demens de la Religion , à moins «
qu'on n'adopte ou le ſentiment «
des Juifs , ou celui des Mahomé- «
tans, ou quelqu'autre encore moins «
raiſonnable. S'il y avoit eu quelque »

F. Bruys. » chofe de pareil à craindre, il eſt à
» préſumer que la révélation nous
» l'auroit expliqué plus clairement
» qu'elle n'a fait. *QU'ON CROYE QUE*
» *JESUS-CHRIST EST CONSUBS-*
» *TANTIEL AU PERE OU QU'ON LE*
» *NIE*, dès qu'on reconnoît que
» ſa doctrine vient de Dieu, & que
» ſa Morale eſt ſainte, & dès qu'on
» tient une conduite conforme à cet-
» te créance, *IL N'Y A RIEN A CRAIN-*
» *DRE POUR LA RELIGION.* « M.
Bruys m'avoua, lorſque je lui fis
voir ce paſſage qui me ſcandaliſoit,
qu'il avoit été long-temps ſans regarder Jeſus-Chriſt comme Dieu.
L'Auteur fait donc illuſion à ſes Lecteurs, lorſqu'il dit dans ſon Hiſtoire des Papes, qu'il profeſſe la Religion Catholique Romaine, & qu'il
a toujours vécu dans cette Communion pag. 8. de la *Lettre de l'Auteur*
à l'Editeur à la tête du premier vol.
on lit » les progrès ſurprenans du
» Chriſtianiſme (à ſa naiſſance) ſont
» regardez par les Philoſophes, com-
» me l'effet du penchant que nous
» avons tous à la nouveauté. Les
« Théologiens regardent cela com-

me l'effet de la grace. S'il m'eft « F. Brupermis, Monfieur, de vous dire ce «
que je penfe de ces deux opinions, «
je ne vous diffimulerai pas que cel- »
le des Philofophes eft appuyéee «
fur des raifons éblouiffantes.Je di- «
rai plus. Il paroît être de l'interêt «
de notre Communion Catholique «
Romaine de foutenir hautement «
qu'il n'y eût rien que de naturel «
dans l'établiffement du Chriftia- «
nifme. Il me paroît dangereux «
d'adopter le fentiment des Théo- «
logiens, qui tirent de-là un argu- «
ment pour prouver laDivinité de la«
Religion Chrétienne : car de con- «
féquence en conféquence on nous «
réduiroit à la néceffité d'avouer «
que la plupart des fectes ont auffi «
ce caractere de divinité. Les Calvi- «
niftes, par exemple, fe font éten- »
dus de tous côtés, non en perfé- «
cutant, mais en fouffrant perfé- «
cution. Il faudroit être d'une ex- «
trême mauvaife foi pour nier cette «
vérité. Vous voyez, Monfieur, «
que je fournis à vos Docteurs un «
puiffant argument contre nous.Mais«
gardez - moi le fecret; car peut-»

F. BRUYS.

être que la liberté avec laquelle je «
m'exprime sur un sujet si délicat, se-«
roit fort désagréable à vos ministres«
& à nos Prêtres ....» Je laisse au Lecteur à tirer les conséquences de ce
passage, & je me contenterai de
rapporter ce que les Journalistes de
Leipsic disent à l'occasion de ces
paroles : *Autor se se appellat Pontifi-*
cium, & propemodum Philosophis licen-
tiosis accedit, qui propagationem, &
miranda Christianæ Religionis incre-
menta plebi novarum rerum avidæ,
tribuunt. Quod ut persuadeat ad initia
sectarum recurrit, quarum flos nullus
emerserit antequam radix inter Mar-
tyria, & persecutionum moles susten-
tatas, fuerit defixa & solidata. Ar-
bitramus secernendam esse veritatem
Religionis Christianæ à vitiis eam pro-
pagantium. Pag. 8. de la *Lettre de*
l'Auteur à l'Editeur il dit : »Il y eut
encore des bonnes mœurs & de la
» vertu, tandis que les fidéles fu-
» rent persecutés. La conversion po-
» litique de Constantin perdit tout.
» Dès-lors on vit les Chrétiens ani-
» mez d'un zéle furieux les uns
» contre les autres se persécuter sous

prétexte de Religion. (Il blâme « F. Bruys,
ici la condamnation des Héréti- «
ques, dans le sentiment où il é- «
toit qu'on peut se sauver dans «
toutes les Sectes Chrétiennes, com- «
me nous le verrons plus bas) & «
les Payens furent bien-tôt con- «
traints d'embrasser le Christianis- «
me, c'est ainsi que la Religion se «
répandit dans tout l'Empire Ro- «
main, & que les Chrétiens eurent «
leur revanche des persécutions «
qu'ils avoient essuyées sous les «
Empereurs Payens. C'est ce que «
j'ai fait voir dans mes Histoires «
des Papes, de la Religion en gé- «
néral.» Il dit ici que la conversion de
Constantin fut politique : il avance
aussi plus bas page 109. du premier
Tome que Constantin n'avoit embrassé la Religion Chrétienne, que
par des raisons de politique, parce
qu'il avoit differé jusqu'à la mort de
recevoir le baptême. Cependant il assure pag. 96. du même Tome que
ce Prince se convertit sincerement à
la Foi de Jésus-Christ, lorsqu'il eut
vû le signe céleste de la Croix du
Sauveur, où il lut qu'il vaincroit

F. BRUYS. Maxence, mais c'est le propre de
l'erreur de se contredire. Il dit pag.
39. du premier Tome qu'on ordon-
noit la confession publique à ceux
qui étoient tombés , & que c'est-
là l'origine de la confession auriculaire ; & il assûre ailleurs que ce
fut le Pape S. Leon, qui établit la
confession particuliere , il l'assure ,
dis-je , contre le sentiment de l'E-
glise qui a défini qu'elle étoit de
droit divin. Pag. 606. du Tome
premier : il dit : ,, Leon III. dit
Isaurien ou Conon , n'a été odieux
,, qu'aux gens d'Eglise , parce qu'il
,, fit abbatre les images , auxquelles
,, le peuple superstitieux rendoit un
,, culte que Dieu condamne , & que
,, l'Ecriture taxe d'idolatrie & d'a-
,, dultére spirituel. Cependant ce
,, pauvre Prince fut bien mal ré-
,, compensé *DE SON ZELE POUR*
,, *LA PURETÉ DE LA FOI* ; car il
,, perdit avec l'affection de ses sujets
,, fanatiques , une partie de ses E-
,, tats & sa réputation. Il mourut
,, l'an 141. fort haï du Pape & de
,, l'Eglise Latine. Pag. 549. du
,, Tom. 5. on lit : Qu'on ne m'accu-

fe point de prêcher l'indifférence "F. BRUYS.
des Religions ; je me reftreins au "
feul Chriftianifme. Le Grec , qui"
eft le plus ancien , le Romain , "
le Luthérien , le Calvinifte & l'An-"
glican , marchent tous vers le mê-"
me but fur différentes routes qui"
y conduifent. „ Je lui ai oui dire ,
qu'il avoit autrefois été dans le fentiment, que l'on peut fe fauver dans
toutes les Communions Chrétiennes , & que c'eft celui de prefque
tous les Proteftans. Un homme qui
eft dans de pareilles opinions , eft-il
en droit de dire qu'il profeffe la
Religion Catholique Romaine ?
Il eft clair comme le jour qu'il ne
regarde pas le Concile de Trente ,
comme une autorité infaillible à laquelle tous les fidéles doivent fe
foumettre , & c'eft une fuite de fon
héterodoxie. Pag. 11. du I. Tom. il
ofe affurer que tous les fidéles ont
voix déliberative dans les Conciles,
& il le répete ailleurs. Il infinue en
plufieurs endroits que l'Eglife eft
fujette à l'erreur. Il traite d'une ma-
nière très-fuperficielle , & cependant fort diffufe ; l'affaire de la Conf-

Tome XLII. O

F. BRUYS. titution *Unigenitus*. Il décrie plusieurs Livres qui attaquent cette
Bulle, cependant lorsqu'il entre-
prend de la combattre, il ne se sert
pas d'autres armes que de celles
qu'il trouve dans ces Ouvrages dont
il transcrit des pages entieres ; quoiqu'il dise que la lecture de ces Livres l'a souvent fatigué, qu'il témoigne pour eux le mépris le plus marqué, & qu'il ne craigne pas de dire
qu'ils *infectent sa Bibliothéque*. C'est
ce que j'ai pris plaisir plusieurs fois
à remarquer. Je ne finirois pas, si
je voulois rapporter toutes les erreurs renfermées dans cette Histoire
& j'ose assurer qu'il ne seroit pas
difficile de faire une bonne Critique de cet Ouvrage qui contient un
poison dangereux, quoique très-
grossier. En général il doit être regardé comme la production de l'inexactitude, de l'imposture & de
la mauvaise foi, ou plutôt comme
un libelle scandaleux, & une satire
violente, où l'Auteur tâche de sapper la Religion par les fondemens,
& d'en détruire tous les dogmes. Il
y fait paroître par-tout, & toujours

fans fujet, une haine envenimée F. BRUYS.
contre le Clergé : il en cherche fans
ceffe l'occafion qu'il fait naître avec
autant d'injuftice que de malignité.
Mais il fe déchaîne d'une maniere
encore plus furieufe & plus fanglan-
te contre les Souverains Pontifes,
de forte que l'on peut dire que comme Fra-Paolo, felon le fentiment
de M. Boffuet, eft l'ennemi déclaré du Concile de Trente, de même
M. *Bruys* eft l'ennemi déclaré, ou
plutôt le calomniateur des Papes.

5. *Réponfe aux Lettres fur les Hollandois*, précedée *d'une Lettre à
l'Auteur de cette Réponfe.* Amfterdam 1735. *in-12.* fans nom d'Imprimeur, brochure de 61. pp. J'ai
fçu de M. *Bruys*, qu'il n'avoit pris
la réfolution de réfuter les *Lettres
fur les Hollandois*, que pour fe van-
ger de M. *de Beaumarchais*, l'Auteur de ces *Lettres* qui dans la dixié-
mé avoit parlé avec mépris de l'*Hiftoire des Papes*, en mettant fon Auteur au nombre des mauvais Ecrivains dont la Hollande fourmille,
& en appellant fon Ouvrage, une
compilation de quelques méchans

F. BRUYS. Livres. M. *Bruys* dit dans cette *Réponse* p. 57. qu'il a *quelque interêt à défendre l'Histoire des Papes*. Au reste cette Critique des *Lettres sur les Hollandois*, est fort superficielle.

6. Le *Postillon*, *Ouvrage Historique*, *Critique*, *Politique*, *Moral*, *Philosofique litteraire & galant*. Cet Ouvrage fut commencé à *Utrecht* en 1733. continué de quelques feuilles à *Cologne* en 1734. interrompu pendant quelques mois, & enfin repris au mois d'Octobre 1734 à *Neu-Wied* où l'Auteur y a travaillé jusqu'au 9. Août 1736. ce qui forme en tout quatre petits volumes.

7. En 1731. il composa un *Traité Historique* au sujet des contestations survenuës entre les Maisons *de Brandebourg & de Neubourg*. Nous avons rendu compte de ce Traité qui est demeuré ms.

8. Un ms. annoncé dans le *Mercure de France de Décembre* 1736. sous le titre de *Refléxions sérieuses & badines sur les Suisses, les Hollandois & les Allemands*. On trouve à la fin de ce MS. l'Eloge de la Com-

teſſe de *Neu-Wied*, dont j'ai parlé, F. BRUYS.
& celui du Prince *Eugene.* Cet Ouvrage qui fut ſoumis à l'examen à
Paris, ſous le titre de *Mémoires Hiſ-*
toriques-Critiques & litteraires, auroit
formé 2. vol. *in-12.* Mais l'Auteur
n'ayant ſçu le faire approuver, parce qu'il y a quelques invectives
contre les Miniſtres des Egliſes
de Hollande, & qu'il prétendoit y
découvrir l'injuſtice du Synode qui
avoit condamné la diſſertation ſur
le menſonge officieux de Monſieur
Saurin, avoit renoncé au deſſein de
le faire imprimer. C'eſt une relation
fort étenduë de ſes voyages. On y
trouve les caracteres des Sçavans
des pays par où il a paſſé, & une
notice aſſez exacte de leurs Ouvrages, avec pluſieurs Anecdotes hiſtoriques & litteraires, auſſi curieuſes qu'intereſſantes.

V. *Critique deſintereſſée des Jour-*
naux, Tom. *II.* p. 215. & Tom. *III.*
p. 113. *Réfléxions en forme de Let-*
tre adreſſée au prochain Synode qui
doit s'aſſembler à la Haye au mois de
Septembre 1730. le 35. *vol. de ces*
Mémoires p. 128. *Lettre de l'Auteur*

F. BRUYS. (de l'Histoire des Papes) *à l'Editeur à la tête du premier vol. de cette Histoire. Lettre de l'Auteur de la Nouvelle Histoire des Papes , où l'on éclaircit divers endroits du I. Tom. de cette Histoire censurez mal-à-propos par un Anonyme.* Elle est au-devant du III. Tom. *Lettres sérieuses & badines , Tom. VII. Lettre dixiéme sur les Hollandois , Réponse à cette Lettre. Journal Historique de la* Haye Tom. XX. *part. 2. p. 383. Nouvelles Ecclesiastiques du 12. Decembre 1732. n°. 237. Bibliothéque Françoise Tom. XIV. part. 2. p. 148. Tom. XVII. part. 2. p. 206. & Tom. XVIII. part. 1re. pag. 59. Eloge Historique de M. Papillon ,* Dijon *, in-8°. p. 22. où l'Imprimeur a mis mal-à-propos la naissance de M.* Bruys *au 7. Février* 1705. *au lieu de* 1708. *Les Actes de* Leipsic *année* 1734. *P. 7. & suiv. Mémoires Historiques-Critiques & Litteraires.* C'est le Ms. dont nous avons parlé au n°. 8.

Cet article a été communiqué à l'Auteur par M. l'Abbé *Joly*, Chanoine honoraire de l'Eglise Cathédrale de *Dijon* , comme étant garant des faits qui y sont énoncez, par F. BRUYS, les Rélations particulieres qu'il déclare avoir euës avec feu Monsieur *Bruys.*

RENE' - JOSEPH TOURNEMINE.

R *ENE'-JOSEPH TOUR- NEMINE*, Jesuite très-célèbre par sa vaste érudition & par la multitude de ses Ecrits, naquit à *Rennes* en *Bretagne* le 26. Avril 1661. il étoit fils aîné de *Jean-Joseph Tournemine*, d'une illustre & ancienne Maison de Bretagne, *Baron de Camsillon*, Seigneur du Bois-au-Voyer, &c. & de *Marie de Coëtlogon*, fille de *René de Coëtlogon*, Lieutenant de Roi dans la haute Bretagne. La Généalogie de la Maison de *Tournemine*, est rapportée dans le Grand Dictionnaire Historique de *Morery*, dont il faut consulter l'édition de *Paris* 1732. une mémoire heureuse, une imagination vive & féconde, un goût également sûr & délicat, un esprit étendu & pénétrant, disposerent de bonne

R. J. TOURNE-MINE.

R. J. heure le pere *Tournemine* à se faire
TOURNE- un grand nom dans la litterature,
MINE. & peu d'Ecrivains s'y sont acquis
en effet dans ce siécle une plus
grande réputation. Après avoir fini
sa Philosophie, méprisant les avantages que sa naissance pouvoit lui
procurer dans le monde, il entra
au Noviciat des Jesuites le 30. Août
1680. & fit la Profession solemnel-
le des quatre Vœux le 2. Fevrier
1695. Tour à tour humaniste, Rhé-
toricien, Philosophe, Théologien;
il forma dans ces divers genres des
disciples qui firent honneur à ses
leçons, comme ils se faisoient gloire de devoir à ses instructions le bon
usage de leurs talens. Ils régenta
d'abord les humanités pendant sept
ans. Dans la suite il régenta à Rouen
la Philosophie deux ans, & six ans
la Théologie dont il avoit fait pour
lui-même un Cours dans l'interval-
le des deux Régences. C'est dans
ces fonctions variées qu'il puisa cette multiplicité de connoissances diverses dont la réunion forment le
sçavant universel. Les Belles-Lettres,
l'Eloquence, la Physique, la Morale,

rale, la Métaphysique, toutes les
Parties de la Théologie, l'Histoire
ancienne & moderne, sacrée & pro-
fane, les Médailles, la Chronologie, la Géographie, la Fable, tout
devint de son ressort. Sur la fin de
1701. il fut placé dans le Collége
de sa Societé à *Paris*, pour être à la
tête de ceux que l'on chargea des
Mémoires pour servir à l'Histoire
des Sciences & des beaux Arts,
plus connus sous le titre de Mémoires de Trévoux, parce qu'ils se font
imprimés long - temps dans cette
ville. En 1718. il fut transferé à la Maison Professe, où il eut l'emploi de
Bibliothécaire, & où il mourut le
16. Mai 1739. dans la 79. année
de son âge.

Catalogue de ses Ouvrages.
1. *Lettre au Pere (Bernard)*
Lamy (Prêtre de l'Oratoire) sur la
derniere Pâque de Notre Seigneur
Jesus Christ, imprimée dans le Livre du Pere Lamy, intitulé : Suite au
Traité Historique de l'ancienne Pâque des Juifs. *Refléxions sur quel-*
ques differtations de l'Auteur de
l'Analyse des Evangiles (le P. Mi-

Tome XLII. P

R. J.
Tourne-
mine.

R. J.
Tourne-
mine.

chel *Mauduit* de l'Oratoire) &c.
Paris 1694. *in*-12. l'Auteur de l'A-
pologie de M. Arnauld & du Pere
Bouhours s'étant inscrit en faux sur
ce que le Pere Lamy avoit dit que
son Systême avoit été soutenu dans
le Collége des Jesuites de *Paris*,
par un jeune Jesuite, le Pere Lamy
produisit cette Lettre du P. *Tournemine* du 2. Mai 1693. dans laquelle ce
Jesuite assure au P. de l'Oratoire que
son Systême sur la Pâque avoit été
soutenu dans deux Théses de Théologie le 17. Decembre 1691. & le
15. Juillet 1692. & défend ensuite
ce même Systême en peu de mots,
mais avec beaucoup de netteté.

2. *Dissertation sur le Systême des
Dynasties d'Egypte*, par le Chevalier *Marsham* : imprimée dans les
Mémoires de Trévoux, Avril 1702.
ou Septembre de la même année
dans l'édition des Mémoires de
Trévoux faite en Hollande. C'est
une réfutation abrégée du Systême
que Marsham tâche de soutenir dans
son *Chronicus Canon*, & que plusieurs sçavans avoient déja réfuté.

3. *Nouvelle explication des Mé-*

dâilles de *Gratien*, dont il eſt parlé
dans le premier & le 4e. *Tomes des
Mémoires de Trévoux.* Dans leſdits
Mémoires Mai 1702. ou Octobre
ſuivant l'édition de Hollande. Cette
explication dans laquelle le P. *Tournemine* contredit celles du Pere Hardoüin & de deux autres Auteurs, a
été traduite en Latin & imprimée
dans les *Electa rei nummariæ.* A
Hambourg 1709. c'eſt le 3e. Opuſ-
cule.

4. *Diſſertation ſur l'origine de
divers peuples d'Afrique*, à l'occaſion d'un paſſage de *Salluſte* (Bell.
Jugurth.) Mem. de Trév. Juin
1702. ou Nov. ſelon l'édit. de Hollande.

5. *Diſſertation où l'on fait voir
que le Catalogue des héréſies qui ſe
trouve à la fin du Livre de Tertullien des Preſcriptions, eſt véritablement de cet Auteur.* Mémoires
de Trévoux, Août 1702. Le Pere
Tournemine ne prétend pas ſeulement que ce Catalogue des héréſies
eſt de Tertullien, mais encore qu'il
eſt antérieur au Livre des Preſcriptions. Pluſieurs de ſes preuves pour

R. J.
TOURNE-
MINE.

le dernier point, sont foibles ou ne sont que de simples conjectures.

6. *Projet d'un Ouvrage sur l'origine des Fables, première partie.* Mémoire de Trév. Nov. & de Decembre 1702. deuxiéme partie, *Ibid.* Février 1703.

7. *Explication d'une Médaille très-rare de Faustine la Mere.* Mémoire de Trév. Février 1703. & traduite en Latin dans les *Electa rei Nummaria*, à Hambourg 1709. Opuscule II.

8. *Réponse à la défense de Marsham* Trévoux, Février 1703. un Anonyme avoit fait un écrit pour montrer contre le P. *Tournemine* que le Systéme du Chevalier Marsham sur les Dynasties d'Egypte étoit juste & bien fondé : le P. *Tournemine* répond à cet écrit, & donne de nouvelles preuves contre Marsham.

9. *Conjecture sur l'origine de la différence du Texte Hébreu, de l'édition Samaritaine, & de la version des Septante dans la maniere de compter les années des Patriarches.* Mém. de Trévoux Mars & Août

1703. l'Auteur donna depuis un
nouvel ordre & plus d'étenduë à
cette Differtation , & ce fut ainfi
qu'elle parut à la fuite de fon édition de *Menochius* , & dans le premier Tome de la Méthode pour étudier l'Histoire , par l'Abbé *Lenglet*
du Frenoy , ch. 4. édit. *in-4°. Paris*
1735. pag. 44. & *fuiv.*

10. *Conjecture fur l'union de l'ame*
& du corps. Mém. de Trévoux ,
Mai & Juin 1703.

11. *Lettre fur deux Cyrus qu'on a*
confondus , & fur la maniere dont eft
mort le Grand Cyrus. Mém. de Trév.
Nov. 1703. & Mai 1704.

12. *Hiftoire des Etrennes.* Mém.
de Trév. Fevrier 1704.

13. *Eclairciffemens fur Janus.*
Mém. de Trév. Fev. 1704.

14. *Explication d'une Médaille*
très-rare de Galien. Ibid. Juin 1704.
& dans les *Electa rei nummariæ* ,
déja cités , *Opufcule* 18.

15. *Réponfe à la Lettre de M**
fur une Médaille de Galien. Mém.
de Trév. Juillet 1704.

16. *Refléxions Critiques fur la*
Differtation du R. Pere Pezron , tou-

R. J.
TOURNE-
MINE.

chant l'ancienne demeure des Cha-
nanéens , & l'usurpation qu'ils ont
faite sur les enfans de Sem. *Ibid.* Juillet 1704.

17. *Remarques sur la Fable d'I-
phigénie , comparée à l'histoire de la
fille de Jephté. Ibid.* Octobre 1704.

18. *Eclaircissement sur la Prophétie de Jacob : Non auferetur
Sceptrum de Judâ,* &c. *Ibid.* Mars
1705. & Février 1721. cet Eclaircissement forme une longue Dissertation qui donne un grand jour à
la Prophétie de Jacob. C'est peut-
être ce que l'on a écrit de plus solide sur ce sujet.

19. *Tabula Chronologiæ Sacræ veteris ac Novi Testamenti.* Dans l'édition de la Bible Latine avec les
Remarques de M. Jean-Baptiste du
Hamel , Paris 1706. *in-fol.* & réimprimées dans la nouvelle édition de
Menochius.

20. *Défense du nouveau Système
de Chronologie du Pere Tournemine ;
explication d'Isaïe VII.* 8. Mém. de
Trév. Août 1706. on y prend aussi
la défense de l'Extrait de cette Chro-

nologie donné dans les Mém. de R. J.
Trév. Mai 1706. & l'on fait voir TOURNE-
que l'explication donnée du verfet MINE.
8. du chapitre 7. d'Ifaïe n'eft point
dûë au P. Hardoüin, & que le P.
Tournemine en eft le premier Auteur.

21. *Explication d'une Médaille
très-rare de l'Empereur Hadrien.*
Mémoires de Trévoux 1708. art.
10.

22. *Réponfe à une Remarque de M.
Leibnitz fur l'union de l'ame & du
corps. Ibid.* Mars 1708.

23. *Obfervation fur une lettre de
M. (* Jean *) Mallemans (Chanoine de
faint Opportune à Paris, au fujet de
quelques explications fingulieres de
quelques paffages des Evangeliftes données par ce Chanoine, & imprimées
dans les Mémoires de Trevoux 1708.)
Ibid.* Septembre 1708.

24. *Explications du Cachet de Michel Ange. Ibid* Fevrier 1710.

25. *Refléxions fur la maniere de corriger la verfion des Septante, propofée par le prétendu Théologien de
Salamanque. Ibid.* 1709. Juin, &

R. J. 176 *Mem. pour servir a l'Hist.*
TOURNE-*réponse au même. Ibid.* 1710. art.
MINE. 10.

26. *Explication d'une Médaille
singuliere. Ibid.* 1710. mois de Mai.

27. *Explication de deux pierres
gravées. Ibid.* 1711. article 7.

28. *Explication d'une Cornaline
antique ou Antinous est représenté
se dévouant pour Hadrien. Ibidem,*
Mars 1713.

29. *Explication d'une antique du
Cabinet du Roi. Ibid.* Avril 1713.

30. *Reflexions sur l'Athéisme,*
imprimées avec la *Démonstration de
l'Existence de Dieu,* tirée de la connoissance de la nature, par *M. de Fe-
nelon* deuxième édition. Paris 1713.
in-12.

31. *Reflexions sur la Dissertation
de M. Leibnitz, touchant l'origine
des François.* Mém. de Trévoux
Janvier 1716. Ces Reflexions ont
deux parties : dans la premiere l'Auteur prétend faire voir contre M.
de Leibnitz que les François ne
sont point originaires du Holstein,
de la Poméranie, & des côtes de la
Mer Baltique. Dans la seconde il
veut prouver que les François ont

une origine Gauloiſe, qu'ils ſont R. J.
ſortis du pays que les Gaulois ont TOURNE-
occupé, ſans en avoir été chaſſés MINE.
depuis qu'ils l'eurent envahi, &c.
C'eſt contre cette ſeconde partie
que Dom Joſeph Vaiſſette, ſçavant Benedictin de la Congrégation de S. *Maur*, a donné en 1722.
à *Paris in-*12. Sa *Diſſertation ſur l'o-
rigine des François*, où l'on examine
s'ils deſcendent des *Tectoſages*, ou anciens Gaulois établis dans la Ger-
manie.

32. *Explication d'une Inſcription
de Bourbonne.* Mém. de Trév. Mai
1716.

33. *Lettre ſur la queſtion, ſi N. S.
mangea l'Agneau Paſcal la derniere
année de ſa vie.* Cette Lettre eſt
écrite au R. P. Honoré de ſainte
Maric, Carme Déchauſſé, qui l'a
fait imprimer à la fin de ſon 2. volume des *Réfléxions ſur la Critique*,
1717. *in-*4°. à *Paris.* Le P. *Tournemine* tâche de prouver par les Evan-
geliſtes & par les Peres, que N. S.
n'a pas mangé l'Agneau Paſcal la
derniere année de ſa vie. Le Pere
Honoré répondit à cette Lettre; &

R. J. la réponse est imprimée de suite.

TOURNE-
MINE.

34. *Reflexions sur l'Athéisme attribué à quelques peuples par les premiers Missionnaires qui leur ont annoncé l'Evangile.* Mém. de Trév.
1717. art. 6.

35. *Conjecture sur l'Auteur des
Extraits de la doctrine Orientale, at-
tribués à Clement Alexandrin. Ibid.*
1717. Mars.

36. *Histoire des Russiens, que nous
appellons Moscovites, tirée des monumens & des Auteurs les plus croya-
bles. Ibid.* Mai 1717.

37. *Joannis Stephani Menochii S.
J. Commentarii totius S. Scripturæ
editio novissima. Accessit supplementum
quo continetur quidquid ad plenam
Sacræ Scripturæ intelligentiam facile
parandam desideratur.* Parif. Claude
Robustel, 1719. 2. vol. *in-fol.* Les
Dissertations du P. *Tournemine* qui
sont dans le 2e. vol. sont 1. *Dissertatio de annis Patriarcharum.* 2. *Ap-
pendix : utrum sententia superiori dis-
sertatione explicata contraria sit Patribus, vulgaris autem Chronologia in
Patrum consensu fundata.* 3. *Dissertatio de primo sacræ & profanæ Chro-*

nologiæ vinculo, Epocha Sesostris. R. J.
4. *Dissertatio de nova ratione Chrono-* Tourne-
logiæ Judicum disponenda. 5. *Disser-* mine.
tatio de Chronologiâ Regum Juda &
Regum Israël 6. *Dissertatio de Chro-*
nologiâ Regum Assyriorum quorum
historia cum historia sacra connexa
est. 7. *Dissertatio de Regibus Medo-*
rum, quorum mentio in S. Scripturâ.
8. *animadversiones in Petri Possini*
(*Societ. J.*) *Dissertationem de Assue-*
ro Esteri, & Dario Medo Danielis.
9. *Dissertatio de Amane Amalecitâ*
& Macedone, in quâ difficillima quæ-
dam Scripturæ loca explicantur. 10.
Dissertatio de Regibus Chaldæis præ-
sertim de Nabuchodonosore. 11. *Dis-*
sertatio de Cyro Rege Persarum. 12.
Dissertatio de septuaginta hebdomadi-
bus Danielis.

38. *Mémoire Historique sur le Roi*
Stanislas & son auguste Maison, tiré
des Historiens de Pologne & de Bohe-
me les plus estimés. Mém. de Trév.
Decembre 1725.

39. *Dissertations & Eclaircisse-*
mens sur quelques endroits de l'His-
toire des Juifs de M. Prideaux. 1. *Sur*
la ruine de Ninive, & la durée de

**R. J.
TOURNE-
MINE.**

l'Empire Assyrien. 2. *Sur les Livres* de l'ancien Testament que les Protestans n'admettent point dans leur Canon de l'Ecriture. Ces Dissertations sont dans l'édition de l'Ouvrage de M. Prideaux faite à *Paris* en 1726. *in*-12.

40. *Panégyrique de saint Louis Roi de France, prononcé dans la Chapelle du Louvre en présence de MM. de l'Académie Françoise,* Paris 1733. *in*-4°. & 1734. *in*-12.

41. *Lettre sur le verset* 10e. du *Ps.* 14. *Dicite in gentibus, quia Dominus regnavit.* Dans le Mercure de France, mois de Septembre 1733.

42. *Lettre à M. de la Roque pour répondre à la replique de D. Augustin Calmet, Benedictin de la Congrégation de S. Vanne, sur le même sujet. Ibid.* Juin 1734.

43. *Conjectures sur la supposition de quelques Ouvrages de saint Cyprien, & de la Lettre de Firmilien.* Mém. de Trév. 1734. mois de Decembre. Le P. *Tournemine* porte à la fin de cet Ecrit un Jugement fort desavantageux de la vie de S. Cyprien, publiée en 1717. *in*-4°. par

D. Gervaife, ancien Abbé de la R. J.
Trappe. Tourne-

44. *Rémarques fur le Mémoire* mine.
touchant l'origine des Negres & des
Américains, inferé dans les Mém.
de Trév. Novembre 1733. *Ibid.*
Avril 1734. Le P. *Tournemine* dit
qu'il ignore l'Auteur de ce Mémoire ; mais il montre que l'inventeur
du Syftême qui y eft établi, eft
Guillaume Whifton Anglois, un
de ces hommes dont l'imagination ne fouffre aucun frein ; & il le
réfute.

45. *Réponfe à la Differtation fur le*
Triumvira de Galba, Othon, &
Vitellius, & fur celui de Pefcenius,
Albin & Severe. Mémoire de Trév.
Août deuxième partie 1735. La Dif-
fertation, qui eft du Pere Panel
Jefuite, eft dans la premiere partie
du mois d'Août.

46. *Lettre fur l'immatérialité de*
l'ame, & les fources de l'incrédulité.
Ibid. Octobre 1735.

47. *Remarques fur Lucrece. Ibid.*
Novembre 1735. il s'y agit de la
doctrine de Lucrece fur la divinité.

48. Eloge de M. l'Abbé de Belle-

R. J. garde, Jean-Baptiste Morvan, dans
TOURNE- le Mercure de France, Novembre
MINE. 1735.

49. *De la liberté de penser sur la Religion.* Mém. de Trévoux 1736.
article 8.

50. *Epître en vers à M. le Prince
de Dombes, sur ce qu'il commence à
lire les Commentaires de César.* Dans
le nouveau Mercure dédié à M. le
Prince de Dombes, imprimé à Trévoux, Mars 1711.

51. *Dissertation sur le fameux passage de l'Historien Joseph, touchant
J.C. en 2. parties :* la premiere dans
le Mercure de France, Mai 1739.
La deuxième achevée par l'Abbé
de Pompignan, dans le Mercure
d'Août de la même année.

52. *Défense du Grand Corneille contre le Commentateur des œuvres de M. Boileau Despreaux (M.
Brossette)* Mém. de Trévoux, Mai
1717. réimprimée sous le seul titre
de *Défense du Grand Corneille*, dans
les œuvres diverses de Pierre Corneille, publiées par l'Abbé Granet,
Paris, in-12. 1738. il y a beaucoup
de différence entre ces deux éditions.

Dans la premiere qui eſt moins am- R. J.
ple d'un tiers , le P. *Tournemine* n'y TOURNE-
prend pas, comme dans la ſeconde, MINE.
la défenſe des Auteurs cenſurés par
M. Deſpreaux : il s'arrête uniquement à l'Apologie de Corneille ; &
l'on n'y voit point ces vivacités
contre M. Deſpreaux qui ſont ac-
cumulées dans la deuxiéme édition.
M. l'Abbé Granet n'a point parlé de
la premiere édition de cette piece.

* Lettre circulaire ſur la mort du
P. *Tournemine* , par le P. Belingan ,
Jeſuite , dans les Obſervations ſur
les Ecrits modernes , Lettre 260.
T. 18. Eloge du P. *Tournemine* dans
les Mémoires de Trévoux , Septembre 1739. article 85. Mémoires particuliers.

PIERRE PETIT.

PIERRE PETIT , Mathémati- P. PETIT.
cien & Phyſicien célébre dans
le dernier ſiécle , par ſes Ouvrages
& par ſes liaiſons avec MM. Paſcal,
Deſcartes , Fermat , le Pere Merſenne & tant d'autres , naquit à *Mont-*

P. PETIT. luçon, petit Ville du *Bourbonnois*, au Diocèse de *Bourges*, le dernier jour de Decembre de l'an 1598. il étoit fils de *Pierre Petit*, Controlleur en l'Election de *Montluçon*, & de *Marie Bannellat*, né avec un goût décidé pour les Mathématiques & pour la Physique, il en fit dès sa plus tendre jeunesse, une étude particuliere dans laquelle il fit de très-grands progrès. Cependant son pere & sa mere qui vouloient entretenir la paix dans leur famille, ayant fait le 8. de Mai 1626. un partage de leurs biens entre leurs enfans, *Pierre Petit* accepta la Charge de Controlleur en l'Election de *Montluçon*, & l'exerça quelques années avec beaucoup d'honneur. Mais après la mort de ses pere & mere, il la vendit par Contrat passé à Montluçon le 5. Avril 1633. & vint à *Paris* où sa réputation l'avoit déja précedé. Le Cardinal de Richelieu attentif à profiter de ceux qui se distinguoient par leur mérite, ne tarda pas à l'employer. Il l'engagea à visiter sous les Ordres du Roi Louis XIII. tous les Ports de Mer & l'envoya

voya même en Italie pour le ſervice de Sa Majeſté. M. *Petit* revêtu a-
lors des Titres de Commiſſaire Provincial d'Artillerie & d'Ingénieur
du Roi, ſe fit moins eſtimer par-
là que par ſes rares connoiſſances
que ſes voyages & l'expérience qu'il
y acqueroit, augmentoient chaque
jour. Il étoit à Tours vers l'an 1640.
& il y épouſa Marie Dupuis du Tillout, fille de Gille Dupuis du Tillout, ſieur du Portail, ancien E-
chevin perpétuel de la ville de Tours.
Petit demeura, ſans doute, quelques
années dans cette Ville, puiſque
deux de ſes filles y furent baptiſées,
l'une le 23. Mai 1641. l'autre le
23. de Mars 1643. On voit par un
compte reçu chez Marignon Notai-
re le 8. de Mai 1642. qu'il prenoit
alors les qualités de Conſeiller du
Roi, ſon Ingénieur & Géographe.
Il fut depuis Intendant des Fortifications : & le Pere Hilarion de Coſte, Religieux Minime, lui donne
ce titre dès 1649. dans la vie du R.
Pere Marin Merſenne, Religieux
du même Ordre, qui fut imprimée
cette même année à *Paris.* Dans
Tome XLII. Q

P. PETIT. l'Acte mortuaire de Marie Dupuis du Tillout, qui fut inhumée dans l'Eglise de S. Germain l'Auxerrois à *Paris* le 8. d'Octobre 1665. *Petit* est qualifié sieur du Portail, Conseiller du Roi, & Intendant des Fortifications de France. Dès 1637. ou 1638. M. *Petit*, qui, selon le témoignage de M. Baillet dans sa vie du célébre Descartes, premiere partie, *étoit pourvû de beaucoup de génie pour les Mathématiques, & excelloit particulierement dans l'Astronomie, & avoit une passion particuliere pour les choses dont la connoissance dépend des expériences*, entendit parler à Paris, après son retour d'Italie, de la Dioptrique de M. Descartes. Il la lut, & y fit des objections dans le même temps que le P. Mersenne avec qui il étoit déja lié très-étroitement, reçut celles de M. de Fermat. M. *Petit* désira de voir celles de ce dernier, & après les avoir examinées, il écrivit au P. Mersenne le Jugement qu'il en portoit. Le Pere Mersenne envoya la Lettre à M. de Fermat qui désira dès ce moment d'être en correspondance avec M.

Petit. Mais celui-ci quitta bien-tôt
son parti pour se ranger du côté de
M. Descartes. Non content de de-
venir son ami il se rendit son parti-
san & son défenseur, & M. Descartes apprit avec joie qu'il goûtoit
aussi sa Métaphysique ; & qu'il se
déclaroit entierement pour ses sentimens.

M. *Petit* rechercha aussi & obtint
l'estime & l'amitié du célèbre Blaise
Pascal, & il fit avec lui à Rouen où
le pere de M. Pascal étoit Intendant de Justice, les expériences sur
le vuide que le fameux Torricelli
avoit déja faités en Italie. Ils firent
ces expériences en 1646. & 1647 &
s'étant assûré de leur vérité par de
fréquentes répetitions, ils en tenterent de nouvelles qui leur réus-
sirent. Nous ignorons les autres circonstances de la vie de M. *Petit.* Sur
la fin de ses jours, il se retira à Lagny sur Marne à 5. ou 6. lieuës de
Paris, & y étant mort le 20. Août
1667. il fut inhumé dans l'Eglise des
Religieuses Bernardines de cette
petite Ville. Le Couvent des Bernardines ayant été détruit, son sepul-

P. Petit. cre fut transporté le 10. de Novembre 1688. ans l'Eglise Paroissiale de S. Fursy, audit lieu de Lagny, avec le corps de Marie Elizabeth *Petit*, sa fille, qui avoit été Religieuse dans le même Couvent des Bernardines où elle étoit morte le vingtiéme de Septembre 1671. On croit que M. *Petit* s'étoit retiré à Lagny du vivant même de cette fille.

Catalogue de ses Ouvrages.

1. *Discours Chronologiques contenant les maximes pour discerner les parfaites Chronologies*, &c. Paris, Rocolet, 1636. *in-*4°. M. *Petit* entreprit cet Ouvrage pour la défense de Scaliger, des Démonstrations Chronologiques de Jean Temporarius de Blois, & des sçavans Ouvrages du Pere Petau, Jesuite, sur la Chronologie, contre les mauvais Ouvrages sur le même sujet de Jacques d'Auzolles, sieur de la Peyre, Secretaire du Prince de Montpensier. D'Auzolles fit de vains efforts pour répondre à M. *Petit* & à ses autres Adversaires dans son *Mercure Charitable*, &c. imprimé en 1637.

2. *L'usage où le moyen de prati-*

quer par une régle toutes les opéra- P. Petit. tions du compas de proportion, une ample conſtruction de l'un & de l'autre, augmentées des Tables de la peſanteur & grandeur des Mé-teaux, & la réduction de toutes les meſures de l'Europe, de l'Aſie & l'Afrique, à celle de Paris : la conſtruction & l'uſage du Calibre d'Artellerie, in-8°. à Paris. Le Pri-vilége pour l'impreſſion de cet Ou-vrage eſt de 1625. mais ce Livre ne fut imprimé que quelques années après.

3. *Carte du Gouvernement de la Capelle.*

4. *Obſervations touchant le vui-de*, faites pour la premiere fois en France, contenues en une lettre à M. Chanut, réſident pour Sa Ma-jeſté en Suede. Paris, Cramoiſy, 1647. in-4°. Elles parurent la mê-me année que les expériences nou-velles touchant le vuide, par Blaiſe Paſcal, avec qui M. *Petit* avoit tra-vaillé à ces expériences, comme on l'a dit.

5. *Calculus duarum Eclipſium an-ni 1652.* brochure, in-fol.

P. PETIT. 6. *Raisonnemens contre les Prognostiques de l'Eclipse du Soleil du* 12. *Août* 1654. *avec une piece de vers Latins, & une autre en vers François sur le même sujet. A Paris* 1654.

7. *Discours touchant les remedes qu'on peut apporter aux inondations de la Riviere de Seine dans Paris, avec la Carte nécessaire. Paris,* Rocolet 1658. *in-*4°. & non en 1668, comme quelques-uns l'ont écrit.

8. A la fin de l'*Astronomia Physica* de Jean - Baptiste du Hamel, de l'Académie de Sciences, imprimée à *Paris,* en 1659. *in-*4°. On trouve une lettre & trois petits Traités de M. *Petit : Le premier sur l'Eclypse de Soleil du* 14. *de Novembre de la même année* 1659. Le 2e. *sur la latitude de Paris, & la déclinaison de l'Aiman dans cette Ville :* Le 3e. *De Novo Systemate mundi,* contre l'*Abregé de l'Astronomie inferieure* publié par un Anonyme en 1645. Le second Traité, qui est aussi en Latin, n'est que l'Extrait d'une plus longue Dissertation que M. *Petit* avoit adressée en forme de lettre à

Henri Sauval pour être inferée dans
fon Hiftoire & recherches des Anti-
quités de la Ville de *Paris*, que
Sauval préparoit dès-lors, & qui
n'a été imprimée qu'en 1724. *in-fol.*
La Lettre qui précede ces trois
Traités eft une réponfe à une autre
Lettre de M. du Hamel, dans la-
quelle celui-ci donne à M. *Petit* les
Titres de *Chevalier Seigneur du
Portail.*

8. *Avis & fentimens de Pierre
Petit fur la conjonction propofée des
Mers Océane & Méditerranée, par
les Rivieres d'Aude & de la Garon-
ne, &c. in-4°.*

9. *Differtation fur la nature des
Cométes ; avec un difcours fur les
Prognoftiques des Eclipfes, & autres matieres curieufes. Paris,* Jolly
1665. *in-4°.* L'Auteur fit cet Ouvrage par ordre de Louis XIV.

10. *Lettre touchant le jour auquel on doit célébrer la Fête de
Pâques, avec une Differtation Latine de François Levera, Romain, fur
le même fujet. Paris,* Cufton 1666.
in-4°. On trouve un Extrait de cette
Lettre dans le Journal des Sçavans

P. PETIT. du 15. Mars 1666. & dans les Mémoires de litterature & d'histoire recueillis par le P. des Moletz de l'Oratoire Tome premier premiere partie. *Paris* 1726. *in*-12. D'abord M. *Petit* montre en peu de mots l'institution de la fête de Pâques parmis les Juifs. Il fait voir ensuite toutes les difficultés qui se sont présentées pour déterminer le jour auquel les Chrétiens doivent célébrer cette fête. Enfin il justifie le Calendrier Romain contre le sieur Levera, & tous ceux qui prétendent qu'on ne célebroit pas en 1666. la fête de Pâques conformément à la décision du Concile de Nicée. Cette Lettre a été sérieusement attaquée par le P. Clement d'Amiens , Prêtre Capucin , dans un écrit imprimé à *Paris* en 1667. *in*-12. chez Jean Couterot , intitulé : *Observations justes & curieuses sur le Kalendrier Romain , spécialement sur la célébration de la Pâques , en forme de Lettre* (à M. de Lestocq , Docteur en Théologie , & Professeur Royal en Sorbonne) *avec la Réponse à la Lettre de M. Petit écrite sur le même su-*
jet

jet contre M. Levera Romain.

11. *Diſſertation ſur la figure & l'extenſion de l'ame,* à M. de la Chambre, Médecin.

12. *Diſſertation ſur la Nature du chaud & du froid,* avec un *Diſcours du Cylindre Arithmétique inventé par l'Auteur.* Paris, de Varennes 1671. in-12.

13. Dans les Journaux des Sçavans de 1666. & de 1667. on trouve quelques écrits de M. Petit, ſçavoir: 1°. *Extrait d'une Lettre écrite à M. Galloys, touchant la profondeur de la Mer, la Nature de l'Eau qui eſt au fond de la Mer, & quelques autres curioſités, dans le Journal du Lundi 24. Mai.* 2°. *Extrait d'une Lettre à M. Galloys, Prêtre, ſur l'Eclipſe de Lune du 16. Juin 1666. & ſur un paſſage de Pline reſtitué à ce propos. Dans le Journal du Lundi 21. Juin.* Ce qui regarde le paſſage de Pline a été réimprimé dans une Lettre du P. des Moletz de l'Oratoire, donnée ſous le titre de *Lettre d'un Profeſſeur de l'Univerſité d'Angers à un Profeſſeur de l'Univerſité de Paris, au ſujet d'une correction du Pere Hardouïn ſur Pline l. 2. c. 13.* & imprimée

Tome XLII. R

P. PETIT. dans les Mémoires de litterature &
d'histoire recueillis par le même P.
des Moletz, Tome I. premiere partie. 3°. Le P. *Labbe* Jesuite donna
*ses Observations sur les deux mêmes
passages de Pline*, sur lesquels M.
Petit avoit publié ses remarques, &
ces observations ayant paru dans le
Journal des Sçavans du Lundi 28.
Juin 1666. M. *Petit* adopta quelques-
unes des ces observations, & en
fit d'autres qu'il fit inserer dans le
Journal suivant du 5. Juillet, sous
le titre de *Billet de M. Petit Intendant des Fortifications* touchant le
même passage de Pline dont il est
parlé dans les *Journaux* précédens.
4°. *Extrait d'une lettre de M. Petit à
M.* Galloys, *au sujet des sentimens
du Pere Pardies, Jesuite, sur la
Nature de l'Eau de la Mer, sa pe-
santeur*, &c. Dans le Journal du 7.
Mars 1667. 5°. *Extrait d'une Lettre*
du même, au R. P. de *Billy*, Jesuite,
*touchant une nouvelle Machine pour
mesurer exactement les Diametres des
Astres.* Dans le Journal du sei-
ziéme Mai 1667. Dans l'Extrait
d'une Lettre de M. Cassini alors

Profeſſeur d'Aſtronomie dans l'U- P. Petit. niverſité de Boulogne, adreſſée à M. *Petit*, & imprimée dans le Journal du 12. Decembre 1667. M. Caſſini félicite M. *Petit* de ſon invention de la machine, dont il eſt parlé dans la Lettre précédente; & lui rend compte des obſervations que lui-même M. Caſſini avoit faites pour parvenir à la découverte du mouvement de la Planette de Venus à l'entour de ſon axe.

Mémoires manuſcrits. Bibliothéque du Richelet, par l'Abbé *le Clerc.* Supplément de *Morery*, de l'édition de 1735. Vie de Deſcartes par *Adrien Baillet*, *in-4°.* en pluſieurs endroits. Vie du P. Merſenne par *Hilarion de Coſte*, &c.

D. AUGUSTIN MANUEL DE VASCONCELLOS.

DOM *AUGUSTIN MANUEL DE VASCONCELLOS*, étoit fils cadet de *Ruy*, ou *Rodrigue Martins de Vaſconcellos*, Seigneur de la Subſtitution de

D.A.M. DE VAS- CONCEL- LOS.

R ij

D. A. M.
DE VAS-
CONCEL-
LOS.

Machede, & petit fils de *Diegue
Casco de Vasconcellos*, Gentilshom-
mes Portugais établis à *Evora*.

Il fut d'abord destiné à l'Etat Ecclesiastique, & ayant fait ses études à l'Université de *Coimbre*, il
devint l'héritier de sa maison, son
frere aîné Diegue de Vasconcellos
étant mort sans laisser de posterité. Il épousa Dona Marguerite de
Mendoça, fille de Constantin de
Sá de Noronha, & D. Louise da Sil-
va, & en secondes noces D. Marguerite d'Albuquerque, fille de
Diegue de Saldanha, Comman-
deur de *Villa-de-Rey* dans l'Ordre
de *Christ*, & de D. Anne Lobo de
Mello, & n'ont des enfans d'aucune.

Ce D. Augustin eut la tête tran-
chée dans la Place du *Rocio* de *Lisbonne* le 29. Août 1641. le même
jour que l'on fit une pareille exécution au Duc de *Caminha*, & au
Comte *d'Armamar*, pour avoir
tous ensemble trempé dans une
conjuration contre la personne de
Jean IV. proclamé Roi de Portugal
l'année précédente, & il n'avoit que

58. ans. Il étoit Eloquent, & bon
Historien comme le témoignent ses
Ouvrages dont voici le Catalogue.

1. *Manifiesto del Reyno de Portugal,*
Lisbonne 1641. *in-fol.* imprimé sans
nom d'Auteur, en *Castillan.*

2. *Vida y acciones del Rey D. Juan
II. de Portugal,* Madrid 1639. *in-
4°.* en *Castillan.*

*Vida de Don Duarte de Meneses
III. Conde de Viana, y succeßos nota-
bles de Portugal en su tiempo.* Lis-
boa 1627. aussi en Castillan, *in-4°.*

3. *Juiso sobre à Historia de Braga
do Arcebispo D. Rodrigo da Cunha.*
Cette Dissertation ou ce Jugement,
qui est le seul Ouvrage que D. Augustin ait écrit en Portugais, se
trouve imprimé dans l'Histoire Ecclesiastique de Brague, composée par
l'Archevêque D. Rodrigue da Cunha.

4. Il a fait une Traduction Françoise de la vie de Jean II. Roi de Portugal, imprimée à *Paris* en 1641. *in-
8°.*

Ce Mémoire nous a été fourni par
un Seigneur de Portugal, aussi connu par son sçavoir que par sa haute
naissance. R iij

JEAN PINTO RIBEIRO.

JEAN PINTO RIBEIRO, na-
quit à *Lisbonne* d'une famille noble, son pere *Emmanuel Pinto*, étoit
d'Amarante dans la Province de *En-
tre-Douro & Minho*. Le fils cultiva
les Belles-Lettres, & fut un excellent Jurisconsulte, son style est cou-
lant, & tout ce qu'il a écrit est
d'un goût exquis, il a trouvé fort
heureusement plusieurs mots nouveaux à la langue Portugaise qui ont
parfaitement réussi dans ses écrits.
Il fut fort estimé de Jean IV. Roi de
Portugal, à qui il avoit rendu des
services signalés lors de son avéné-
ment à la Couronne, étant un des
principaux qui le proclamerent Roi
en 1640. ayant fait auparavant plusieurs voyages à Villaviciosa, où ce
Prince demeuroit pour lui rendre
compte des Conférences qui se te-
noient à Lisbonne dans le Palais de
l'Archevêque D. Rodrigue da Cunha, touchant l'élevation de ce même Prince à la royauté. Le Roi
lui donna ensuite beaucoup de
part dans sa confiance, & l'envoya
en 1643. à son armée de l'Alemte-

jo avec un plein-pouvoir de dépoſer le Général & ſon Lieutenant
Général, au cas qu'il les trouvât
coupables du crime dont on les ac-
cuſoit, & ordre d'être admis dans
tous les conſeils de guerre qui s'y
tiendroient.

J. P. RI-
BEIRO.

Au mois de Novembre 1621. il
fut nommé *Juis de fora* de la petite
Ville de Pinhel ; de ſemblables emplois ſont triennaux, & les premiers qu'obtiennent ceux qui ſont
deſtinés à ſuivre la Profeſſion de la
Robbe, & qui parviennent dans la
ſuite aux plus relevez dans la Magiſtrature ; & en effet Pinto Ribeiro
obtint celui de *Dezembargador do
Paço* qui répond à celui de Conſeiller du Conſeil Royal de Caſtille,
du Conſeil du Roi, *Contadormor*,
ou premier Préſident de la Chambre des Comptes, & Garde de l'Ar-
chive Royal dit *Torre do Tombo*. Ce
ſçavant homme mourut à Liſbonne
le 11. Août 1649. & eſt enterré dans
le Cloître des Cordeliers. Il a compoſé les Ouvrages ſuivans qui furent imprimés ſéparément, à me-
ſure qu'il les compoſoit, & réunis

R iiij

dans un volume *in-folio*, imprimé à *Coimbre* en 1729. ils font tous en Portugais.

Relaçam primeira, è *Relaçam se-gunda*. Ce font deux Difcours tou-chant fa Jurifdiction à *Pinhel*, qui lui fut conteftée par *la Camara*, ou Maifon de Ville : La premiere eft dédiée à Philippe III. Roi d'Ef-pagne, qui l'étoit encore de Portu-gal, & la feconde aux bourgs, & Villes qui ont voix aux Etats Géné-raux de Portugal. Il traite de la bonne adminiftration de la Juftice.

Relaçam terceira. Cette troifiéme Relation eft contre le Miniftre qu'on avoit envoyé à *Pinhel* pour infor-mer de fa conduite dans les trois années de fa Judicature, & il prou-ve que cet homme lui eft fufpect.

Luftre ao Dezembargo do Paço. C'eft un Traité touchant les préé-minences de ce Tribunal fuprême, & fur la maniere de rendre la Jufti-ce.

Ufurpaçam, Retençam, Reftaura-çam de Portugal. C'eft une Réponfe au Manifefte qui avoit paru au nom de Philippe IV. Roi d'Efpagne en

renouvellant ſes droits ſur le Por- J. P. Ri-
tugal, après que ce Royaume avoit BEIRO.
ſecoüé la domination Eſpagnole :
il traite fort au long des Droits de
la Maiſon de Bragance & de la
loi des Etats de Lamego, qui ex-
clut les Princes étrangers du Trône.

*Injuſtas ſucceſſoens dos Reys de
Leam, è Caſtella.* Il y fait voir l'e-
xemption du Portugal en réfutant
la loi dite *Las Partidas* d'Alphonſe
le Sage, & le Livre *Fortalitium
Fidei*, d'Alonſe d'Eſpagne.

*Aacçam de aclamar à el Rey D.
Joan IV.* Il fait voir dans ce Traité
que ceux qui ont proclamé Roi de
Portugal le Duc de Bragance, ont
fait une action beaucoup plus glo-
rieuſe que ceux qui ſuivirent le
parti de ce Prince après ſon avénement à la Couronne.

*Relaçam feita ao Pontifice ſobre à
confirmaçam dos Biſpos de Portugal.*
C'eſt une Remontrance très-forte
ſur le refus que faiſoit la Cour de
Rome de confirmer, & expédier
les Bulles aux Evêques nommés par
le Roi Jean IV.

Deſengano ao parecer enganoſo que

J. P. RI-
BEIRO.

se deu à Philippe IV. contra Portugal.
C'est la réfutation d'un projet présenté au Roi d'Espagne pour faire la Conquête du Portugal.

Reposta ao Doutor Simam Foresam Coelho sobre o Elogio de D. Joam de Castro Vice-Rey da India. C'est un Eloge qu'il fait à l'Auteur, accompagné de plusieurs morceaux d'érudition en forme de remarques, sur celui que son ami lui avoit envoyé.

Preferencia das letras ás armas. Il traite des gens de lettres; & surtout des Jurisconsultes, qui ont également rendu des services à leur patrie dans les armes, & dans les lettres.

Lettre au Pere François Brandam, Religieux de Cîteaux, & Historiographe de Portugal, touchant les Titres de la Noblesse du Royaume, ses Priviléges, & exemptions.

Ses Ouvrages encore manuscrits sont les suivans :

Un gros volume sur l'*Ordenaçam* ou Corps des Loix de Portugal, qui fut vendu par méprise à Emmanuel la lettre du 22. Novembre 1547.

Abrares-Pegas, dont il profita beau- J. P. RE-
coup dans ſon Ouvrage ſur le mê- BEIRO.
me ſujet.

Commentaire ſur les *Rimas*, ou
vers lyriques du fameux *Camoens*.
Cet Ouvrage étant prêt à être imprimé l'on verſa par hazard de l'eau
forte par-deſſus, ce qui gata beaucoup de feuilles. Le peu qui en eſt
reſté fait voir que le Commentateur étoit digne du Poëte.

Voyez la derniere édition de *Morery* à l'Article VARRERO (Gaſ-
pard) & ajouté ce qui ſuit.

Le véritable nom de ce ſçavant
homme, étoit,

GASPARD BARREIROS. G. BAR-
REIROS.

Il naquit à *Viſeu*, Ville de Portugal, dans la Province de Beira, & étoit
neveu du fameux Hiſtorien Jean de
Barros. L'an 1546. il rendit graces
en plein Conſiſtoire au Pape Paul
III. au nom d'Henri Infant de Portugal, ſur ce que ce Pape lui avoit
envoyé le chapeau de Cardinal. Il
a beaucoup travaillé à Rome ſur
l'établiſſement de l'Inquiſition de
Portugal, comme il le marque dans

G. BAR-REIROS.

qu'il écrivit au Roi Jean III. où nous apprenons qu'il étoit l'un des Ministres de ce nouveau Tribunal, cette Lettre est rapportée tout au long dans l'Histoire de Braga, écrite par son Archevêque D. Rodrigue da Cunha. Il fut fort estimé des Cardinaux Pierre Bembo, & Jacques Sadolet. Il retourna en Portugal, & mourut à Evora étant Chanoine de cette Cathédrale, l'an 1610. Il étoit excellent Critique comme le prouve son sçavant Commentaire sur les quatre Livres *de Originibus* de Caton qu'il a traduit en Portugais, & que Andres Scot a rendus en Latin dans sa *Bibliotheca Hispana*.

Voici le Catalogue des Ouvrages de ce sçavant homme, & qui furent imprimés à *Coimbre* en 1561. dans un volume in-4.º.

1. *Censura sobre huns fragmentos intitulados em M. Catam de Originibus, que publicou, e interpretou Joam Annio Viterbiense.*

2. *Censura sobre huns Livros intitulados Beroso Sacerdote Chaldeo.*

3. *Censura sobre hum Livro intitulado Manethom Sacerdote de Egypto.*

4. *Censura sobre hum Livro intitula-*

do em *Q. Fabio Pictor Romano de* G. BAR-
aureo ſeculo, & *Origine Urbis Romæ.* REIROS

5. *De Ophyra regione Commentarius,*
c'eſt le ſeul Ouvrage qu'il écrivit en
Latin, les autres étant tous en Portugais.

6. *Corographia de alguns lugares que
eſtam no Caminho deſde Badajos ate
Milam.*

Il compoſa auſſi un Livre des
Généalogies de Portugal qui eſt
mſ.

Loup de Barros Chanoine d'E-
vora, nous a donné cette édition
des Œuvres de Barreiros, avec une
Epître Dédicatoire au Cardinal Infant Henri, dans laquelle il rend
compte de cette édition, & il y
joignit une Préface de Barreiros,
& la belle Harangue Latine que
Dom Garcie de Meneſer Evêque
d'Evora prononça devant le Pape
Sixte IV. dans l'Egliſe de S. Paul
extramuros de Rome, où ce Pontife reçut en public cet Evêque en
qualité de Général de la flotte Por-
tugaiſe que le Roi Alfonſe V. envoya au ſecours d'Otrante, que les
Turcs avoient pris au Royaume de
Naples.

Fonceca Historia d'Evora, Nicolas Antonio. Préface des Oeuvres de Barreiros.

BARTHELEMY DU

QUENTAL.

BARTHELEMY DU QUEN-TAL Portugais, naquit dans l'Isle de *S. Michel*, l'une des *Acore* le 22. Août 1626. dans une maison de campagne que son pere François d'Andrade Cabral y avoit, le nom de la mere étoit Anne du *Quental* de *Navaes*, touts deux de la meilleure noblesse du pays. Dès sa premiere jeunesse il fit voir son penchant à la vertu : au lieu de jouer avec les autres enfans, il les assembloit tous pour aller prier ensemble à l'Eglise, ou pour aller entendre le Catéchisme. Il étudia la Grammaire Latine dans son pays, jusques à ce que son pere l'envoya en Portugal l'an 1643. où il fit sa Philosophie à l'Université d'*Evora*, & y prit le degré de Maître-ès-

Arts le 30. Juin 1647. avec un très- B. **DU**
grand applaudiffement, y apprit Quen-
auffi la Théologie au Collége de la TAL.
Purification dans la même Univerfité, & alla enfuite étudier à celle
de Coimbre, où il ne reftaque deux
ans. Ayant pris l'Ordrede Diacre,
il commença à prêcher avec applaudiffement, & avec profit de ceux
qui l'entendoient.

De Coimbre il alla à Lifbonne,
où il a été l'un des Confeffeurs de la
Chapelle du Roi, & l'un de fes
Prédicateurs ordinaires, & c'eft
dans la Chapelle Royale qu'il af-
fembla d'autres Prêtres d'une vie
auffi édifiante que la fienne, pour
faire enfemble divers exercices pieux,
& Jean I V. leur fitdonner une
chambre qui avoit fervi de tréfor
dans la Chapelle. C'eft ici que lui
vint la penfée de fonder la Congrégation de l'Oratoire en Portugal,
& dans les pays qui en dépendent,
ce qu'il mit à exécution après avoir
continué ces exercices dans la même Chapelle pendant quatorze ans.
En 1668. le 16. Juillet il commença
cet établiffement dans le même

R. DU
QUEN-
TAL.

endroit où font à préfent les Au-
guftins Déchauffés de Lifbonne ;
mais la maifon fe trouvant trop é-
troite pour le grand nombre de gens
qui accouroient aux exercices, &
étant impoffible de l'agrandir, le
pere Quental alla s'établir prefque
vis-à-vis du même endroit dans la
Chapelle du S. Efprit, dite *da Pe-
dreira* laquelle lui fut généreufement
accordée par les Négocians de Lifbonne à qui elle appartenoit, par
une donation de l'an 1669. le P.
Quental, y fit les Statuts que les
PP. de l'Oratoire fuivent encore,
& qui furent approuvés, & confir-
més par le Pape Clement IX. le 24.
Août 1672. & font les mêmes que
ceux de la Congrégation des Prêtres de l'Oratoire de Rome, auxquels le P. Quental ajouta quelques
autres, le tout par la Bulle qui
commence *Ex injuncto nobis cœlitus.*
Ce fut le 4. Août 1673. que le P.
Quental alla demeurer dans la nouvelle maifon, où M. Louis de Sou-
fa, enfuite Archevêque de Lifbonne,
& Cardinal, porta proceffionnel-
lement le S. Sacrement, & en qualité
de

de *Capelammor* ou Grand-Aumonier B. QUEN-
de Portugal, il fut accompagné de TAL.
toute la Muſique, & des *Chapelains*
du Roi Pierre II. & ce Monarque
ſuivi des Grands du Royaume accompagna la Proceſſion.

Le Pere Quental après avoir fondé cette Congrégation vécut encore environ trente ans, & étant âgé
de ſoixante-douze, mourut le 20.
Decembre 1698.

Son Eloquence dans la Chaire,
& la ſolidité de ſa doctrine lui acquirent une eſtime générale, & de
fréquentes converſions de ceux qui
l'écoutoient, ſoit dans la Chaire,
ſoit dans le Confeſſional. Il refuſa
l'Evêché de Lamego l'un des meil-
leurs du Royaume, & fonda de
ſon vivant les Maiſons de Liſbonne
de Freixo, de Porto, de Brague,
de Viſeu, & d'Eſtremos en Portugal, & celle de Pernambuc au
Breſil. Son portrait fut gravé à Rome
en 1713. avec le titre de Vénérable
que le Pape Clement XI. lui accorda. Ses Sermons, & ſes Méditations
ſur les Myſtéres ſont pleins d'onction, & d'un ſtyle pur, & élegant.

Tome XLII. S

JEAN FROISSART.

JEAN FROISSART, dont le
nom est écrit quelquefois *Frois-
fard* & *Froissars*, naquit à *Valenciennes*, Ville du Hainaut, vers
l'an 1337. Cette date qui paroît
contredite par un seul passage de sa
Chronique, est constatée par un
grand nombre d'autres tant de sa
Chronique même que de ses Poësies manuscrites.

Quelque attention qu'il ait eu à
nous apprendre les plus petites circonstances de sa vie, il ne dit rien
de son extraction. On peut seulement conjecturer d'un passage de
ses Poësies, que son pere, qui s'appelloit *Thomas*, étoit Peintre d'Armoiries. Nous trouvons dans son
histoire un *Froissart Meullier*, jeune Ecuyer du Hainaut, dont le
nom & le pays donnent lieu de penser, que notre Auteur pouvoit bien
être son parent, & comme lui d'u-
ne famille noble. *Froissart* est qualifié Chevalier à la tête d'un manus-

crit de *S. Germain des Prez* , mais J. FROIS-
cette qualité, qui ne fe trouve point SART.
ailleurs , lui a été donnée apparemment par le Copifte.

Il montra de bonne heure cet efprit vif & inquiet, qui pendant le
cours de fa vie ne lui permit pas de
demeurer long-tems attaché aux
mêmes occupations & aux mêmes
lieux. Sa jeuneffe fut fort diffipée. Il
aima la Chaffe, la Mufique , les af-
femblées , les danfes , la parure , la
bonne chere , le vin & les femmes ,
& ces goûts , qui fe developperent
prefque tous dès l'âge de douze
ans , s'étant fortifiez par l'habitude ,
fe conferverent même dans fa vieilleffe & peut-être ne le quitterent
jamais.

L'efprit & le cœur de *Froiffart*
n'étoient point encore affez occu-
pez , fon amour pour l'hiftoire remplit un vuide que l'amour des plaifirs y laiffoit , & devint pour lui
une fource intariffable d'amufement.

Il avoit à peine vingt ans , lors
qu'à la priere de *fon cher Seigneur*
& Maître Meffire Robert de Namur ,
Chevalier Seigneur de Beaufort , il en-

J. FROIS-
SART.

treprit d'écrire l'Histoire des guerres de son temps , particulierement
de celles qui suivirent la bataille
de Poitiers.

Quatre ans après étant allé en
Angleterre , il en présenta une partie à la Reine *Philippe de Hainaut* ,
femme d'*Edouard III.* Quelque
jeune qu'il fut alors , il avoit déja fait des voyages dans les Provinces les plus reculées de la France.
L'objet de celui qu'il fit en Angleterre , fut de s'arracher à une paffion , qui le tourmentoit depuis
long-temps. Elle s'alluma dans son
cœur presque dès son enfance , elle
dura dix ans , & les étincelles s'en
reveillerent encore dans un âge plus
avancé , *malgré fa tête chenue & fes
cheveux blancs.* Comme *Froissart* ne
parle de cet amour que dans ses Poëfies , on pourroit traiter ce qu'il en
dit de pure fiction , mais le portrait
qu'il en fait est si naturel , qu'on ne
peut s'empêcher d'y reconnoître le
caractere d'un jeune homme amou-
reux , & l'expreffion naïve d'une véritable paffion.

Il avoit aimé de bonne heure les

Romans ; celui de *Cleomades* fut J. FROIS-
le premier instrument dont l'amour SART.
se servit pour le captiver. Il le trouva entre les mains d'une jeune personne qui le lisoit , & qui l'invita à
le lire avec elle. Il y consentit, & cette lecture lui donna occasion de
concevoir pour elle de l'amour. Il
lui prêta depuis le Roman du *Bail-*
lou d'Amours , & y glissa une bal-
lade , dans laquelle il commençoit
à parler de sa passion. Ce feu naiss-
sant s'augmenta bien vîte , & étoit
presque à son plus haut degré , lorsqu'il apprit que sa maîtresse étoit
sur le point de se marier. La douleur
qu'il en conçut le rendit malade
pendant plus de trois mois. Il prit
enfin le parti de voyager pour se dis-
traire , & pour rétablir sa santé , &
se rendit en Angleterre , où tous
les amusemens qu'on lui procura
ne purent charmer l'ennui qui le dé-
voroit.

La Reine *Philippe de Haynaut* ,
qui le retenoit en ce pays, ayant
connu par un Virelay , qu'il lui
présenta , le principe de son mal ,
lui conseilla de retourner dans sa

patrie, à condition néanmoins qu'il reviendroit en Angleterre, & lui fournir de l'argent & des chevaux pour faire son voyage.

Froissart retourné dans le Haynaut, profita de toutes les occasions qu'il put trouver de voir sa maîtresse; mais enfin desesperé du peu de succès de ses assiduités & de ses soins, il résolut de s'en éloigner encore une fois. Il retourna en Angleterre & s'attacha au service de la Reine *Philippe.* Cette Princesse, dont *Froissart* paroît avoir été domestique, voyoit toujours avec plaisir les gens du Haynaut son pays, & aimoit les lettres; ainsi notre Historien avoit toutes les qualités, qui pouvoient lui gagner son affection.

L'Histoire qu'il lui présenta, comme j'ai dit ci-dessus, soit au premier voyage, soit au second, (car il n'est pas possible de décider.) fut très-bien reçue, & probablement lui valut le titre de Clerc (c'est-à-dire Secretaire ou Ecrivain) de la chambre de cette Princesse, qu'il avoit dès l'an 1361.

Il composa depuis par ses ordres

pluſieurs Poëſies amoureuſes ; mais cette occupation n'étoit pour lui qu'un délaſſement, qui n'empêchoit pas des travaux plus ſérieux , puiſqu'il fit aux frais de cette Princeſſe pendant les cinq années qu'il paſſa à ſon ſervice , pluſieurs voyages , dont l'objet paroît avoir été de rechercher tout ce qui devoit ſervir à enricher ſon Hiſtoire.

De toutes les particularités de ſa vie pendant ſon ſéjour en Angleterre , nous ſçavons ſeulement qu'il aſſiſta aux adieux que le Roi & la Reine firent en 1361. au Prince de Galles leur fils , & à la Princeſſe ſa femme , qui alloient prendre poſſeſſion du Gouvernement d'Aquitaine , & il nous apprend qu'il étoit alors âgé de 24. ans. A l'égard des voyages qu'il fit étant au ſervice de la Reine , il employa ſix mois à celui d'Ecoſſe , dont on ignore la date , auſſi bien que d'un autre qu'il fit dans la Norgalle. Il étoit en France à *Melun ſur Seine* vers le 20. Avril 1366. peut-être des raiſons particulieres l'avoient conduit par cette route à *Bourdeaux .*

J. FROISSART.

où on le voit à la Toussaint de la même année, lorsque la Princesse de Galles accoucha d'un fils, qui fut depuis le Roi *Richard II.*

Le Prince de Galles étant parti peu de jours après pour la guerre d'Espagne, & s'étant rendu à Auch, où il demeura quelque temps, *Froissart* l'y accompagna, & comptoit de le suivre dans tout le cours de cette grande expédition ; mais le Prince ne lui permit pas d'aller plus loin ; à peine fut il arrivé qu'il le renvoya en Angleterre auprès de la Reine sa mere.

Froissart ne dut pas faire un long séjour dans ce Royaume, puisqu'il se trouva l'année suivante dans plusieurs Cours d'Italie. Ce fut la même année, c'est à dire en 1368. que *Lyonel* Duc de *Clarence*, fils du Roi d'Angleterre, alla épouser *Ioland*, fille de *Galeas II. Du de Milan.* Le mariage fut célébré le 25. Avril & *Lyonel* mourut le 17. Octobre suivant. *Froissart*, qui vraisemblablement étoit de sa suite, assista à la magnifique réception que lui fit à son retour *Amedée* Comte de

Savoye, ſurnommé le Comte Verd : J. FROIS-
il décrit les fêtes qui furent données SART.
à cette occaſion, durant trois jours,
& n'oublie pas de dire qu'on y dan-
ſa un Virelay de ſa compoſition.

De la Cour de *Savoye* il retourna
à *Milan*, où le même Comte *A-
medée* lui donna une *Cotte hardie*,
eſpece de pourpoint, de vingt flo-
rins d'or. Il alla enſuite à *Boulogne*
& à *Ferrare*, où il reçut quarante
ducats d'or de la part du Roi de
Chypre, & enfin à *Rome*.

Ce fut à peu près dans ce temps,
qu'il perdit la Reine d'Angleterre,
ſa protectrice, qui l'avoit comblé de
biens, & qui mourut en 1369. Il
ne fut pas témoin de ce triſte événement, puiſqu'il dit qu'en 1395.
il y avoit 27. ans, qu'il n'avoit vû
l'Angleterre.

Indépendamment de l'emploi de
Clerc de la Chambre de la Reine
d'Angleterre, qu'il avoit eu, il a-
voit été de l'*Hôtel d'Edouard III.*
ſon mari, & même de celui de
Jean Roi de France. Comme il ſe
trouve encore pluſieurs Princes &
Seigneurs de l'*Hôtel* deſquels il dit

Tome XLII. T

avoir été, ou qu'il appelle *ses Seigneurs & ses Maîtres*, il est bon d'ob-
server, que par ces façons de parler,
il ne désigne pas seulement les Princes & Seigneurs, à qui il avoit été
attaché comme domestique, mais
encore tous ceux qui lui avoient
fait des présens ou des gratifications,
qui l'ayant reçu dans leurs Cours
ou dans leurs Châteaux, lui avoient
donné ce qu'on appelle aujourd'hui
bouche à cour.

Froissart ayant perdu la Reine sa
bienfaitrice, au lieu de retourner
en Angleterre, se retira dans son
pays, où il fut pourvû de la Cure
de *Lepines*, petite ville sur la riviè-
re de *Denre* à deux lieues d'*Ath* &
de *Grammont*, & à quatre d'En-
guien, appellée maintenant *Lessines*.
On ne sçait dans quel temps il em-
brassa l'Etat Ecclesiastique & fut ordonné Prêtre ; & de tout ce qu'il fit
dans l'exercice de son ministere, il
ne nous apprend autre chose, sinon
que les *Taverniers de Lestines* eurent
cinq cens francs de son argent, dans
le peu de temps qu'il fut leur
Curé.

Il s'attacha depuis à *Venceſlas* de J. FROIS-
Luxembourg, Duc de Brabant, SART.
peut-être en qualité de Secretaire,
ſuivant l'uſage dans lequel étoient
les Princes & les Seigneurs, d'a-
voir des Clercs, qui faiſoient leurs
affaires, qui écrivoient pour eux,
ou qui les amuſoient par leur ſçavoir & par leur eſprit. *Venceſlas*
avoit du goût pour la Poëſie : il fit
faire un Recueil de ſes Chanſons,
de ſes Rondeaux, & de ſes Vire-
lais par *Froiſſart*, qui joignant quelques unes de ſes pieces à celle du
Prince, en forma une eſpece de
Roman, ſous le titre de *Meliador*,
ou du *Chevalier au Soleil d'Or* : mais
le Duc ne vécut pas aſſez long-
temps pour voir la fin de l'ouvrage
étant mort en 1384.

Froiſſart trouva bien-tôt après un
nouveau protecteur : il fut fait Clerc
de la Chapelle de *Gui* Comte de
Blois, & il ne tarda pas à ſignaler
ſa reconnoiſſance pour ce Seigneur
par une Paſtourelle qu'il fit en 1385,
ſur les fiançailles de *Louis* Comte de
Dunois, fils de *Gui*, avec *Marie*
fille du Duc de Berry. Deux ans

J. FROIS-
SART,

après le mariage s'étant fait à *Bour-ges*, il le célébra par une espece d'Epithalame assez ingénieuse pour le temps, intitulé le *Temple d'Honneur*.

Il passa les années 1385. 86. & 87. tantôt dans le Blaisois, tantôt dans la Touraine ; mais le Comte de *Blois* l'ayant engagé à reprendre la suite de l'histoire qu'il avoit inter-rompue, il résolut en 1388. de profiter de la paix, qui venoit de se conclure, pour aller à la Cour de *Gaston Phœbus*, Comte de *Foix* & de Bearn, s'instruire à fond de ce qui regardoit les pays étrangers & les Provinces du Royaume les plus éloignées, où il sçavoit qu'un grand nombre de guerriers se signa-loient tous les jours par de merveil-leux faits d'armes.

Son âge & sa santé lui permet-toient encore de soutenir de lon-gues fatigues : sa mémoire étoit assez bonne pour retenir tout ce qu'il en-tendoit dire, & son jugement assez sain pour le conduire dans l'usage qu'il en devoit faire.

Il partit avec des Lettres de re-

commandation du Comte de *Blois*
pour *Gafton Phœbus*, & prit fa route
par *Avignon*. Une de fes Paftourel-
les nous apprend qu'il féjourna dans
les environs d'une Abbaye fituée
entre *Lunel* & *Montpellier*, & qu'il
s'y fit aimer d'une jeune perfonne,
qui pleura fon départ.

Il alla de *Carcaffonne* à *Pamiers*,
dont il fait une agréable defcription,
& s'y arrêta trois jours, en attendant que le hazard lui fit rencontrer
quelqu'un avec qui il put paffer en
Bearn. Il fut affez heureux pour
trouver un Chevalier du Comté de
Foix, qui revenoit d'*Avignon*, & ils
marcherent de compagnie. Ce Chevalier, nommé Meffire *Efpaing du
Lyon* étoit un homme de diftinc-
tion, qui avoit eu des commandemens confidérables, & fut employé
toute fa vie dans des négociations
auffi délicates qu'importantes.

Les deux voyageurs fe convenoient parfaitement : le Chevalier,
qui avoit fervi dans toutes les guerres de Gafcogne, defiroit avec paffion d'apprendre ce qui concernoit
celles dont *Froiffart* avoit connoif-

T iij

fance ; & *Froissart* plus en état que
personne de le satisfaire, n'étoit pas
moins curieux des événemens auxquels le Chevalier avoit eu part. Ils
se communiquerent ce qu'ils sçavoient avec une égale complaisance,
& *Froissart* ne se couchoit point
qu'il n'eût mis pas écrit tout ce
qu'il avoit entendu.

Après une marche de six jours,
ils arriverent à *Ortez*, dans le Bearn,
qui étoit le séjour de *Gaston*, Comte de Foix, & Vicomte de Bearn,
surnommé *Phœbus* à cause de sa
beauté. Ce Comte ayant été informé de son arrivée, l'envoya chercher
chez un de ses Ecuyers qui le lo-
geoit, & lui dit d'un air riant,
*qu'il le connoissoit bien, quoiqu'il ne
l'eut jamais vû, mais qu'il avoit oui
parler de lui, & le retint de son Hôtel*; c'est-à-dire qu'il le fit défrayer
à ses dépens pendant l'hyver qu'il
passa auprès de lui.

Son occupation la plus ordinaire
pendant ce temps, étoit d'amuser
Gaston après son souper, par la lecture du Roman de *Meliador*, qu'il
avoit apporté. Quelquefois aussi ce

Prince prenoit plaisir à l'inftruire J. Frois-
des particularités des guerres dans sart.
lefquelles il s'étoit diftingué. *Froiffart* ne tira pas moins de lumieres
de ses fréquens entretiens avec les
Ecuyers & les Chevaliers qu'il trouva raffemblés à *Ortez*. Au refte
quoiqu'appliqué fans relâche à ra-
maffer des Mémoires Hiftoriques,
il donnoit quelques momens à la
Poëfie Françoife.

Après un affez long féjour à la
Cour d'*Ortez*, il fongeoit à s'en
retourner ; mais il fut retenu par
Gafton qui lui fit efperer une occafion prochaine de voyager en bonne compagnie. Le mariage de la
Comteffe de *Boulogne*, parente du
Comte, ayant été conclu avec le
Duc de Berry, la jeune époufe fut
conduite d'*Ortez* à *Morlas*, où les
équipages du Duc fon mari l'atten-
doient. *Froiffart* partit à fa fuite,
après avoir reçu des marques de la
libéralité de *Gafton*, qui le preffa
inftamment de revenir le voir. Il accompagna la Princeffe à *Avignon*,
& dans le refte de la route qu'elle
fit à travers le Lyonnois, la Breffe,

le Forés, & le Bourbonnois, jufqu'à *Riom* en Auvergne.

Le paſſage d'*Avignon* fut fatal à
Froiſſart ; on le vola. Cette triſte a-
vanture fait le ſujet d'une longue
piece de Poëſie dans laquelle il place pluſieurs circonſtances de ſa vie.
On y voit que le deſir de viſiter le
tombeau du Cardinal de *Luxembourg* ne fut pas le ſeul motif, qui
l'eut porté à repaſſer par *Avignon*,
en ſuivant la jeune Princeſſe, mais
qu'il avoit une commiſſion particuliere du Seigneur de *Couci*.

Il fut préſent à toutes les fêtes,
qui furent données au mariage du
Duc de Berry, qu'on célébra la
nuit de la Pentecôte à *Riom* en Auvergne, & compoſa une Paſtourelle
pour le lendemain des nôces.

Il vint enſuite à *Paris* ; mais ſon
activité naturelle, & ſur-tout la
paſſion de s'inſtruire dont il étoit
ſans ceſſe occupée, ne lui permirent
pas d'y faire un long ſéjour. On l'a
vû en ſix mois paſſer du Blaiſois à
Avignon, enſuite dans le Comté de
Foix, d'où il retourna encore à *A-
vignon*, & traverſa l'Auvergne pour

venir à *Paris.* On le voit depuis, J. FROIS-
en moins de deux ans, ſucceſſive- SART.
ment dans le Cambreſis, le Hainaut, la Hollande, la Picardie, une
ſeconde fois à *Paris,* dans le fond
du Languedoc, puis encore à *Paris,*
& à *Valenciennes;* de-là à *Bruges,*
à *l'Ecluſe,* dans la Zelande, & enfin dans ſon pays.

Dès l'an 1378. *Froiſſart* avoit obtenu du Pape *Clement VII.* l'expéc-
tative d'un Canonicat de *Lille,* &
il prit pendant quelque temps la
qualité de Chanoine de *Lille;* mais
Clement VII. étant mort en 1394.
il abandonna la pourſuite de ſon
expectative, & commença à ne
prendre que la qualité de Chanoine & Tréſorier de l'Egliſe Collégiale de *Chimay,* qu'il devoit probablement à l'amitié dont le Comte
de *Blois* l'honoroit; la *Seigneurie* de
Chimay faiſant partie de la ſucceſ-
ſion que ce Comte avoit recueillie
en 1381. par la mort de *Jean de
Chaſtillon,* Comte de *Blois,* le dernier de ſes freres.

Il y avoit 27. ans qu'il étoit ſorti
d'Angleterre, lorſqu'à l'occaſion de

la trêve qui se fit entre les François
& les Anglois , il y retourna en
1395 muni de Lettres de recom-
mandation pour le Roi & pour ses
oncles.

De *Douvres* où il débarqua , il
alla à *S. Thomas de Cantorbery* , fit
son offrande sur le tombeau du saint,
& par respect pour la mémoire du
Prince de Galles dont il avoit été
fort connu , il visita son magnifique
mausolée. Là il vit le jeune Roi Richard , mais il ne pût parvenir à lui
être présenté , & fut obligé de suivre ce Prince dans les differens lieux
qu'il parcourut jusqu'à son arrivée à
Ledos. Il remit là au Duc d'Yorck
les Lettres du Comte de Hainaut
& du Comte d'Ostervant , & ce
Prince le reçut fort bien , & l'in-
troduisit dans la Chambre du Roi ,
qui lui donna des marques distin-
guées de sa bienveillance.

Quelques jours après il présenta
au Roi le Roman de *Meliador* qu'il
avoit apporté avec lui , & reçut à
cette occasion beaucoup de caresses
de ce Prince.

Après trois mois de séjour en An-

gleterre , il prit congé du Roi , qui J. FROIS-
lui donna pour dernier témoignage SART.
de fon affection cent nobles , dont
la valeur peut revenir à la fomme
de 600 livres de notre monnoye ,
dans un gobelet d'argent doré pe-
fant deux marcs.

Bodin & *la Popeliniere* ont prétendu qu'il avoit vécu jufqu'en 1420.
mais c'eft une chofe qu'ils ont avancée fans aucun fondement. Il eft fûr
qu'il vivoit encore en 1400. puifqu'il
rapporte dans fon Hiftoire des événemens de cette année ; cependant
comme il n'a pas été plus loin , il
eft à préfumer qu'il n'a pas vécu
beaucoup au-delà.

Il paroît par l'Obituaire de l'E-
glife Collégiale de *fainte Monegonde
de Chimay* qu'il mourut au mois
d'Octobre , puifque fon Obit y eft
indiqué pour ce mois felon une ancienne tradition du pays , il fut
enterré dans la Chapelle de *fainte
Anne* de cette Collégiale , & il eft
en effet affez probable qu'il vint finir fes jours dans fon Chapitre.

Il ne faut pas oublier de parler
ici d'un endroit de fes Poëfies , qui

J. FROIS-
SART.

indique en termes obscurs une des
principales circonstances de sa vie.
Il se trouve dans son *buisson de jeunesse*, où il se rappelle les fautes de
sa jeunesse, & se reproche sur-tout
d'avoir quitté un métier sçavant,
pour lequel il avoit des talens na-
turels, & qui lui avoit acquis une
grande considération (il paroît désigner l'Histoire ou la Poësie) pour
en prendre un autre beaucoup plus
lucratif, mais qui ne lui convenoit
pas plus que celui des armes, &
qui lui ayant mal réussi, l'avoit
fait décheoir du dégré d'honneur,
où le premier l'avoit élevé : il veut,
dit-il, reparer sa faute, & revenant
à ses anciens travaux, transmettre à
la postérité les glorieux noms des
Rois, Princes & Seigneurs dont il
avoit éprouvé la générosité. Dans
tout le cours de la vie de Froissart,
on ne voit aucun temps, où l'on
puisse placer ce prétendu changement d'état, ni rien qui puisse
nous faire connoître ce métier lucratif dont il parle, & que lui-
même appelle *Marchandise*. L'indé-
cence de l'expression ne nous per-

met pas d'imaginer que ce fut l'état J. FROIS-
de Curé, quoiqu'il ait dit quelque SART.
part que la Cure de *Leptines* étoit
d'un revenu considérable. Seroit-ce
la Profession de Praticien, ou celle
de son pere, qui étoit comme on
l'a vû, Peintre d'Armoiries ? Un
signification singuliere du mot *Mar-*
chandise dans *Commines*, pourroit
nous fournir une explication plausi-
ble. *Commines* né dans le même
pays, & qui n'étoit pas bien éloigné du temps de *Froissart*, employe
ce terme pour signifier une négociation d'affaires entre des Princes. Le
métier de Négociateur, ou plutôt
d'homme d'intrigue, qui cherche
sans caractere à pénétrer le secret
des Cours, seroit peut-être celui
auquel *Froissart* se repent de s'être
livré. Les détails dans lesquels on
est entré ci-dessus sur ses différens
voyages, sur les longs séjours qu'il a
souvent faits dans des circonstances
critiques auprès de plusieurs Princes,
& sur les talens qu'il avoit pour
s'insinuer dans leurs bonnes graces,
paroissent s'accorder avec cette conjecture.

Le Pere NICERON, *ne nous a point laissé le Catalogue des Ouvrages de* Froissart.

FRANÇOIS PHILELPHE.

FRANÇOIS PHILELPHE, naquit à *Tolentino* dans la *Marche d'Ancone* le 25. Juillet 1398.

Ses parens n'étoient pas aussi pauvres que quelques-uns l'ont cru. Il paroît qu'il avoit du bien de patrimoine dans la Ville de *Tolentino*, & aux environs, & qu'il auroit pû en tirer de quoi entretenir sa maison : mais ayant fait ses partages avec *Nicolas* son frere, il lui laissa la jouissance de tout sa vie durant; & après la mort de ce frere, il eut la même générosité pour un de ses cousins, mais toujours à condition que la propriété lui resteroit, & que l'usufruitier ne pourroit faire aucune alienation.

Il étudia à *Padoue*, & y fit de si grands progrès, qu'à peine avoit-il dix-sept à dix-huit ans, qu'il y enseigna l'Eloquence. Il le fit même

avec tant de succès, qu'il fut appellé à *Venise* pour y donner des leçons à la jeune noblesse, sur le même Art Oratoire & sur la Philosophie Morale.

Ce choix de la République dément ce que *Pogge* & ses autres ennemis ont débité de ses prétendues
débauches à *Padoue*, qui forcerent,
disent-ils, le Magistrat à le chasser de
la Ville. Les Venitiens auroient-ils
confié le soin d'enseigner chez eux
la Morale à un homme flétri pour
son libertinage à *Padoue* ? Il a répondu avec beaucoup de force à ces
calomnies dans une lettre à *Louis
Cribelli*.

Il étoit si peu livré au libertinage, que pendant ce séjour de Venise, il songea à prendre l'habit de
S. Benoît dans le Monastere de *S.
George* le Grand ; mais *Jerôme Fran-
canzanus* l'en détourna, en lui re-
presentant, non pas, comme on le
dit, qu'un état de continence ne
pouvoit convenir long-temps à un
homme d'un temperament tel que
le sien, mais qu'en vain il avoit
employé tant de temps à l'étude,

s'il vouloit aller se confiner dans un Cloître & passer sa vie dans l'Oraison. *Philelphe* crut son ami, qui pensa depuis autrement pour lui-même, car il se fit Religieux; & *Philelphe* lui en fit des reproches dans une de ses Lettres.

La République fut si contente de la maniere dont il s'acquitta de sa fonction d'enseigner, qu'elle lui accorda des Lettres de Citoyen de *Venise*, & qu'il fut nommé par un décret public Secretaire du Bayle ou Ambassadeur à *Constantinople*, en quoi l'on eut dessein de seconder l'envie qu'il avoit d'aller en Grece se perfectionner dans l'Eloquence.

Cet emploi honorable donné à un jeune homme de 21. à 22. ans, qui n'étoit point né dans l'Etat de la République, & que sa bonne conduite avoit fait aggréger au nombre des Citoyens, dément encore les calomnies de ses ennemis. Il dût partir de *Venise* vers le mois de Mai 1419. puisqu'il est certain, qu'il demeura à *Constantinople* sept ans & cinq mois, & qu'il ne s'embarqua pour son retour en Italie, qu'au

qu'au mois de Septembre 1427. Il F. **Philel-**
fut cinq mois à faire le trajet, & **phe.**
employa ce temps à parcourir les
Villes de la Mer Adriatique & de
l'Archipel.

Arrivé à *Conſtantinople*, il y exerça pendant deux ans ſon emploi de
Secretaire ; mais s'étant fait connoître à la Cour par ſon érudition, &
par le talent naturel qu'il avoit
pour l'Eloquence, l'Empereur *Jean
Paleologue* l'attacha à ſon ſervice, &
l'employa utilement. Il le députa à
differens Princes, non pas à la vérité au Pape *Eugene IV.* comme
quelques-uns ont dit, car il n'auroit
pas manqué d'en parler dans les oc-
caſions qu'il a eues de détailler ſes
ſervices, mais à *Amurath II.* & à
l'Empereur *Sigiſmond.* Il décrit ce
dernier voyage qu'il fit en Hongrie
dans une Lettre qu'il écrivit au
Cardinal de *Pavie* le 23. Janvier
1464. Il y dit qu'après s'être acquité
de ſa commiſſion auprès de cet Empereur à *Bude*, il fut invité en qualité d'Orateur Imperial, par *La-
diſlas IV.* Roi de Pologne, de venir aſſiſter à la cérémonie de ſon

Tome XLII. V

mariage, & du couronnement de
la Reine son épouse. Il se rendit
pour cet effet à *Cracovie*, & prononça le jour de la cérémonie, un
discours en présence de l'Empereur
Sigismond lui même, d'*Eric*, qu'il
appelle *Eneric*, Roi de Danemarc,
de tous les Electeurs, & de plusieurs autres Princes & Seigneurs,
qui assistoient à cette fête. *Cromer*
met cet événément au 12. Fevrier
1424.

Philelphe étoit retourné en Hongrie à la suite de *Sigismond*, lorsque son Prince, *Jean Paleologue*,
y vint aussi lui-même. Celui-ci le
renvoya sur le champ à *Constantinople*, pour s'opposer aux mouvemens que *Demetrius* son frere pourroit exciter dans cette ville pendant
son absence.

Après avoir demeuré sept ans &
cinq mois dans cette Cour; après
avoir employé ce long séjour à
s'instruire dans la langue & dans
les Sciences des Grecs, & avoir
mis à profit pour cela les facilités
que lui donnerent le mariage qu'il
y contracta avec *Theodora*, fille de

Jean Chrysoloras, les instructions F. PHILEL. qu'il reçut de son beau-pere, & PHE. après la mort de celui-ci, celle de *Chrysococe*, ses liaisons avec tout ce qu'il y avoit alors de plus distingué & de plus habile en litterature, il résolut de repasser en Italie.

Il y fut déterminé par les vives instances que plusieurs nobles Venitiens lui firent de revenir à *Venise*, où il avoit professé avec tant de réputation, & par les magnifiques espérances qu'ils lui donnerent d'un établissement aussi honorable que lucratif. Il partit de *Constantinople* le 26. Septembre 1427. & débarqua à *Venise* le 10. Octobre suivant avec sa femme *Theodora*, âgée de seize ans, son fils *Jean - Marius - Jacques*, qui avoit quatre mois & dix-sept jours, quatre filles esclaves, un esclave, & un valet.

Il trouva cette ville désolée par la peste, tous ses protecteurs à la campagne, ou enfermés dans leurs maisons; & il ne tira aucun secours d'eux pendant quatre mois qu'il attendit ce qu'on feroit pour lui. Il se plaignit amérement de ce qu'on

F. Philel- lui tenoit si mal les paroles qu'on
phe. lui avoit données, & de ce qu'on lui
avoit fait quitter, mal à propos un
établissement considérable. Enfin une
de ses esclaves étant morte en deux
jours de la peste, cet accident joint
à son mécontentement lui fit prendre le parti d'abandonner *Venise*,
sans sçavoir précisément où il iroit.

Il écrivit ce dessein à *Leonard Jus-
tiniani*, celui des nobles de cette
République, qui avoit le plus contribué à le faire voyager en Grece,
& ensuite à l'engager de repasser en
Italie ; & lui marqua qu'il iroit à
Boulogne, où il s'arrêteroit, si on
lui faisoit une condition honorable.

Son attente ne fut point trompée.
Il partit de *Venise* le 13. Fevrier
1428. A son arrivée à *Boulogne*, il
y eut un concours extraordinaire. Dès le lendemain il fut admis
à l'audience du Cardinal d'*Arles*,
Louis Aleman, Legat de cette Ville,
qui le reçut avec distinction. On
l'engagea à y enseigner l'Eloquence,
& la Philosophie Morale, &
on lui assigna quatre cens écus

d'or d'appointement.

Les factions ayant divisé cette Ville, les *Cannetoli*, famille puisfante, s'y étant emparés du gouvernement, & le Légat ayant été contraint d'en fortir, après avoir vû piller la plus grande partie de fes meubles, *Martin V.* donna ordre à Dominique *Capranica* d'en faire le fiége, pour réduire ceux qui étoient rebelles à fon autorité. Cette fituation des affaires de *Boulogne*, & la mifere, qui la fuivit de près, dégoûterent Philelphe de ce féjour.

Il fongea à le quitter, & s'adreffa à *Pallas Strozzi*, noble Florentin, qui lui avoit déja propofé de venir à *Florence.* *Philelphe* lui écrivit qu'il étoit prêt à s'y rendre, fi on lui faifoit un parti honnête. Cette Lettre eft du 30. Août 1428. *Pallas* ne fut pas long tems à lui répondre, & lui manda que la République de *Florence* lui affignoit trois cens écus d'or pour cette année, avec promeffe qu'on lui augmenteroit fes appointemens l'année fuivante. *Philelphe* accepta cette propofition, mais, à condition qu'il feroit payé exac-

F. Philel-
phe.

tement. Sa réponse est du 19. Septembre suivant ; ainsi cette négociation se fit en très-peu de temps.

Malgré l'empressement qu'il avoit de se rendre à *Florence*, son départ ne put être si prompt. Le Général des troupes du Pape avoit ménagé des intelligences dans *Boulogne* par le moyen d'un Moine, & tant qu'il eut lieu d'esperer que les conspirés lui faciliteroient l'entrée dans la Ville, il ne voulut permettre à personne d'en sortir. Pendant que *Philelphe* étoit ainsi arrêté à *Boulogne*, la Cour de *Rome* & le Prince de *Mantoue* lui proposerent des établissemens ; mais il s'en excusa, disant qu'il s'étoit engagé avec les Florentins, & qu'il n'avoit rien de plus cher que sa parole.

Enfin lassé d'attendre, il écrivit le 13. Fevrier 1429. à *Leonard Aretin*, pour l'engager à faire demander par la République de *Florence* au Général Romain, qu'il eut à lui accorder la liberté de sortir de *Boulogne*. *Leonard Aretin* étoit son ami, & en état de lui procurer les recommandations qu'il souhaittoit ; mais cet-

te précaution fut inutile. La conf- F. PHILEL-
piration, qui fe tramoit dans Bou- PHE.
logne fut découverte : les affiégés
renouvellerent leurs attentions pour
n'être point furpris, & le Général
voyant fon projet avorté, dèvint
plus facile à accorder des paffe-
ports. C'eft ce que *Philelphe* annonça à fon ami par une Lettre du 4.
Avril fuivant.

Il partit fur le champ pour *Flo-*
rence, & il y fut reçu avec des honneurs infinis, que fon amour propre ne lui a pas permis de taire.
Toute la Ville s'empreffa à lui aller
rendre vifite. Cofme de Medicis
même, à qui fes richeffes immen-
fes donnoient un grand crédit dans
l'Etat, fut des premiers à le prévenir.
Leonard Aretin lui avoir déja porté
des paroles obligeantes de fa part,
lorfqu'il lui écrivit à *Boulogne*. Cof-
me les lui répeta encore lui-même,
en ajoutant, qu'il ne lui manqueroit
jamais en aucune occafion, pourvû
que de fon côté il ne lui manquât
pas, & qu'il s'attachât fincérement
à lui. *Philelphe* fut charmé de ce dé-
but.

Ces honneurs, & l'affluence d'au-
diteurs de tout âge & de tous pays
qu'il avoit à ses leçons le flatterent
excessivement ; mais il s'attira bien-
tôt des envieux.

Il n'y avoit pas encore quatre mois
qu'il étoit à *Florence* , qu'il écrivit à
son ami *Jean Aurispa*, que ce qu'il lui
avoit prédit , lorsqu'il avoit refusé
le poste que le Marquis de *Ferrare*
lui avoit offert , étoit arrivé ; qu'il
s'appercevoit que *Nicolo Nicoli* , &
Charles Aretin étoient indisposés à
son égard. *Nicoli* , qu'il appelle dans
ses Satyres *Nicolaus Vii* , étoit , selon lui , un vieillard satirique , ennemi de ceux qui se distinguoient
par leurs connoissances , & qui se
vantoit d'avoir fait sortir des Etats
de *Florence* le célèbre *Manuel Chrysoloras*.

Ces deux hommes , qui avoient
d'ailleurs leur mérite particulier , ne
virent qu'avec une extrême jalousie
le concours extraordinaire , qu'il y
avoit aux leçons de *Philelphe* & l'estime & l'affection que tout ce qu'il
y avoit de plus distingué dans l'é-
tat lui témoignoit. Ils chercherent
tous

tous les moyens de lui nuire, & F.Philel- PHE.
fe prévalant de l'accès qu'ils avoient
auprès de *Cofme de Medicis*, ils lui
infinuerent que *Philelphe* étoit inti-
mément lié avec la faction des *Al-*
bizzi, faction contraire à celle de
Cofme.

Cette premiere tentative ne fit
pas beaucoup d'impreffion fur *Cof-*
me ; mais ils eurent plus de temps
& de commodités pour parvenir à
leurs fins dans le voyage que *Cof-*
me fit à *Verone* vers la fin de 1430.
pour éviter la pefte qui défoloit
Florence, & où ils le fuivirent. Ce
fut-là qu'ils acheverent de le prévenir contre *Philelphe.*

Cependant celui-ci contracta
pendant leur abfence, au mois de
Juillet 1431. un nouvel engagement
avec la République, pour profeffer
encore trois ans, qui devoient commencer au 18. Octobre fuivant, à
550. ducats par an.

Cofme, mais plus encore fes deux
amis, de retour à *Florence*, ne gar-
derent plus de ménagement avec
Philelphe. Ils crurent avoir trouvé
un moyen pour lui faire abandonner

Tome XLII. X

F.PHILEL-
PHE.

son emploi. Ce fut de faire réduire
par les Magiſtrats les appointemens
des Profeſſeurs. *Philelphe* plaida en
plein Conſeil la cauſe commune de
ſes Confreres , & le fit avec tant de
ſuccès , que malgré les efforts des
partiſans de *Coſme* , de 37 voix il y
en eut 34. pour faire remettre les
gages des Profeſſeurs ſur le même
pied qu'ils avoient été aſſignés d'a-
bord. Ce moyen n'ayant pas réuſſi à
ſes deux ennemis , ils en devinrent
plus animés contre lui ; plus ils
voyoient que la conſidération qu'on
avoit pour lui s'augmentoit , plus
ils s'acharnerent à le faire ſortir de
Florence. Il apprit qu'on en vouloit à
ſa vie , & qu'on parloit publique-
ment de le faire périr par le fer ou
par le poiſon. Ces ménaces le déterminerent à écrire à *Coſme*, à *Nicoli*, &
à *Charles Aretin*. Les lettres qu'il
adreſſa à ces deux derniers ſont plei-
nes de hauteur & de mépris ; pour
celle de *Coſme* , elle eſt infiniment
plus meſurée. Après lui avoir repréſenté qu'il a tort de ſe livrer à la
paſſion de ces deux hommes , il finit
par lui dire, qu'il eſt ſurpris de ce qu'il

leur donne la préférence dans fon
amitié; que s'il n'eft pas auffi affidu
qu'eux à lui rendre vifite tous les
jours, fes occupations en font cau-
fe, que d'ailleurs il craint de paffer
pour parafite, & pour adulateur;
que s'il a quelque fervice à exiger
de lui, il le trouvera toujours prêt
à lui prouver combien il l'eftime &
l'honore, comme il a toujours fait
jufques-là.

F. Philel-
phe.

Ces Lettres font des mois d'A-
vril & Mai 1433. Elles n'appaiferent
point la fureur de fes deux antago-
niftes, qui la poufferent enfin jufqu'à charger un nommé *Philippe*
Bruni de *Cafal* de l'affaffiner. Cet
homme manqua en partie fon coup,
parce que *Philelphe*, qui étoit fort
& vigoureux, fe défendit : il reçut
cependant une bleffure au vifage,
dont il garda la cicatrice toute fa
vie.

Peu de temps après la faction
des nobles ayant prévalu fur celle de
Cofme, celui-ci & tous fes amis furent bannis de l'Etat. *Cofme* fut re-
legué pour cinq ans dans les Etats
de *Venife* Ceci fe paffa au mois de

Septembre 1433. *Philelphe* jouit a-
lors d'une pleine tranquillité, mais
elle fut de peu de durée. Le parti de
Cosme, qui étoit celui du peuple,
reprit le dessus. Les Nobles furent
chassés à leur tour, & *Cosme* rappellé dans les derniers jours du mois
de Septembre 1434. *Philelphe* n'eut
rien de mieux à faire alors qu'à son-
ger à sortir promptement d'une Ville, où ses ennemis alloient rentrer
triomphants.

La Ville de *Sienne* se présenta fort
à propos pour lui faire exécuter ce
dessein, en lui offrant trois cens
cinquante écus d'or d'appointemens.
Quoiqu'il perdît beaucoup au chan-
ge, puisqu'on avoit augmenté les
siens à *Florence* jusqu'à 450, il accepta ces offres pour deux ans, ai-
mant mieux, dit-il, moins de gages en repos & sans danger pour sa
vie, que de plus considérables, au
milieu des poignards & du poison.

Il partit de *Florence* avant que
Cosme de Medicis y fut revenu, c'est-
à-dire vers la fin de cette année
1434. Il étoit à *Sienne* au mois de
Janvier 1435. très content de s'être

retiré si heureusement, à ce qu'il
croyoit, des mains de ses ennemis,
mais il se trompoit. *Cosme* de *Medicis* de retour dans sa patrie lui fit
parler de reconciliation, & *Ambroise*
Camaldule fut chargé de cette commission.

F.PHILEL-
PHE.

Philelphe lui répondit fierement
qu'il ne vouloit point en entendre
parler, que *Cosme* eut à se servir de
ses poisons, que pour lui il se ser-
viroit de son esprit & de sa plume ;
& dans une autre lettre il lui dit
qu'il ne veut point de l'amitié de
Cosme, & qu'il méprise son inimi-
tié. Ces réponses, & plus encore
les Satyres sanglantes qu'il publia,
irriterent tellement *Cosme de Medicis*, qu'il le fit mettre au nombre
des proscrits, dix mois après sa
retraite, c'est à dire, vers le mois
d'Octobre 1435.

C'étoit le moins que *Cosme* put
faire contre un satirique aussi em-
porté, & qui lui imputoit presque
tous les crimes possibles, comme il
est facile de le voir par plusieurs de
ses Satyres, où il a répandu contre
lui le fiel le plus amer, & où il n'a

X iij

F.PHILEL-
PHE.

eu d'autres ménagemens que de la-
tinifer quelquefois fon nom de
Cofme en celui de *Mundus.*

Malgré cette profcription, le Pape *Eugene IV.* qui réfidoit alors à
Florence effaya deux ans après d'y faire revenir *Philelphe.* Il lui fit propo-
fer dans cette vûe de s'attacher à lui,
& lui offrit une place de Secretaire,
dont la fonction feule feroit de
travailler à des traductions. *Philelphe* s'excufa fur la haine de *Cofme* & de fa faction, ajoutant que
quelques paroles que fa Sainteté
voulut bien lui donner, il avoit appris à fes propres dépens toute la
perfidie de fes ennemis ; qu'au refte
au milieu de tant de fçavans & de
gens de lettres, il ne manqueroit
pas de fujets propres à lui faire des
traductions.

Ces différentes tentatives n'ayant
pas réuffi, fes ennemis réfolurent
enfin de le faire périr. Ils envoyerent
à *Sienne* le même affaffin qui l'avoit
bleffé à *Florence*, pour le poignarder.
Philelphe étoit alors heureufement
pour lui allé aux eaux minerales de
Petriolo. L'affaffin fâché de ne le

point trouver à la Ville, s'informa F. **Philel-**
où il étoit. On en donna fur le **phe.**
champ avis à *Philelphe*, qui de retour dénonça le malheureux au Ca-
pitaine de la Garnifon, lequel fe
contenta de le condamner à cinq
cent livres d'amende. *Philelphe* en
appella au Magiftrat dont la Senten-
-ce fut plusrigoureufe. L'affaffin eut
la main coupée, & il eut été condamné à mort, fi *Philelphe* n'eut
intercedé pour lui. On fe contenta de le confiner dans une prifon
perpetuelle.

Ce détail peut faire voir que c'eft
à tort qu'on reproche à *Philelphe*
d'avoir lachement abandonné le parti de *Cofme de Medicis* fon bienfaicteur. Il n'y avoit rien qui dût l'attacher particulierement à lui & à fa
faction. Ayant au contraire été appellé par la République, il devoit
être naturellement de la faction des
Nobles, qui dominoient alors. D'ailleurs il ne tenoit rien de la liberalité de *Cofme*, il étoit aux appointemens de la République; ainfi il
n'y a eu nulle ingratitude de fa part
en cette occafion.

F. PHILEL-
PHE.

Pendant qu'il étoit à *Sienne*, son ancien Maître, l'Empereur *Jean Paleologue* lui écrivit. Il lui faisoit cet honneur assez souvent, & quand ses Lettres étoient en Grec, *Philelphe* y répondoit en la même langue. A ces dernieres, qui étoient en Latin, & par lesquelles l'Empereur l'invitoit à venir le rejoindre, sa réponse aussi en Latin fut qu'il le prioit de l'excuser, s'il ne pouvoit accepter ses offres obligeantes, les engagemens qu'il avoit contractés avec les Siennois ne le lui permettant pas ; qu'au reste puisqu'il souhaite avoir son fils *Marius* à sa Cour, il le lui envoyeroit avec plaisir.

Dans le même temps le Duc de *Milan*, & les Villes de *Pérouse* & de *Boulogne* lui offrirent de l'emploi. Résolu de quitter *Sienne*, dont le séjour par la proximité de *Florence* étoit très-dangereux pour lui, il accepta les offres de la Ville de *Boulogne*. Elles étoient magnifiques, & flattoient agréablement son inclination qui le portoit à la dépense. On lui donnoit pour six mois quatre

tens cinquante ducats, fomme, dit-
il, qui n'a jamais été donnée à perfonne, ni à *Boulogne*, ni dans toute l'Italie. Ces fix mois paffés, il
s'étoit engagé au Duc de *Milan*,
qui le follicitoit depuis long-temps
de s'attacher à lui.

Il arriva à *Boulogne* le 16. Janvier
1439. mais il ne remplit pas le
temps qu'il avoit promis d'y profeffer : fous prétexte de courir après
fon fils *Marius*, qui s'étoit enfui la
nuit du 25. Avril fuivant, il alla
à *Plaifance*, où il le retrouva. Le
Gouverneur de cette Ville pour le
Duc de *Milan* l'étant venu vifiter
à fon hôtellerie, lui repréfenta qu'il
ne pouvoit fe difpenfer de voir ce
Prince. Il fe laiffa perfuader, & partit pour *Milan*, où il arriva le 2.
Mai.

Cette prétendue fuite de fon fils,
qui n'avoit alors que treize ans, &
cette invitation du Gouverneur de
Plaifance d'aller à *Milan*, paroif-
fent être concertées. *Philelphe* vouloit fortir de *Boulogne*, où il y avoit
encore des troubles, & fe rendre
auprès du Duc *Philippe-Marie*, qui

F. PHILEL-
PHE.

l'attendoit depuis long-temps. Son établissement ne fut pas cependant reglé fur le champ; il paffa plufieurs mois à fuivre la Cour à *Pavie* & ailleurs, & il n'alla fe fixer à *Milan* avec toute fa famille que le 11. Fevrier 1440.

A peine y fut-il établi, qu'il fongea à envoyer fon fils *Marius* à *Conftantinople*. Celui-ci y étoit déja arrivé au mois de Juin de la même année 1440. Il s'appliqua peu à étudier; c'eft ce dont fe plaint *Philelphe* dans une Lettre à *Pierre Perleoni*, fon ami, qui étoit auffi dans cette Ville, pour y apprendre à fond la langue Grécque. Cependant il lui avoit donné fur fa conduite de très-bons avis, qui rempliffent la premiere Satyre de la 10. Decade.

Philelphe eut peu de temps après le malheur de perdre fa femme *Theodora*, qui mourut le trois Mai 1441. Il écrivit cette trifte nouvelle à fon fils *Marius*, en lui ordonnant de quitter *Conftantinople* & de revenir chez lui. Cette perte lui fut fi fenfible, qu'il fût quelque temps dans la ferme réfolution de ne fe

point remarier. Il fit plus , quoique pere de huit enfans , il ſongea à
entrer dans l'Ordre Eccleſiaſtique ,
& écrivit pour cela à *Eugene IV.*
mais le Pape ne lui ayant donné aucune réponſe , & le Duc *Philippe* lui
ayant de ſon côté défendu de ſuivre ce projet , il l'abandonna pour
lors , & paſſa même peu après à un
ſecond mariage.

Le poſte qu'il occupoit à la Cour
de ce Prince lui étoit honorable &
lucratif. Il n'a pas jugé à propos de
dire préciſément quel il étoit ; on
peut cependant croire qu'il avoit le
titre de Secretaire , mais ſeulement
dans ce qui regardoit l'érudition &
l'Eloquence. Il eſt certain du moins,
qu'il n'eſt point dans la liſte des Profeſſeurs de l'Univerſité de *Milan* ,
dreſſée en 1448.

Une ſeule choſe lui déplaiſoit
dans ſon emploi , c'eſt que *Philippe-
Marie* prenant peu de plaiſir au Latin , il étoit obligé de ſe confor-
mer quelquefois à ſon goût , & d'é-
crire en Toſcan. C'eſt à cette néceſ-
ſité que l'on doit ſes Commentaires ſur les Sonnets de *Petrarque.* Il

paroît que ce genre d'occupation le
dégoûtoit affez en de certains momens, pour exciter fa bile & fon
inquiétude naturelle, comme on
peut l'induire de fa 3e. Satyre de la
7e. Décade, où il fe plaint de l'oi-
fiveté dans laquelle fon Prince le
laiffe, & dit qu'il aimeroit mieux
s'en retourner à *Sienne*, à *Boulogne*,
& même à *Conftantinople*. Cependant la générofité du Duc à fon
égard compenfoit bien ces petits
défagrémens. Ce Prince l'avoit fait
aggréger au nombre des Citoyens
de *Milan*, pour avoir plus d'occafions de lui procurer des graces, &
il lui faifoit fouvent des gratifications, entr'autres il lui donna une
très-belle maifon. D'ailleurs *Philelphe* étoit aimé & confidéré des
principaux de l'Etat, dont il rece-
voit une infinité de préfens.

Sur la fin du régne du Duc de
Milan, quelques amis communs
entreprirent de le reconcilier avec
Cofme de Médicis. *Angelo Acciaioli*
en fut le principal mobile. Il porta
de la part de *Cofme* des paroles à
Philelphe, & celui-ci confentit à fe

dédire des injures & des traits Sa- F. PHILEL-
tiriques que la colere lui avoit dic- PHE.
tez. C'est à quoi est employée la 7e.
Satyre de la 7e. Décade.

Pierre de Medicis fils de *Cosme*,
qui avoit été écolier de *Philelphe*,
& qui avoit toujours conservé de la
reconnoissance pour cet ancien maître, eut aussi part à cette affaire ;
mais elle n'eut pas pour lors toutes
les suites qu'on en attendoit, &
elle nefut consommée que quelques
années après.

Je ne sçais, s'il ne faut point
mettre dans les dernieres années du
régne de *Philippe-Marie* le voyage
que Philelphe fit à *Genes*, & qu'il
décrit dans la 16. Satyre de la 9e.
Décade. Il est vrai qu'à suivre exactement l'ordre des temps, qui semble avoir été observé dans l'arran-
gement de ses Satyres, celle-ci doit
être de 1448. puisque dans la même
Décade il est parlé de la prise de
Plaisance, qui est du mois de Novembre 1447. Mais comment *Philelphe* auroit-il pû faire ce voyage
en 1448. ou 1449. lui qui n'avoit
pas alors la liberté de sortir de *Mi-*

F. PHILEL-*lan* , & à qui elle fut toujours conf-
PHE. tamment refusée jufqu'à ce que François Sforce s'en fut rendu maître en
1450. comme il le marque dans
plufieurs de fes Lettres ?

Quoiqu'il en foit du temps de ce
voyage , *Philelphe* ayant perdu fon
protecteur le Duc de *Milan* , qui
mourut la nuit du 13. au 14. Août
1447. tourna auffi-tôt fes vûes du
côté de la Cour de *Rome. Leonel.
d'Efte* , Marquis de *Ferrare* , & d'autres Princes ou Etats lui propofe-
rent des poftes honorables. Mais
les Milanois, qui laffez d'obéir à un
Prince , voulurent s'ériger en République , ne lui permirent pas ,
comme je viens de le remarquer ,
de fortir de leur Ville.

Les entreprifes qu'ils formerent
pour cela réuffirent d'abord ; mais
ils furent enfin obligés après avoir
été bloqués long-temps , & avoir
fouffert la famine , d'ouvrir leurs
portes à *François Sforce,* qui entra
dans *Milan* le 26. Fevrier 1450. &
y fut auffi-tôt reconnu en qualité
de Souverain.

Pendant les troubles de la Ville

de *Milan*, qui durerent près de 3. F. PHILEL-
ans, *Philelphe* ſe trouva aſſez em- IHE.
baraſſé. N'étant pas le maître d'aller
chercher ailleurs une ſituation plus
tranquille, il fut obligé de ſe con-
former autant qu'il pût, aux différens intérêts de ceux qui gouver-
noient. Déterminé par leurs vûes,
& peut-être auſſi quelquefois par
les ſiennes, il employa le talent
qu'il avoit d'écrire en proſe & en
vers, à exhorter quelques Princes à
ſecourir les Milanois, ou même à
ſe rendre Maîtres de leur Etat. Mais
il ſe jetta ſur la fin dans le parti de
François Sforce, & ſe déclara ouvertement pour lui.

Cette démarche lui fut avantageuſe. Le nouveau Duc fut ſenſible
à ce qu'il avoit fait pour lui ; d'ailleurs il étoit généreux & aimoit les
gens de lettres. Ainſi *Philelphe* s'attacha à lui, & la mort ſeul l'en ſé-
para.

Il étoit veuf depuis plus de deux
ans : ſa ſeconde femme *Urſina Hoſ-
nage* étoit morte vers la fin de l'année 1447. & lui avoit laiſſé trois
filles. *Philelphe* reprit alors l'une ſſe

F.PHILEL-
PHE.

de se faire Ecclesiastique. Il écrivit
au Pape *Nicolas V.* & le supplia de
lui accorder les dispenses, qui lui
étoient nécessaires à cause de ses
deux mariages : son Epître en vers
est vive, & pressante. Le Pape lui
accorda apparemment sa demande,
puisqu'il l'en remercia par une Epître, qui est aussi en vers : mais Sa
Sainteté n'avoit pas compris toute
l'étendue de sa Requête. La dispense n'en faisoit qu'une partie : ce
qui interessoit davantage *Philelphe*,
c'est qu'elle fut accompagnée de
quelque dignité Ecclesiastique, ou
d'un poste à la Cour de *Rome*.

Cette dispense au reste n'eut point
de lieu. L'avénement de *François Sforce* à la Principauté de *Milan*, lui fit
apparemment perdre ses vûes de ce
côté-là & les tourna d'un autre.

La peste qui vint ravager la Ville de *Milan* en 1451. obligea *Philelphe* d'en sortir le 9 Septembre de
cette année avec toute sa famille,
pour se refugier à *Cremone* : mais
sa servante étant morte subitement
dans le batteau, où il l'avoit laissée
pendant qu'il cherchoit un loge-
ment

ment dans la Ville, cet accident
qu'on foupçonna être un effet de la
maladie contagieufe, fouleva tout
le peuple contre lui, & on le rele-
guat dans une petite maifon, où
tout lui manquoit. Il y fouffrit beaucoup d'incommodités, & n'en pût
partir que le 10. d'Octobre, qu'il
alla à *Pavie*, où il fe fixa jufqu'à
ce que la pefte eut entierement cef-
fé à *Milan*.

Rentré dans cette Ville le 31.
Décembre fuivant, il reprit fes
études ordinaires. *Alphonfe*, Roi de
Naples, auprès duquel il avoit quelques amis, ayant témoigné qu'il recevroit avec plaifir fes dix Livres de
Satyres qu'il avoit envie de lui pré-
fenter, *Philelphe* refolut de les lui
porter lui-même. Il s'écoula plus
de quatre ans, avant qu'il pût exécuter ce deffein, foit parce que la
copie qu'il en fit faire, demanda
beaucoup de temps, pour être belle & correcte, foit parce que fon
Maître le Duc de *Milan* ne vouloit
point lui permettre de fortir de fes
Etats. Ce Prince, qui connoiffoit fon
inclination à la dépenfe, craignoit

F. PHILEL- toujours de le perdre fur l'appas d'u-
PHE. ne fortune plus éclatante qu'on lui
offriroit ailleurs.

Philelphe ne fe rebuta point, il
réitera fes inftances fi fouvent & fi
vivement, il importuna tant ce Prince, foit dans fes audiences particulieres à *Milan*, foit en allant le
trouver à l'armée, qu'enfin le Duc de
retour dans fa Capitale, lui accorda cette permiffion ; mais elle n'é-
toit que pour *Rome*, & à condition
qu'il n'employeroit que quatre mois
à ce voyage. A peine l'eut-il arra-
chée, qu'il l'écrivit à *Inigo d'Avalos*, fon principal patron à la Cour
de *Naples.*

Comme il aimoit la dépenfe, &
qu'il ne fçavoit menager rien pour
les befoins, qui pouvoient fe pré-
fenter, il fe trouva prefque fans
fonds, lorfqu'il fallut entreprendre
ce voyage, qu'il vouloit cependant
faire avec dignité par honneur pour
fon Prince & pour lui. Il eut recours à l'expédient dont il s'eft
fervi dans toutes les occafions pref-
fantes de fa vie ; c'étoit d'écrire aux
Princes, Cardinaux, & Prélats

dont la liberalité lui étoit connue. Il demandoit à l'un cent ducats, à l'autre une plus grande ou plus petite fomme, fuivant que fes arrangemens le comportoient.

Ce fut à *Louis de Gonzague* Prince de *Mantoue*, & à *Alexandre Sforce*, Prince de *Pefaro*, qu'il s'adreffa pour fon voyage de *Naples*. Ses Lettres font du commencement d'Avril 1453. Il fe préfenta dans le même temps, ou peut-être il fuppofa qu'il fe préfentoit un parti convenable pour une de fes filles. Il n'avoit pas de quoi lui conftituer une dot : il lui falloit deux cent cinquante ducats. Nouveau prétexte pour quêter. Il en impofa cinquante fur le même Prince de *Mantoue*, qu'il lui demanda par fa lettre du 22. Juin de la même année 1453. Il ne taxa à aucune fomme le Patriarche d'*Aquilée*, mais il le pria de contribuer de ce qu'il voudroit.

Enfin ayant ramaffé quelque argent il partit, & arriva à *Rome* le 18. Juillet fuivant. Il vouloit paffer fans y voir perfonne, afin d'achever plus promptement fon voyage de

Y ij

F.PHILEL-
THI.

Naples, qu'il étoit résolu de faire
sans l'aveu du Duc de *Milan*, re-
mettant à son retour à y rester plus
long-temps : mais le Pape *Nicolas
V.* ayant été instruit de son arrivée,
& ayant parlé avantageusement de
lui à cette occasion, il ne put se
dispenser d'aller à son audience. Il
en fut reçu avec toutes les marques
de bonté qu'il pouvoit desirer. Le
Pape demanda à voir les Livres
de Satyres, qu'il alloit porter au
Roi *Alphonse*, & il les lut tous en-
tiers. Cela fit séjourner *Philelphe*
une huitaine de jours à *Rome* : mais
il fut bien payé de ce retardement.
A son audience de congé le Pape lui
proposa de se fixer à sa Cour, lui fit
expédier des Lettres de Secretaire
Apostolique, lui donna cinq cent
ducats, & lui promit qu'avant trois
ans il pourvoiroit si bien à sa fortune, que ni lui ni sa famille n'auroit point à craindre de tomber dans
l'indigence.

Les projets de *Nicolas V.* étoient
que *Philelphe*, après avoir mis ordre à ses affaires à *Milan*, reviendroit à *Rome*, où il s'occuperoit à

traduire des Ouvrages Grecs ; que
pour cela il lui donneroit *gratis* une Charge de Scripteur, avec ſix cent ducats de penſion, une très-belle maiſon à *Rome*, & un bien de campagne dans les environs de cette Ville, qui ſuffiroit à entretenir toute ſa famille honorablement. De plus il devoit dépoſer entre les mains d'un Banquier qu'il avoit choiſi, dix mille ducats, qui ſeroient remis à *Philelphe*, lorſqu'il auroit achevé la traduction Latine d'*Homere*.

Ces magnifiques conditions, & le préſent réel de cinq cent ducats toucherent ſi ſenſiblement Philelphe, qu'il entreprit d'écrire la vie de ſon bienfaicteur (c'eſt apparemment ſon *Carmen Saphicum adonicumque de laudibus Papæ Nicolai V.*) Mais *Nicolas V.* ne voulut pas par modeſtie que l'Ouvrage parût. Il ſe contenta, pour recompenſer l'Auteur, de remettre pour lui à *Xenophon* ſon ſecond fils deux cens ducats, & de l'exhorter par lettres à exécuter leur projet.

Si cet établiſſement ſi utile & ſi

honorable pour *Philelphe* n'eût pas
lieu, c'est qu'il représenta au Pape,
qu'il ne pouvoit se dispenser de demander auparavant le consentement
de son Prince le Duc de *Milan*, &
de marier une de ses filles, qui é-
toit nubile ; & que pendant qu'il
travailloit à terminer ces deux affaires, *Nicolas V.* vint à mourir le
24. Mars 1455.

Philelphe étant passé à *Naples* fut
reçu fort honorablement du Roi
Alphonse, qui le combla de graces
& de biens. Il le créa Chevalier le
17. Août suivant, & lui accorda le
même jour le privilége de porter ses
propres armes. Cette cérémonie se
fit à *Capoue*, où la Cour de *Naples*
étoit alors. Quatre jours après *Philelphe* étant allé prendre congé de
ce Prince, celui-ci lui donna la Couronne Poëtique, & lui en mit sur
la tête une de laurier très-magni-
fiquement ornée, en présence d'u-
ne nombreuse Cour & au milieu
du camp, qu'il avoit formé dans
la campagne de *Capoue*.

Philelphe repassa par *Rome*, où il
étoit le 28. Août : delà il alla à *To-*

lentino pour revoir ſa patrie & ſon frere, & ſe rendit enſuite à *Milan.*

c'eſt à tort que l'on a prétendu que *Philelphe* conçut tant de vanité des honneurs qu'il reçut dans ce voyage, qu'il oublia entierement ſon bienfaiteur *François Sforce.* Il ne paroît rien de ſemblable dans ſa conduite : au contraire on voit qu'il ne voulut accepter aucun établiſſement, ſi ce Prince ne lui en donnoit la permiſſion. Il fut exact à obſerver la condition qu'il lui avoit impoſée de n'être abſent que quatre mois, & il reſta toujours attaché à ſon ſervice juſqu'à ſa mort.

A peine *Philelphe* fut-il revenu à *Milan*, qu'un de ſes amis l'exhorta à venir voir le Roi *René* dans ſon camp. Ce Prince étoit paſſé en Italie avec des troupes, pour agir de concert avec le Duc de *Milan*, contre les Venitiens & leurs Alliés. *Philelphe* répondit le 24. Octobre qu'il falloit demander au Roi *René* ſi un homme fait Chevalier & décoré d'armes & de la Couronne Poëtique par le Roi *Alphonſe*, ſon adverſaire par rapport au Royaume de

Naples, seroit en seureté au milieu des troupes Françoises. La réponse qu'on lui fit fut très-gracieuse.
Philelphe avoit l'honneur d'être connu du Roi *René* depuis le séjour de
son fils *Marius* à la Cour de ce Prince vers 1450. & il avoit eu soin
d'entretenir cette connoissance par
les lettres qu'il lui écrivoit de temps
en temps.

Il partit donc sur le champ alla
premierement au camp du Duc de
Milan, son Maître, & se disposoit
à passer à celui de *René*, qui n'en
étoit éloigné que de cinq milles,
lorsque des affaires domestiques, qui
lui survinrent au sujet de la succession de sa seconde femme, l'obligerent de retourner à *Milan*. La lettre par laquelle il fait ses excuses à
ce Prince, de ce que ces contre-
temps l'avoient privé de l'honneur
de le voir, & lui promet de l'aller
joindre aux fêtes de Noël prochaines,
est du 22. Novembre; mais les nouvelles qu'il reçut peu de jours après
rompirent entierement ce voyage.

Il apprit que les Turcs avoient
pris *Constantinople*, & que sa belle-
mere

mere *Manfredina Dona* avoit été
faite esclave avec ses deux filles.
Cette nouvelle l'affligea beaucoup,
& il ne fut plus occupé que des
moyens de les tirer de ce triste é-
tat. Le Duc de *Milan* entra dans ses
vûes, ou pour mieux dire, curieux
de sçavoir qu'elles étoient les des-
seins des Turcs contre les Chrétiens, il se servit de l'occasion que
Philelphe lui procuroit pour s'en instruire. On envoya deux jeunes gens
entendus, que *Philelphe* chargea d'u-
ne Lettre & d'une Ode pour *Mahomet II.* par lesquelles il lui demandoit la liberté de sa belle-mere &
de ses deux belles-sœurs. Ce moyen
lui réussit ; *Mahomet* touché des
vers & de l'Eloquence de *Philelphe*
rendit, sans exiger de rançon, la
liberté à ces femmes, qui se retirerent à Candie. Les deux Députés
instruisirent à leur retour le Duc de
Milan de ce qu'ils avoient vû & dé-
couvert à *Constantinople.*

Il semble que ce fut vers ce tems-
là que sa reconciliation avec *Cosme
de Medicis* fut entierement consommée. Il demanda au mois de

Tome XLII. Z

Juillet 1454. qu'en vertu de cette
réconciliation *Cosme* voulut bien
travailler à faire lever la proscrip-
tion de l'Etat de Florence qui avoit
été prononcée contre lui en 1435.
Je ne sçai s'il obtint alors ce qu'il
demandoit ; ce qu'il y a de certain,
c'est qu'il fut depuis ce temps en
liaison avec les *Medicis*, qu'il leur
envoyoit les Ouvrages qu'il publioit,
que cette liaison ne s'est point dé-
mentie dans la suite, & qu'elle é-
toit si étroite entre lui & *Pierre de
Médicis*, que celui ci voulut bien
être le parrain de deux de ses enfans.

Philelphe fut envoyé au mois d'A-
vril 1455. par le Duc de *Milan*, son
Maître, à la Cour de *Ferrare*, pour
y réciter l'Epithalame, qu'il avoit
composé sur le mariage de *Beatrix
d'Este*, avec *Tristan Sforce*. Cette
piece fut critiquée par *Guarin* de
Verone, qui prétendit entr'autres
choses, que *Philelphe* ne s'étoit pas
assez entendu sur la grandeur &
l'ancienneté de la Maison d'*Este*.
Ce que *Philelphe* répondit à cette
critique est fort sage : il avoit à par-

ſer des Marquis de *Ferrare* & des F.Philel-
Sforces ; l'origine de ceux-ci au ſervice deſquels il étoit , & par qui il
étoit député en cette occaſion , é-
toit très-récente. Il ſe crut obligé de
proportionner à peu près ce qu'il
diroit de la Maiſon d'*Eſte* , à ce qu'il
pouvoit dire des *Sforces*. D'ailleurs
il avoit conſulté les principaux Officiers du Marquis de *Ferrare* , &
c'étoit ſur leurs mémoires & ſur
leurs avis qu'il avoit travaillé : enfin il avoit eu trop peu de temps
pour s'étendre davantage.

Sur la fin de la même année
1455. il imagina un nouveau projet de voyage. Les liaiſons qu'il avoit
avec le Chancelier de *France* , *Guillaume Jouvenel des Urſins* , avec le
Médecin de *Charles VII.* qu'il appelle *Thomas Coronæus* , & quelquefois *Thomas Francus* , & avec un
Secretaire du Roi (*Stephanus Cor-
nelius*) lui firent naître l'idée de dédier & d'aller préſenter à ce Prince ſes dix Livres d'Odes , où il a
traité , dit-il , tout ce qui concerne la Muſique. Il leur envoya la
premiere Ode , afin qu'ils jugeaſſent

Z ij

de l'Ouvrage, & y joignit ses Livres de *Exilio*, & la longue lettre qu'il avoit écrite à Charles VII. le 17. Fevrier 1451. pour l'exciter à la guerre contre les Turcs : son fils Jean Marius, qui étoit alors à *Turin* servoit d'entrepôt aux lettres qui furent écrites de part & d'autre ; il fit même un voyage à la Cour de France à l'insçu de son pere. Mais ce projet, qui flattoit beaucoup *Philelphe*, n'eut pas d'exécution : le Duc *François Sforce* ne voulut jamais lui en accorder la permission.

On trouve dans une de ses lettres du 1. Novembre 1455. qu'il avoit résolu de partir peu après pour l'Espagne, où il vouloit aller s'acquitter d'un vœu qu'il avoit fait à *S. Jacques* en Galice. Ce pouvoit être un prétexte dont il se servoit pour obtenir son congé du Prince, & pour faire le voyage de France ; comme il avoit prétexté celui de *Rome* pour aller à *Naples*. Quoiqu'il en soit, il conservoit encore quelque espérance de le fléchir, au mois de Juillet 1456. mais ce fut inutilement.

Quelques mois auparavant, c'est-

à-dire le 19. Fevrier de cette année, PHILEL-
il avoit écrit au Pape *Calliſte III.* PHE.
une longue lettre, où après avoir
rendu à la mémoire de *Nicolas V.*
ſon prédéceſſeur, ce qui lui eſt dû
pour ſa libéralité, ſon amour pour
les lettres & pour les ſçavans, ſes
ſoins & ſes dépenſes immenſes employées à faire rechercher & traduire les Ouvrages des anciens Auteurs,
& à enrichir la Bibliothéque Apoſ-
tolique, il l'exhorte à prévenir le
malheur que la négligence de ceux
qui ſont propoſés à la garde de ce
tréſor y apportera infailliblement.
Il l'invite encore à continuer les
gratifications & les penſions que
Nicolas V. faiſoit aux ſçavans.

Ce ne fut pas uniquement à cette
lettre que *Philelphe* dut la gratification que *Pie II.* lui aſſigna peu de
temps après ſon élection en 1458.
Il y eut pluſieurs autres motifs,
qui l'y engagerent. *Pie II.* avoit étudié ſous *Philelphe* à *Florence* en
1429. & avoit même été ſon pne-
ſionnaire pendant deux mois *Philelphe* lui avoit rendu des ſervices importans. La fortune d'*Æneas Sylvius*

Z iij

étoit alors fort médiocre ; son pere
ne pouvoit lui fournir , sans s'in-
commoder beaucoup, l'argent nécef-
faire pour sa subsistance. Il souhaita
trouver un poste , qui le tirât de
de cette situation. *Philelphe* lui en
procura un , auprès d'un Seigneur
Messinois , à quarante ducats par
an. *Æneas Sylvius* garda cet emploi
pendant deux ans , pendant lesquels
il ne perdit aucune des leçons de *Phi-*
lelphe , & il ne le quitta que lorsque
la peste , qui survint , l'obligea de
sortir de *Florence*. Il alla à *Milan* ;
Philelphe lui donna des lettres de re-
commendation ; une entr'autres ,
qui étoit forte , pour le Sénateur
Nicolas Arcimboldi , dont la connoissance contribua beaucoup dans
la suite à son élevation. Les liaisons
de *Philelphe* & d'*Æneas Sylvius* con-
nuerent toujours depuis. Ils s'écrivoient souvent , & celui-ci parvenu
aux plus grands honneurs , devint
le protecteur de l'autre , lorsqu'il
s'agissoit de solliciter des graces à
la Cour de *Rome* pour lui , pour sa
famille ou pour ses amis. Il préve-
noit même quelquefois ses desirs

& imaginoit de lui-même des ma- F. PHILEL-
nieres de lui être utile : c'eft ce que PHE.
Philelphe éprouva à l'occafion de
fon fils *Xenophon.*

Enfin la nouvelle de la mort de
Callifte III. arrivée le 28. Août
1458. étant venue à *Milan* le 12.
du même mois , *Philelphe* écrivit le
lendemain à *Æneas Sylvius* , & lui
marqua que ce qu'il lui avoit prédit
par une infpiration poëtique , commençoit à s'exécuter , qu'il fouhai-
te ardemment que tout s'accomplif-
fe , & qu'il l'efpere ainfi.

Sa joye fut extrême , quand il fçut
qu'*Æneas Sylvius* avoit été élevé
au Pontificat , & il en conçut les
efpérances les plus flateufes pour fa
fortune. *Pie II.* de fon côté ne fut
pas long-temps fans lui donner des
marques de fa libéralité. Dès le mois
d'Octobre fuivant , il lui affigna
une penfion de deux cent ducats
par an , qui devoit lui être payée
en quelque lieu qu'il fût établi. Il
y joignit une autre préfent , auquel
Philelphe fut très-fenfible : celui-ci
avoit perdu un manfcrit de *Plutar-*
que , le Pape ordonna qu'on lui en

donnât un autre de la Bibliothèque
de Vatican.

Philelphe ressentit si vivement ces
actes de générosité, qu'il ne se contenta pas de lui en témoigner sa
reconnoissance par une lettre du 1.
Novembre suivant : mais il prit le
parti de l'aller remercier lui-même
à *Rome.* Son Prince le lui permit,
& il partit de *Milan* le 19. Decembre. Il alla d'abord à *Mantoue,* où
Louis de Gonzague l'arrêta quelques
jours. Passant delà par *Revere,* il se
rendit à *Ferrare,* à *Boulogne,* à *Ce-
sene,* à *Imola,* & il fut reçu dans
toutes ces Villes par les Princes de
la Maison d'*Este,* par les *Malatestes,*
& *Jacques Picinino,* fameux Général de ce temps-là, avec de grands
honneurs, & beaucoup de présens.

Il arriva à *Rome* vers le 12. Janvier 1459. eut une audience favora-
rable du Pape, & retourna à *Milan* au mois de Fevrier suivant. Il
suivit vers le mois d'Octobre de la
même année son Maître le Duc de
Milan à *Mantoue,* où le Pape s'é-
toit rendu avec plusieurs Princes
& Ambassadeurs pour aviser aux

moyens de faire la guerre aux Turcs, F. PHILEL
& il y prononça un discours sur cet- PHE.
te matiere, qui fut fort applaudi,
& dont *Pie II.* fait l'Eloge dans ses
Commentaires.

Ce fut dans ce voyage que *Philelphe* reçut le premier payement de
sa pension de deux cent ducats.
Pie II. avoit même ordonné à *Gregoire Lolli*, son Secretaire, de lui en
donner cent autres pour la demi-
année précedente ; mais *Philelphe*
ne pût jamais les tirer de lui ; c'est
même le seul payement qu'il ait eu
de cette pension : inexactitude dont
il s'est plaint tant de fois dans ses
lettres au Pape même & à tous ses
autres amis. Ce qui pourroit excuser sa vivacité sur ce point, c'est
que ses affaires étoient en mauvais
état, son Prince ne le payant point,
parce que le guerre épuisoit ses fi-
nances.

Il écrivit aux Cardinaux *Bessarion*
& de *Pavie* au mois de Juin 1463.
que ses livres & ses habits étoient
en gage, & que tout lui manquoit.
Je ne sçais s'il n'y avoit pas en cela
de l'exagération ; en tout cas,

F. PHILEL-
PHE.

la générosité qu'il avoit faite un an
auparavant au Duc de Milan, auroit
été fort hors de propos. Un Sénateur
de *Venise* (*Jacques-Antoine Marcello*)
lui envoya un très-beau bassin d'argent, de la valeur de plus de cent
ducats ; il le porta sur le champ à
son Prince, & lui en fit présent.

Il n'y eut rien qu'il ne mit en usage pour se faire payer de la pension
de *Rome*, il alla même jusqu'à insinuer, que si on ne le secouroit il
prendroit un parti extrême, &
qu'il passeroit dans un lieu qui dé-
plairoit au Pape. Le Cardinal de
Pavie, à qui il avoit parlé sur ce
ton, crut entrevoir dans ces expressions une menace de la part de *Phi-*
lelphe de passer chez les Turcs. Son
zélé s'enflamma, & il lui écrivit
deux lettres pour lui en faire des
reproches, & lui représenter l'im-
possibilité où l'état des affaires mettoit le Pape de faire pour lui ce
qu'il souhaitoit, l'exhortant à attendre un meilleur temps, & à dimi-
nuer sa dépense.

Ce projet de passer chez les Turcs
lui fut aussi reproché dans la suite

par *Crivelli*, & il y répondit avec beaucoup de vivacité, faisant voir le ridicule qu'il y avoit à l'accuser d'une pareille folie. Mais pour se mieux justifier, il fit au Cardinal de *Pavie* une proposition entiere-ment opposée à ce dont il le soup-çonnoit. Ce fut de s'offrir à suivre l'armée que *Pie II.* se disposoit d'en-voyer contre les Turcs. Mais cette expédition n'eut point de lieu. Le Pape mourut le 4. Août suivant & *Paul II.* lui succeda. Quinze jours après son élection, *Philelphe* lui é-crivit une longue lettre, dans la-quelle, après l'avoir félicité sur sa dignité, il l'exhorte à se donner tout entier à la guerre contre les Turcs. Il le supplie ensuite de lui faire payer sa pension, & s'emporte en invective contre *Pie II.*

Ces traits injurieux indisposerent contre lui les Créatures du Pape défunt. Ils en porterent hautement leurs plaintes, ils engagerent mê-me les Cardinaux dans leur ressenti-ment, s'il faut ajouter foy à une lettre, qui se trouve inserée parmi celles du Cardinal de *Pavie.* Elle est

suppofée écrite au nom du Sacré
Collége à *François Sforce*, Duc de
Milan, pour le remercier de ce
qu'en punition des Satyres en vers
& en profe, que *François Philelphe*
& fon fils *Marius* ont publiées contre *Pie II.* mort depuis peu, il a
fait mettre l'un & l'autre en prifon.

Ce trait de la vie de *Philelphe*,
quoiqu'appuyé fur un témoignage
fi précis, eft fort douteux, & l'on
peut conjecturer qu'il a été imaginé
par fes ennemis, & particulierement
par *Gregoire Lolli*. Cet homme, qui
étoit parent de *Pie II.* avoit été
fon confident & Secretaire des
Brefs : malgré les ordres exprès que
le Pape lui avoit donnés de faire
payer exactement la penfion de *Philelphe*, il en avoit toujours arrêté
le payement. Du moins *Philelphe* le
croyoit ainfi, & il s'en plaint avec
aigreur dans fes lettres. Ces plaintes avoient fort irrité *Lolli*, qui
chercha les occafions de s'en van-
ger. Dans cette difpofition, accoû-
tumé à dreffer des Brefs & des lettres, il a pû compofer celle-ci, qui

a été inſerée parmi celles du Cardinal de *Pavie*, comme on y en a in-
ſeré pluſieurs autres du même *Lolli*,
de *Jean-Antoine Campanus*, de *Phi-*
lelphe, & d'autres ſçavans de ce
temps-là.

Cette lettre ainſi projettée, ſoit
ſur un faux bruit qui ſe répandit à
Rome que le Duc de *Milan* indigné
contre *Philelphe* l'avoit fait mettre
en priſon, ſoit pour exciter ce Prince à le faire, ne fut point apparemment envoyée, ni même rendue publique. Ce qui porte à le croire,
c'eſt 1°. Que *Crivelli*, qui reprocha
dans la ſuite à *Philelphe*, que les
injures contre *Pie II.* avoient irrité
les Cardinaux, ne dit point qu'elles lui euſſent attiré l'affront d'être
mis en priſon. Auroit-il oublié un
trait auſſi deshonorant pour un
homme contre lequel il a eu ſoin de
ramaſſer tout ce qui pouvoit donner quelque atteinte à ſa réputation,
juſqu'à inventer même des calomnies. *Philelphe* de ſon côté nia
que ce fait de la prétendue colere
des Cardinaux fut vrai, & traita
Crivelli d'impoſteur. Il convient

F. PHILEL-
PHE.

seulement, qu'un homme avoit fait tous ses efforts pour animer le Sacré Collége contre lui ; mais qu'il lui pardonne d'autant plus qu'il a été assez puni, puisque la mort de *Pie II.* lui a fait perdre son crédit & son autorité. Il est facile de voir qu'il a voulu désigner par-là *Lolli*, qui fut effectivement obligé de quitter la Cour de *Rome*, & de se retirer à *Sienne* sa patrie. 2°. Tous les Cardinaux furent si peu indisposés contre *Philelphe*, qu'il ne discontinua pas depuis le mois d'Août 1464. jusques vers le milieu de l'année suivante 1465. d'écrire à plusieurs d'entre-eux, & de les soliciter vivement pour le payement de sa pension ; il s'avisa même de demander à la Cour de *Rome*, un emploi qui lui convint, c'est-à-dire, qui fut lucratif & honorable. Ce qu'il n'auroit pas osé faire, si les bruits répandus contre lui, avoient été vrais.

Il cessa depuis ses sollicitations ; soit qu'effectivement ses Patrons se fussent refroidis à son égard, soit parce que le Duc de *Milan* lui donna de nouvelles marques de bonté, lui accorda des gratifications, & le flatta d'une fortune conſidérable. C'eſt ce qu'il annonça à ſes amis de *Rome*, & à ſon fils *Xenophon* par ſes lettres des 17. Avril & 30. Juillet 1465.

Ces préſens & ces eſpérances calmerent pendant quelque temps ſes inquiétudes, & il ne ſongea plus qu'à ſe livrer à ſes travaux litteraires. Mais cette heureuſe tranquillité fut bien-tôt interrompue. Le Duc de *Milan*, *François Sforce* mourut le 8. Mars 1466. dans ſa 65. année; *Philelphe* en fut pénétré de douleur, & avec raiſon; car il ne pût jamais reparer la perte qu'il fit en cette occaſion, & ſes affaires allerent preſque toujours depuis en décadence.

Galeas Marie, fils & ſucceſſeur de *François* le retint bien à ſon ſervice, en l'aſſurant qu'il feroit encore plus pour lui que n'avoit fait ſon pere; mais *Pilelphe* s'apperçut bientôt que ce n'étoit que de vaines paroles, & ſongea à quelque autre établiſſement.

Il ſemble qu'il tourna une ſeconde fois ſes vûës ſur la France : du

F. PHILEL-
PHE.

du moins on trouve une de ses lettres à *Guillaume Havart*, Secretaire, ou, comme il l'appelle, Re-
férendaire du Roi, pour le prier de
lui faire sçavoir inceſſamment la
volonté du Roi *Louis XI*. Il continua auſſi ſes ſollicitations à la Cour
de *Rome* : il chercha à ſe raccom-
moder avec le Cardinal de *Pavie*,
& la lettre qu'il lui écrivit le 20.
Mai 1468. lui réuſſit. Le Cardinal lui
répondit le 14. Juin ſuivant qu'il lui
rendoit ſon amitié, & qu'il tâche-
roit de lui rendre auſſi celle du
Cardinal de *Sienne* & des autres *Pi-
colomini*, s'il vouloit ſe retracter de
ce qu'il dit contre *Pie II*. Cette réponſe charma *Philelphe*, qui ſaiſit
volontiers l'idée que ce Cardinal lui
propoſa. Il travailla à cette Palino-
die, ou, ſi l'on veut, à un Panégyrique de *Pie II*. avec tant de célerité,
que dès le mois de Juillet de la même année, il fut en état d'en en-
envoyer des morceaux au Cardinal,
qui l'en remercia, & l'exhorta à
continuer un Ouvrage, qui ne
pouvoit que lui faire honneur.

 Philelphe l'avoit auſſi prié de faire
enſorte

enforte que les Siennois le rappel-
laffent dans leur ville pour y profeffer ; mais le Cardinal y trouva
bien des difficultés , les appointemens qu'il demandoit paroiffoient
trops forts , on étoit choqué de la
condition qu'il y mettoit , qu'ils
feroient payez d'avance , d'ailleurs
on avoit à *Sienne* peu de goût pour
l'étude.

Envain *Philelphe* formoit tous ces
projets. Le Duc *Galeas Marie* s'obf-
tina , comme fon pere avoit fait ,
à lui réfufer la permiffion de fortir
de fes Etats. Ce moyen lui man-
quant , il en imagina un autre , qui
pût du moins lui fervir de refource
dans le befoin , où il fe trouvoit.
Ce fut de traduire la Cyropédie de
Xenophon , & de la dédier au Pape
Paul II. fon ami *Jean Arcimboldi* ,
Evêque de *Novarre* , & depuis Cardinal , la préfenta à ce Pontife vers
le mois de Janvier 1469. Il eut quatre cens ducats de gratification , qui
fe firent un peu attendre ; mais enfin il les reçut au mois d'Août fuivant.

Ce fecours lui fervit à faire un

Tome XLII. A a

F. PHILEL-
PHE.

voyage à *Sienne*, où il conduisit un fils & une fille de sa fille *Panthée*, que son gendre *Jérôme Bindou* ne se pressoit pas de rappeller auprès de lui, quoique le fils eut 18. ans & la fille 15.

Dans ce voyage, qu'il fit au mois d'Octobre 1469. il passa à *Florence*, ou tous les *Medicis* le reçurent avec empressement & avec amitié, sur-tout *Pierre* & *Laurent*.

Il rentra à *Milan* le 21. Novembre, & *Laurent de Medicis* lui ayant envoyé en présent un manuscrit d'*Appien* vers les derniers jours de Decembre, il en commença sur le champ la traduction.

Au mois de Juillet de l'année suivante, *Alexandre Sforce*, Souverain de *Pesaro*, frere du Duc *François*, & oncle du Duc régnant, étant venu à *Milan*, Philelphe profita de son séjour en cette ville pour lui représenter la triste situation ou on le laissoit languir; cependant six jours après, c'est-à-dire le 25. Juillet, il écrivit à son ami *Nicodeme Franchédini*, qu'il n'étoit point assez dépourvû d'argent pour ne pas

acheter des Livres, & qu'il a réfolu F. PHILEL-
d'acquerir de ceux qui fe faifoit a- PHE.
lors fans peine, fans plume, & avec
des formes.

Il eft étonnant qu'avant cette année 1470. on ne trouve rien dans fes
lettres, qui puiffe faire croire qu'il
fut informé de l'invention de l'Imprimerie. Il y avoit déja quatre ans
que l'on imprimoit à *Rome*, & plus
de deux ans que l'on imprimoit à
Venife. Comment un homme auffi
répandu dans le commerce du monde ignorat-il fi long-temps la découverte d'un Art, qui l'intereffoit
fi fort? Quand elle fut parvenue
jufqu'à lui, il ne manqua pas d'exciter par fes confeils *Jean-André*, E-
vêque d'*Aleria*, & *Theodore Gaza*,
de continuer leurs foins à publier
tous les bons Auteurs. Il leur fit remarquer que leurs impreffions n'é-
toient pas fort correctes; & ce fut
pour prévenir cet inconvenient à
l'égard de fa traduction de la Cyropédie de *Xenophon*, que le même
Evêque d'*Aleria* méditoit de mettre fous la preffe, qu'il lui indiqua
la meilleure copie qu'il y en eut.

F.PHILEL-
PHE.

Pendant qu'il travailloit ainsi à procurer le progrès & la correction de l'Imprimerie, ses affaires domestiques n'en devenoient pas meilleures. Ses appointemens n'étoient pas payez, & il lui étoit dû plus de sept cens ducats. Il étoit réduit à demander à ses amis les choses les plus nécessaires à la vie. Pour surcroît de chagrin, il apprit la mort de son fils *Xenophon* qu'une fievre lente emporta le 27. Août 1470. à *Raguse.* Il fut très-sensible à cette perte, parce que c'étoit le plus cher de ses enfans, quoique la fureur de courir ne lui eut jamais permis de se fixer dans la maison paternelle.

Le Pape *Paul II.* étant mort le 25. Juillet 1471. l'Election de *Sixte IV.* donna de nouvelles espérances à Philelphe, qui renouvella ses instances pour être appellé à la Cour de *Rome.* Il écrivit au nouveau Pape, aux Cardinaux de *Pavie,* de *Vicence,* de *Gonzague,* & à ses autres Patrons. Il écoutoit en même temps les propositions qui lui étoit faites par *Hercule d'Este* Duc de *Ferrare,* & il l'assuroit au mois d'Octo-

bre de l'an 1471. qu'auſſi-tôt qu'il F.Philel-
auroit reçu ſes derniers ordres, il phe.
voleroit à ſa Cour pour s'y fixer &
y paſſer le reſte de ſes jours.

Toutes ces tentatives furent inutiles. Le Duc de *Milan* continua
à lui refuſer la permiſſion de ſortir
de *Milan*. Il lui fit même inſinuer,
qu'il lui feroit plaiſir, s'il recom-
mençoit à inſtruire la jeuneſſe. *Philelphe* ne pouvant mieux faire,
obeit. A l'âge de 73. ans, & après
une interruption de 25. ans, il reprit ſon ancienne profeſſion, & ſe
chargea d'expliquer les Politiques
d'*Ariſtote*. La harangue qu'il prononça à l'ouverture de ces leçons,
eſt la cinquiéme de ſes *Orationes di-
verſæ*.

Ce fut à cette occaſion que *Galeas-Marie* s'informa du détail des
affaires de *Philelphe*, & celui-ci,
qui en fut inſtruit, pria le Medecin
de la Cour de remercier ce Prince
de la bonté qu'il lui témoignoit.

Deux Elegies, qu'il fit alors, l'u-
ne en vers Latins, & l'autre en vers
Grecs, ſur la guerre contre les Turcs,
& qu'il envoya à *Sixte IV.* au mois

de Novembre & de la même année
1471. lui attirerent de nouvelles
promeſſes de Rome, ſur la foi deſquelles il ſembloit qu'il dût partir
d'un jour à l'autre. On lui fit même
entendre que le Pape lui avoit aſſi-
gné une penſion de 100. ducats, & il
attendoit de jour en jour des lettres
pour déterminer ſon départ. Mais
tous ces projets n'eurent pas plus
d'effet cette année que les preceden-
tes.

Il ne pût partir de *Milan* & ſon
état devint plus miſerable que jamais ; il ſembloit même que tout
concourut à l'accabler de douleur.
Son fils *Marius* s'étoit toujours ſi
mal comporté, ſoit à ſon égard,
ſoit pour ſa propre fortune & ſon
établiſſement, qu'il avoit tout lieu
d'en être mécontent. Ce fils lui donna ſur la fin de l'an 1472. un nouveau ſujet de mortification qui le
toucha plus vivement qu'aucun autre. Il écrivit deux lettres à ſon pere;
dans la premiere il trouvoit mauvais que celui-ci lui eut repréſenté
le tort qu'il avoit de n'être pas plus
exact à remplir les devoirs de ſon

emploi de Profeſſeur, & pouſſoit
ſa mauvaiſe humeur juſqu'à lui reprocher ſa décrépitude : dans la ſeconde s'abandonnant aux mouvemens de ſa colere, il lui conſeilloit
de faire ſon Teſtement, afin, di-
ſoit-il, de ne point avoir de procès
avec ſes freres.

Philelphe fut indigné de ces lettres
inſolentes. Il répondit à cette derniere qu'il étoit étonné de voir un
fils âgé de 47. ans donner des avis
à ſon pere qui en avoit 75. & ne
vouloir pas en recevoir de lui ; que
la précaution qu'il prend eſt inutile,
qu'il ſe porte mieux que lui ; qu'il
s'étoit juſques alors flatté que ſi lui
Marius lui ſurvivoit, il voudroit
bien tenir lieu de pere à ſes freres &
ſœurs, qui étoient preſque tous
dans l'enfance ; mais que puiſqu'il
lui fait voir ſon mauvais cœur, il
mettra ſi bon ordre à ſes affaires,
qu'il n'aura rien à diſcuter avec ces
mineurs. Cette lettre eſt du 18.
Decembre 1472.

Cette mauvaiſe diſpoſition de
Marius engagea *Philelphe* à ſonger
ſérieuſement à établir une de ſes

F. PHILEL-
PHE.

filles, qui étoit nubile. Il lui trouva un mari, mais il n'avoit point de dot à lui donner. Il fut donc obligé de recourir à son expédient ordinaire, & de demander aux Princes, aux Prélats & aux Seigneurs qui le consideroient, une contribution pour faire la somme qu'il vouloit lui constituer. Ces demandes étoient accompagnées de quelqu'un de ses Ouvrages. Il envoya aux uns son Elegie Grécque contre les Turcs, aux autres la traduction du petit morceaux de Pollux sur la Pourpre. Cela lui réussit, du moins à l'égard de *Louis de Gonzague*, Duc de *Mantoue*, & de *Jean Estienne Botigella*, Evêque de *Cremone*. Ils donnerent généreusement leur contingent ; *Philelphe* fit des emprunts pour le reste.

Cette affaire ainsi arrangée, il recommença ses sollicitations à la Cour de *Rome*, ne pouvant plus se soutenir à celle de *Milan*, où l'on ne payoit point ses appointemens depuis plusieurs années. Il écrivit au Cardinal *Pierre-Marie Riari*, neveu du Pape, & au Cardinal de *Pavie*,

& les ſupplia de ſe ſouvenir de leurs
promeſſes.

Enfin *Sixte IV.* ſe rendit à ſes
inſtances. Il fut appellé à *Rome* ſur
la fin de l'an 1474. pour y profeſſer la Philoſophie morale. La mauvaiſe ſaiſon , la longueur du voyage , l'âge tendre de ſes enfans , &
peut-être auſſi l'incertitude où il é-
toit des avantages , qu'il trouveroit
dans ce nouvel établiſſement , le
déterminerent à laiſſer ſa famille à
Milan ; & il ſe rendit ſeul à *Rome.*
Il auroit ſouhaité en arrivant pouvoir aller haranguer le Pape , & le
remercier ; mais un enrouement
cauſé par la fatigue du voyage ne
le lui permettant pas , il y ſuppléa
par une lettre ou petite harangue ,
qui eſt la 6e. de ſes Oraiſons diverſes. Cette incommodité fut apparemment de peu de durée, puiſqu'il
fit l'ouverture de ſes leçons ſur les
Queſtions Tuſculanes de *Ciceron*
dès le 12. Janvier de l'année ſuivante 1475.

Dans la même année & dans la
même ville de *Rome* , il compoſa
ſes livres *de Morali diſciplina* ; mais
Tome XLII. B b

F. PHILEL-
PHE.

il ne se donna pas le temps de les achever. Son inquiétude naturelle lui fit quitter cette capitale sous prétexte d'aller chercher sa famille, il repassa à *Milan*, où il étoit le 4. Juin 1477. jour auquel il prononça une harangue à l'occasion du Traité d'alliance entre la Duchesse *Bonne* & son fils *Jean Galeas* d'une part, & *Hercule d'Este*, Duc de *Ferrare*, d'autre part.

Mais le véritable objet de son voyage étoit de voir si la mort violente de *Galeas-Marie*, arrivée en 1476. & la Régence de la Duchesse sa veuve n'apporteroient aucun changement favorable pour sa fortune. Mais il avoit inutilement formé de nouvelles espérances sur cette révolution. Les affaires de l'Etat de *Milan* n'étoient pas assez tranquilles, pour que le nouveau Gouvernement songeât à procurer à *Philelphe* un emploi qui répondît à tous ses besoins.

Il eut seulement la douleur de voir périr deux de ses enfans, l'un âgé de sept ans & l'autre de huit; & sa femme frappée de ces malheurs,

arrivez immédiatement après une F. PHILEL-
fauffe couche qu'elle avoit eue, tom- PHI.
ba dans une maladie mortelle. Ces
revers les contraignirent de quitter
encore une fois *Milan*, & de retourner feul à *Rome*. On a la lettre ou harangue dans laquelle il annonce au
Pape fon retour, & lui offre fes fer-
vices ; mais on ne fçait s'ils furent
aggréez. Ce qu'il y a de certain ,
c'eft qu'il étoit revenu à *Milan* au
mois de Mai 1481. puifque c'eft de
cette ville qu'il date l'Epître qu'il
écrivit à *Louis Sforce* , en lui dé-
diant l'édition de fes Harangues &
de fes Opufcules. Il avoit alors 83.
ans prefque accomplis.

Malgré ce grand âge, le mauvais é-
tat de fa fortune ne lui permit pas de
refufer l'offre qui lui fut faite par de
Laurent de Medicis de l'emploi de
Profeffeur en Grec à *Florence*. Mais
les fatigues du voyage fait dans les
plus grandes chaleurs de l'été, jointes à cette extrême vieilleffe , lui
donnerent la mort, qui arriva le 31.
Juillet de l'année 1481.

Cette date de fa mort qui jufqu'à
préfent avoit été fi differemment

rapportée par les Historiens , est de-
venue certaine par ce passage de la
Chronique de *Barthelemi Fontio*, ou
della Fonte, son successeur dans l'emploi de Professeur en Grec à *Flo-*
rence, que les Journalistes de *Veni-*
se ont rapporté dans leur 17e. volume p. 332. *Franciscus Philelphus,*
vir Græce Latineque doctissimus, &
Mediolano Florentiam accitus, ut pu-
blice profiteretur, æstu ac labore itineris
confectus, pridie Calendas Augusti
moritur anno ætatis quinto & octo-
gesimo. Cujus nos in vicem suffecti
sumus. Son âge est ici mal marqué,
puisqu'il ne venoit que d'entrer
dans sa 84e. année. Le P. *Foresti*,
connu sous le nom de *Jac-*
ques Philippe de Bergame, met aussi
dans son *Supplementum Chronicorum*
cette mort à *Florence* en 1481. & a-
joute que *Philelphe* fut enterré dans
l'Eglise des Servites dite l'Annon-
ciade.

On ne peu disconvenir que *Phi-*
lelphe n'eut des défauts. Il étoit haut,
vain, & affectoit trop de se louer
lui-même. Il répéte en plusieurs endroits de ses Ouvrages, qu'il est le

ſeul des Latins, qui ait compoſé des
volumes en tout genre ; que *Virgile*
n'a écrit qu'en vers , & *Ciceron* en
proſe , & encore ſeulement en leur
langue maternelle , que pour lui il
a donné des pièces d'Eloquence,
de Poëſie & de Philoſophie en differentes langues en Grec , en Latin ,
& en Toſcan ; enfin qu'il eſt le premier des mêmes Latins , qui ait
oſé entreprendre de faire des vers
Grecs.

Il étoit auſſi trop mordant & trop
ſatirique , & ne ſupportoit pas aſſez
patiemment les critiques qu'on faiſoit de ſes œuvres & de ſa perſonne ; mais c'étoit le goût , qui do-
minoit dans le ſiécle où il a vécu.
Preſque tous les Sçavans & les reſ-
taurateurs des Belles-Lettres en Italie dans le 15e. ſiécle n'ont pas été
plus moderez que lui. D'ailleurs il
paroît qu'il n'a jamais été l'agreſ-
ſeur ; c'eſt du moins ce qu'il fait
entendre à l'égard du *Pogge* , de
Pierre Candidus Decembrius , de
Louis Crivelli , de *Charles Aretin* &
des autres , contre leſquels il écrivit
avec tant d'emportement.

On lui reproche aussi le crime d'ingratitude, & on cite par exemple ce qu'il fit contre *Cosme de Médicis* & contre *Pie II.* On a déja vû ci-dessus que c'est à tort qu'on l'accuse d'avoir été ingrat envers *Cosme.* Pour *Pie II.* il faut convenir qu'il auroit été plus convenable à *Philelphe* de respecter la mémoire de ce Pontife, qui avoit toujours été son ami ; mais il faut aussi avouer qu'il devoit s'attendre à plus de graces & de bienfaits qu'il n'en reçut de lui. *Philelphe* lui avoit été très-utile, & avoit beaucoup contribué à son élevation ; c'étoit à lui à ne pas oublier ces services importans, après avoir tant fait que de lui assigner une pension, il ne devoit pas se borner à lui en payer une seule année. Ajoutons que son Pontificat ne fut pas favorable aux gens de Lettres, & que *Philelphe* crut bien faire de prendre la défense de la cause générale des Sçavans ; mais enfin il se retracta, & lava par ce moyen la tache de la prétendue ingratitude qu'on pourroit lui reprocher.

Il fut d'ailleurs assez moderé à l'égard des autres Princes ou personnes constituées en dignité. On voit aussi dans ses Ouvrages peu de traits de prévention contre toute une Nation. Il disoit à cette occasion, qu'il étoit injuste d'attribuer à un peuple entier les vices de quelques particuliers.

Ce qu'on ne peut lui pardonner, c'est son inconstance & son inquiétude continuelle. Presque toujours mécontent de sa situation, il passa toute sa vie à chercher ce qu'il n'étoit pas en état de se procurer, je veux dire la tranquillité. Sa dissipation mal entendue, ce mépris de l'argent dont il se pare à chaque instant, l'obligerent à faire des bassesses qui répondoient peu à la prétendue noblesse de ses sentimens. On peut dire cependant pour sa justification. 1°. Que tel étoit le caractere qu'il avoit apporté en naissant. Il étoit noble & généreux, donnoit volontiers, ne pouvoit prendre sur lui l'attention de ménager pour se procurer des ressources dans la nécessité ; il aimoit le faste, vouloit

F.Philel-
phe.

avoir des valets , recevoir honorablement ses amis. 2°. Il avoit une
nombreuse famille , des enfans &
des petits enfans de trois femmes
qu'il avoit épousées , dont quelques-unes lui coutèrent beaucoup.
3°. Il n'épargnoit rien pour acheter
& pour faire copier des livres : cette passion si louable ne l'abandonnoit pas dans sa plus extrême mi-
sère , un manuscrit à acquerir l'em-
portoit sur les besoins le plus pres-
sans de sa maison.

Au reste il étoit très-sobre , bu-
voit très-peu de vin , & n'en bu-
voit jamais sans eau, préféroit les lé-
gumes aux morceaux les plus recher-
chez. C'est ce qui lui avoit conservé
cette santé dont il se vante conti-
nuellement dans ses lettres. Son
tempéramment d'ailleurs étoit fort
& vigoureux , & il n'avoit jamais
voulu se servir de Médecins ; aussi
n'a-t-il jamais eu aucune incommodité , même dans sa plus grande
vieillesse.

On trouve dans ses Ecrits & particulierement dans ses lettres , où il
se montre au naturel , une morale

faine , des fentimens , & une érudi- F. PHILEL-
tion auffi variée & auffi étendue que PHE.
fon fiécle le comportoit.

Il eut trois femmes. La premiere
étoit d'une naiffance diftinguée , é-
tant fille de *Jean Chryfoloras* , &
petite fille du célébre *Manuel* , mort
au Concile de *Conftance* en 1415.
qui avoient l'honneur d'être alliez
aux Empereurs de *Conftantinople* , &
de *Manfredina Doria* de l'illuftre
Maifon de ce nom.

S'il en faut croire *Philelphe* , ce
fut *Jean Chryfoloras* lui-même , qui
fouhaita de l'avoir pour gendre , &
qui déploya toute fon éloquence
pour le déterminer à époufer fa fille
Theodora. Le parti étoit trop avantageux pour que *Philelphe* , ne fe
laiffât pas perfuader : naiffance ,
richeffe , beauté , tout s'y trouvoit
en un degré éminent : mais ce qui
le détermina principalement à con-
tracter cette alliance , fût qu'il fe
flatta que par ce moyen il pourroit
parvenir à connoître à fond les
beautés & les fineffes de la langue
Grécque & de fa prononciation. Il
convient qu'il ne fut point trompé

F. PHILÉL- dans cette espérance, & qu'il fut
PHE· redevable des progrès qu'il y fit non
seulement aux leçons de son beau-
pere, mais encore à ses conversa-
tions avec sa femme *Theodora*, dont
les mœurs étoient très-deuces, qui
avoit beaucoup de politesse, &
qui parloit la langue Attique dans
toute sa pureté.

Il l'épousa vers le mois de Septembre ou Octobre 1425. puisque
son fils aîné avoit quatorze mois &
dix-sept jours, lorsqu'il débarqua
à *Venise* le 10. Octobre 1427. &
étoit par conséquent né le 24. Juillet 1426. elle étoit fort jeune, ne
pouvant gueres avoir que quatorze
ans, & elle lui fut toujours très-
chere. Elle mourut à *Milan* le trois
Mai 1441. âgée d'environ trente
ans. Pour son beau-pere *Chrysoloras*,
nous avons vû qu'il étoit mort a-
vant que *Philelphe* partît de *Cons-*
tantinople. Sa belle-mere *Manfredi-*
na fut faite esclave avec les deux filles, qui lui restoient, lorsque les
Turcs prirent cette Ville au mois
de Mai 1453. Après avoir obtenu
leur liberté par le moyen de *Philel-*

phe elles passerent toutes trois en
Candie, où *Manfredina* mourut
vers la fin de 1464. elle avoit eu
quelque envie de se retirer auprès
de son gendre ; mais cela ne s'exécu-
ta pas. Le même dessein manqua
aussi en 1466. à l'égard de *Zambia*
sa fille, qui lui survécut. *Philelphe*
auroit souhaité lui rendre ce service, mais il n'en fut pas le maître, les Lettres qui avoient été
écrites à *Zambia* pour cela ne par-
vinrent pas jusqu'à elle.

Philelphe eut de son mariage avec
Theodora quatre enfans, deux gar-
çons, *Jean Marius* & *Xenophon*, &
deux filles, *Angela* & *Panthea*. Ainsi quand à l'occasion de la prise de
Constantinople, il appelle ses deux
belles-sœurs les tantes de ses quatre
filles, il faut entendre ce terme *fils*,
filiorum, par celui d'enfans, suivant
l'usage des Jurisconsultes.

De ces deux filles, *Angela*,
quoique l'aînée, ne fut mariée que
vers Pâques de l'an 1457. La seconde, *Panthea*, l'étoit déja avant le mois
de Mars 1451. avec *Jerôme Bin-*
doni de Sienne, pour lequel *Philel-*

F. Philel-
phe.

phe demandoit en même temps une Charge à *Casal*, & qui étoit à *Florence* au mois de Septembre 1452. Elle étoit morte en 1465. laissant un fils, *Jean*, âgé de 18. ans., & une fille, *Arminia*, âgée de 15. lorsque *Philelphe* alla les remener à *Sienne* en 1469.

L'aîné des fils, *Jean-Marius-Jacques*, né à *Constantinople* le 24. Juillet 1426. donna à son pere de grands sujets de mécontentement pendant tout le cours de sa vie. Nous avons déja vû que l'Empereur *Paleologue* le lui ayant demandé pour le faire élever à sa Cour, il l'y envoya au printemps de l'année 1440. mais *Theodora* sa mere étant morte, & *Philelphe* apprenant qu'il perdoit son temps dans cette ville, il lui écrivit le 31. Mai 1441. de revenir en Italie Ce retour ne se fit cependant tout au plûtôt qu'au mois de Mai de l'année suivante 1442. Il resta peu auprès de son pere : il parcourut differens pays, & ne resta jamais long-temps dans aucun lieu. Il étoit à *Marseille* au mois de Novembre 1450. & y exerçoit un emploi de Magiſtrature, que le Roi *René* lui avoit F. **Philel-** donné. Il quitta cette ville, paſſa à **phe.** à *Genes*, à *Milan*, à *Ferrare*, à *Ca-* *ſal*, puis à *Turin*, où il ſéjourna plus long-temps. Il paroît qu'il y faiſoit la fonction d'Avocat ou de Juriſconſulte ; ce qui déplaiſoit à *Philelphe*, qui lui en dit ſon ſenti- ment.

Il partit de cette Ville pour la Cour de France à l'inſçu de ſon pere, au nom duquel cependant il ſuppoſa qu'il faiſoit ce voyage. Il retourna peu après en Italie, & alla trouver le Pape *Pie II.* à *Mantoue* en 1459. Ce Pontife lui offrit de le faire Avocat Conſiſtorial ; mais il le refuſa, & alla profeſſer à *Ber-* *game*, à *Verone* & enfin à *Veniſe*, où il fut reçu en 1460. pour y enſei- gner l'Eloquence & la Philoſophie morale, aux appointemens de la République, ce qui n'avoit encore été fait pour aucun autre. Mais ſon peu d'aſſiduité à remplir ſon devoir, les parties fréquentes de campagne, ſa diſſipation, les compagnies peu convenables, que lui & ſa femme fréquentoient (car il étoit marié au

moins dès l'an 1450.) lui firent perdre cet établissement vers 1470.
aussi-bien que ceux de *Boulogne* &
d'*Ancone* qu'il eut en 1471 Les re-
présentations & les conseils de son
pere ne faisoient rien sur son esprit ;
au contraire, il les supportoit im-
patiemment ; ce qui irritoit *Philelphe* au point de l'abandonner à sa
mauvaise conduite & à sa mauvaise
fortune. Cette colere s'augmenta
encore, lorsque ce fils lui proposa
de faire son testament au mois de
Decembre 1471.

Marius n'étoit pas cependant
sans mérite ; il étoit assez bon Poëte ; & cette qualité lui valut quelquefois des Eloges, même de la
part de son pere, mais elle lui attira aussi des mortifications. Si l'on
en croit *Leodryse Crivelli*, cet Ecrivain si animé contre *Philelphe* &
contre tout ce qui lui appartenoit,
c'est à *Marius* qu'il faut rapporter
ce trait de la vie du Pape *Pie II.*
où pour payer des vers que quelqu'un lui avoit présentés en vûe d'u-
ne gratification, il n'y répondit que
par ces deux autres vers.

Pro numeris numeros vobis fperate, F. PHILEL-
Poëta.

*Mutare eft animus carmina, non
emere.* Il eft vrai que *Philelphe* nia
expreffément que cette avanture re-
gardât fon fils *Marius*, que *Pie II.*
avoit au contraire fort bien reçu,
& à qui il avoit voulu donner le tire d'Avocat Confiftorial comme je
iens de le dire ; & que c'étoit à
Antoninus Pontanus que cette ré-
onfe avoit été faite, lequel repli-
qua par cet autre diftique affez im-
oli.

*Si tibi pro numeris numeros fortuna
ediffet.*

Non effet capiti tanta corona tuo.

Le Cardinal de *Pavie* donne une
utre origine aux deux vers de *Pie
I.* qu'il prétend n'avoir été aits
qu'en badinant, & fans avoir au-
un Poëte en vûe. Le détail de la
onverfation, qui y donna lieu, fe
rouve dans la 49e. des lettres du
e Cardinal.

Marius étoit auffi Orateur & Phi-
fophe : il en donna des preuves,
rfqu'il difputa contre *Crivelli* en
éfence du Duc & du Sénat de *Mi-*

lan, & lorsqu'il fit devant celui de
Venise une leçon publiqué, qui lui
mérita l'honneur d'être reçu Profeffeur aux gages de la République. Il
brilla dans ces deux actions, quoiqu'il ne s'y fut point préparé.

Le Marquis de *Mantoue* l'ayant
attiré dans cette ville, il y mourut
en 1480. dans fa 54. année. Dans la
vive difpute que fon pere eut avec
lui, celui-ci lui avoit en quelque
façon prédit, qu'il ne lui furvi-
vroit pas.

Le fecond fils de *Philelphe*, appellé *Xenophon*, naquit à *Florence* le 25.
Mars 1433. Il lui donna ce nom de
Xénophon, par affection pour l'ancien Auteur Grec de ce nom. La
Satyre 5e. de la 10. Décade lui
eft adreffée; & elle contient des
confeils importans pour fon inf-
truction.

Ce fils fi cheri de *Philelphe* ne
mit gueres en pratique fes avis. Il
fut auffi inconftant que fon frere
Marius, & ne put jamais fe déterminer à aucune profeffion. Il commença à quitter la maifon paternelle dès l'an 1451. & parcourut les
différentes

differentes Cours d'Italie, ſans pouvoir ſe fixer à aucune. Enfin il paſſa
à *Raguſe*, où il ſe maria ſans le con-
ſentement de ſon pere. L'envie de
voyager que ſon pere diſoit être l'effet de ſon nom, *Xenophon*, mais
que plus ſerieuſement il attribuoit
aux mauvais conſeils, qu'il avoit
ſuivis, ne le quitta qu'avec la vie.
Il tomba en Phtiſie, & mourut à
Raguſe le 27. Août 1470. dans la
38e. année de ſon âge. Il étoit auſſi homme de lettres, & la République de *Raguſe* le députa en qualité de ſon Orateur, à *Ferdinand*
Roi de *Naples* en 1461.

Philelphe, qui le pleura, con-
ſeilla à ſa veuve *Jacoba* de le venir
trouver avec les enfans qu'elle avoit,
l'aſſurant qu'elle n'auroit pas à ſe re-
pentir, ſi elle prenoit ce parti.

Après la mort de *Theodora* arrivée
en 1441. il eut deſſein d'entrer dans
l'Etat Eccleſiaſtique, mais la choſe
n'ayant point eu d'exécution ; il ſe
remaria la même année ou du moins
la ſuivante à une jeune Milanoiſe,
belle & richement dotée, nommée
Urſina Hoſnaga. Cette femme mou-

F. PHILEL- rut vers le mois d'Août ou de Sep-
PHE. tembre 1447. après avoir eu trois
filles, qu'elle laissa vivantes, & un
fils qu'elle vit mourir à l'âge de neuf
mois, & que *Philelphe* avoit nommé *Olympus Flavius*.

Philelphe devenu libre une seconde fois, se remaria pour la troisiéme.
Cette nouvelle femme s'appelloit
Laura, & lui donna plusieurs enfans, dont l'histoire ne nous apprend aucune particularité.

En publiant les vies de *Plutarque*
en 1471. on y inséra la Traduction
de *Philelphe* des vies de *Lycurgue*,
de *Numa Pompilius*, de *Galba &*
d'Othon, & on lui avoit attribué
celles de *Thesée* & de *Romulus*. On
a une Lettre de lui du 20. Octobre de la même année 1471. où il
désavoue ces dernieres, dont il dit
que *Lapus* de Florence, qui avoit
été son Ecolier est Auteur, de même que de quelques autres, dont
on faisoit honneur dans cette même
édition à *Antoine* de *Todi* aussi son
Ecolier, mais fort inférieur à *Lapus*
pour l'esprit & pour la Science. Il
ajoute que l'Editeur s'est encore

trompé, en donnant à *Jacques An-* F. PHILEL-
gelus les vies d'*Alexandre* & de *Cé-* PHE.
ſar & celle de *Ciceron* à *Leonard*
Aretin.

Le Pere N I C E R O N, *ne nous*
a point laiſſé le Catalogue des Ou-
vrages de Philelphe.

JACQUES LATOMUS.

JACQUES LATOMUS, naquit J. LATO-
à *Cambron*, bourg du Hainaut. MUS.
Il fit une partie de ſes études à
Louvain, & il y étoit Précepteur de
Robert & de *Charles de Croy*, lorſqu'il y reçut le bonnet de Docteur
en Théologie le 29 Novembre 1510.
aux dépens de ſes éleves, qui firent
tous les frais de ſa promotion.

Il enſeigna depuis la Théologie
dans cette Ville, & combattit avec
beaucoup de force les héréſies qui
s'éleverent de ſon temps.

Il fut auſſi Chanoine de *S. Pierre*
de *Louvain*, & conſerva apparemment ce Bénéfice juſqu'à la fin de ſa
vie.

Il mourut le 29. Mai 1544. dans
Cc iij

J. LATO-un âge affez peu avancé, & fut en-
MUS. terré dans l'Eglife de *S. Pierre* avec
cette Epitaphe.

> *Venerabilis vir D. & M. Jacobus*
> *Latomus, hujus Ecclefiæ S. Petri Ca-*
> *nonicus, & S. Theologiæ Profeffor*
> *Clariffimus, qui hærefes contra Ca-*
> *tholicam fidem fuo tempore graffantes*
> *doctrinâ & libris editis profligavit :*
> *vir fane multa eruditionis, pietatis &*
> *modeftia hic fepultus eft.*

> *Obiit anno Domini 1544. Maii*
> 29.

C'étoit un des plus habiles Docteurs qu'il y eut de fon temps dans
la Faculté de *Louvain.* Il avoit beaucoup de bon fens & de lecture : il
écrivoit facilement en Latin, mais
fans beaucoup de politeffe. Au refte
il étoit fort prévenu en faveur de la
Scholaftique, & méprifoit les langues Gréque & Hébraïque, qu'il
ignoroit, comme il paroît par l'Ouvrage qu'il a fait fur ce fujet. Les Bi-
bliothécaires des Pays-Bas, qui lui
ont attribué une grande connoiffance de ces langues, lui ont donné en
cela des louanges qu'il ne méritoit
pas.

Catalogue de ſes Ouvrages.   J. LATO-

Jacobi Latomi Opera , præcipue MUS. *adverſus horum temporum hæreſes conſcripta. Lovanii* 1550. in fol. Ce Recueil , où ſes Ouvrages ſe trouvent raſſemblés , a été donné par les ſoins de *Jacques Latomus* , ſon neveu. Voici la liſte des piéces qu'on y trouve.

1. *Articulorum doctrinæ Lutheri per Theologos Levanienſes damnatorum Ratio. Antuerpiæ* 1521. in-4°. Luther ayant fait une réponſe à cet Ouvrage , *Latomus* y oppoſa la replique ſuivante.

2. *Reſponſio ad libellum à Luthero emiſſum pro iiſdem Articulis.*

3. *De Primatu Pontificis adverſus Martinum Lutherum. Antuerpiæ* 1526. in-8°.

4. *De Variis Quæſtionum generibus , quibus certat Eccleſia intus & foris. Antuerpiæ* 1525. in-8°. *Latomus* attaque ici ceux qui vouloient ſe tenir neutres entre les Catholiques & les Hérétiques ; il ſemble en vouloir à *Eraſme.*

5. *De Eccleſia , & humanæ legis obligatione. Venetiis* 1525. in-8°.

J. LATO-
MUS.

6. *De Confessione secreta. Antuer-*
piæ 1525. in-8°. It. Basileæ 1525. in-
8°. L'Ouvrage de *Latomus* est accompagné dans cette seconde édition d'une Réponse d'*Oecolampade*,
qui est intitulée : *Joannis Oecolam-*
padii Elleboron pro Jacobo Latomo.

7. *Ad Helleborum Joannis Oeco-*
lampadii Responsio.

8. *Libellus de fide & operibus, &*
de votis atque institutis Monasticis.
Antuerpiæ 1530. in-8°.

9. *De trium linguarum & studii*
Theologici ratione Dialogi duo. An-
tuerpiæ 1519. in-4°. Gesner n'avoit
point lû cet Ouvrage, lorsqu'il s'est
avisé de dire dans sa Bibliothéque,
que le premier Dialogue tend à faire voir que la connoissance des langues est nécessaire à un Théologien;
puisque *Latomus* y soutient précisément le contraire, & qu'il s'y pro-
pose de refuter *Erasme*, qui avoit
trop relevé à son gré l'étude des
langues. Celui-ci lui répondit, &
Latomus lui opposa une courte A-
pologie.

10. *Apologia pro Dialogis.*
Adversus librum Erasmi de Pur-

eienda Eccleſiæ Concordia. Cet Ouvrage eſt imparfait.

12. *Confutationum adverſus Guill.*
Tindalum libri tres.

13. *De Matrimonio.*

14. *De quibuſdam Articulis in Ec-*
cleſia Controverſis.

15. *Diſputatio Quodlibetica, tri-*
bus Quæſtionibus abſoluta. Ce ſont-là
tous les Ouvrages contenus dans le
Recueil ; il faut y joindre les deux
Lettres ſuivantes, qui ne s'y trouvent point.

16. *Jacobi Latomi duæ Epiſtolæ ;*
una in libellum de Eccleſia, Philip-
po Melanchthoni inſcriptum ; altera
contra Orationem factioſorum in Comi-
tiis Ratiſbonenſibus habitam. Antuer-
piæ 1544. *in-*8°. pp. 61. non chif-
frées.

Il ne faut pas confondre cet Auteur avec *Jacques Latomus* ſon neveu, natif de *Cambron,* & Chanoine de *Louvain,* comme lui, qui
mourut fort âgé en 1696. & fut
enterré auprès de lui. Il étoit Poëte
Latin, & l'on a de ſa façon.

Pſalmi Davidis, Threni Jeremiæ
ac Cantica verſibus reddita, cum ſil-

312 *Mém. pour servir à l'Hist.*
vula diversorum Carminum. Antuer-
piæ 1571. *&* 1587. *in-8°.*

V. *Francii Sweertii Athenæ Bel-*
gicæ. Valerii Andreæ Bibliotheca Bel-
gica.

SIXTE BETULEIUS.

SIXTE BETULEIUS, s'appel-
loit en Allemand *Birk*, nom
qui signifie en cette langue la même chose que *Betuleius* en Latin,
c'est-à-dire du Bouleau.

Il naquit à *Augsbourg* le 21. Fevrier 1500. d'*Huldric Birk*, Tisse-
rand de cette Ville, & d'*Anne Bren-
ner.* Je suis ici le calcul de son Epitaphe ; car *Jean Nisæus* le fait naître
le 24. Fevrier 1501. Mais il est sûr qu'il
s'est trompé du moins par rapport
l'année, puisqu'il marque plus bas
qu'en 1530. il étoit âgé de 30. ans.

A l'âge de huit ans, on l'envoya
commencer ses études sous *Conrad
Eppius*, qui fût depuis Médecin à
Campen Ses heureuses dispositions
pour les Sciences, lui acquirent
l'affection de ce Maître, qui prit
un

un soin particulier de l'instruire, & il fit sous lui de grands progrès. **J. BETU-LEIUS.** Mais malheureusement on le lui enleva au bout de deux ans, il fut remplacé par des Maîtres ignorans & rustiques, qui n'ayant pas la méthode d'enseigner dégoûterent bientôt le jeune *Betuleius*. Une surdité, qui lui survint alors, acheva de lui faire perdre le goût de l'étude, & ses parens l'en retirerent pour l'occuper à leur métier.

Il fut deux années auprès d'eux, & ne songeoit plus du tout aux Lettres. Mais sa surdité s'étant dissipée tout d'un coup au bout de ce temps, sa mere qui avoit toujours souhaité qu'il fut Moine ou Prêtre, reprit ses premieres idées, & voulut qu'il étudiât de nouveau.

On le mit pour cela dans un Monastere, mais comme il n'y faisoit rien, on l'en tira pour l'envoyer à l'Ecole de *sainte Marie*, où faute de bons Maîtres, il n'avança pas autant qu'il auroit pû le faire.

Ses parens n'étant pas en état de le pousser bien avant dans ses études, il se mit pour pouvoir les continuer, au service d'un Chanoine d'*Ausbourg*, qui le prit en affection, & l'envoya au bout de quelque temps à *Erford*, où il pouvoit trouver de plus grands secours pour s'avancer dans les lettres ; mais il lui fit auparavant recevoir les Ordres Sacrés, pour l'attacher davantage à la Religion Catholique, qui commençoit à être attaquée par les erreurs de *Luther*.

Betuleius s'étant rendu à *Erford*, y prit des leçons d'*Euricius Cordus*, de *Necenus* d'*Eobanus*, & de *Juste Jonas*, & auroit beaucoup profité de leurs instructions, sans une maladie qui lui survint, & si la peste n'eut obligé au bout d'un an & démi les Maîtres & les Ecoliers de se retirer ailleurs.

Betuleius se rendit à *Tubinge* pour être plus proche de son pere, qui étoit devenu paralitique, & il demeura un an dans cette ville. Son but avoit été jusques-là de se procurer quelque bénéfice ; mais les erreurs du Luthéranisme, auxquelles il se laissa entraîner alors, lui firent

perdre cette penſée, & il ne ſongea
plus qu'à s'avancer dans ſes études.
Il prit le degré de Maître - ès - Arts,
à *Tubinge* en 1523. dans le deſſein
de travailler à parvenir à celui de
Docteur; mais la mort de ſon pere
arrivée le 22. Juin de la même année dérangea ſes projets, & l'obligea de quitter *Tubinge*, pour ſe
rendre à *Augſbourg.*

Un Patricien & Chanoine de cette derniere ville, nomme *Huldrich
Langmantel*, avoit quelque temps
auparavant fait une fondation pour
l'entretien de quatre jeunes gens aux
études pendant cinq années, dont
deux devoient être employées à la
Philoſophie & les trois autres à la
Théologie. *Betuleius* eut l'avantage
d'être mis au nombre de ceux qui
devoient jouir de ce bienfait. Avec
ce ſecours, il alla à *Baſle*, où il demeura douze ans, qu'il employa à
l'étude. Il s'y appliqua à la langue
Grécque ſous *Henri Glareanus*, à
l'Hebraïque ſous *Conrad Pellican*,
aux Mathématiques ſous *Wiſſen-
burgius*, aux Belles-Lettres ſous *Si-
chard*, à la Théologie ſous *Oecolam-*

J. BETU-
LEIUS,

pade & au Droit Civil fous Amer-
barch.

Malgré la penfion qu'il avoit, il vivoit affez miferablement ; car outre
qu'elle étoit modique , il en donnoit une partie à fa mere pour la faire fubfifter. Mais il fe trouva encore
dans un plus trifte état , lorfque le
temps fixé pour la recevoir fut fini.
Il fe mit alors au fervice de l'Académie , en qualité de Meffager ;
ce qui ne l'empêcha pas de continuer
fes études avec ardeur.

Quelque temps après il alla faire un tour dans fa patrie , pour y
chercher de l'emploi ; mais il n'y
en trouva point , & on le renvoya
à *Bâfle*. De retour en cette ville ,
il époufa une veuve nommée *Gla-*
fer , chez laquelle il étoit en penfion avec quelques jeunes gens
de famille. Il crut qu'il pourroit
gagner quelque chofe , en les inf-
truifant en particulier. Mais la pefte
& d'autres accidens les éloignerent
bien-tôt , & lui ôterent cette réf-
fource.

Il eut alors recours aux Impri-
meurs, & fut Correcteur d'Imprime-

rie ſucceſſivement chez *Cratander* , J.BETU= *Froben* , & *Bebelius.* Cela lui ſervit LEIOS, à ſubſiſter pendant deux années , au bout deſquelles il fut obligé de quitter cet emploi , à cauſe de la foibleſſe de ſa vûe qu'il craignoit de perdre entierement.

Il étoit embarraſſé de ce qu'il deviendroit , lorſqu'on lui confia en 1530 la conduite de l'Ecole de *S. Theodore* dans la partie de *Baſle* , qu'on appelle la petite ville , & il la gouverna pendant quatre ans. Les Tragédies ſaintes , qu'il fit alors repréſenter , lui acquirent beaucoup de réputation.

Les Magiſtrats ayant établi dans le Monaſtere qu'habitoient autrefois les Jacobins , un Collège pour l'inſtruction des jeunes gens , qui étoient deſtinés au Miniſtére , *Betuleius* fut chargé de ſa direction. Mais il ne garda ce nouvel emploi qu'un an & demi ; car on le rappella alors dans ſa patrie , pour y être Recteur d'une Ecole de cette ville. Avant que de s'y rendre, il prit de nouveau le degré de Maître-ès-Arts à *Baſle* l'an 1536. ayant négligé juſ-

D d iij

ques-là de faire usage de celui qu'il
avoit reçu treize ans auparavant à
Tubinge.

Arrivé à *Augsbourg*, on le fit Recteur de l'Ecole de *sainte Anne*, &
on le chargea de professer la premiere des trois Classes dont elle é-
toit composée, avec inspection sur
les deux autres. Il eut dans les commencemens pour Collegue *Estienne
Vigilius*, & *Jean Buschius*, ensuite *Roset* & *Lorichius*, enfin *Ziegler*,
& *Diether*. On lui donna de bons
appointemens, qui furent augmen-
tés deux fois depuis.

Il remplit ce poste pendant seize
ans, au bout desquels ses infirmités
obligerent le Sénat de le décharger
de ses fonctions, en lui conservant
une pension.

Il fut aussi pendant quelques années chargé du soin de la Bibliothéque de son Ecole.

Sa premiere femme étant morte
à *Augsbourg* en 1538. il en prit une
seconde nommée *Barbe Sching*, dont
il eut onze enfans, entre autres
Emmanuel Betuleius, qui étoit Ministre à *Sultzberg* dans le Brisgaw,
lorsqu'il publia en 1563. les Com-

mentaires de fon pere fur Lactance.

Il mourut à *Augfbourg* le 19.
Juin 1554. âgé de 54. ans , & fut
enterré honorablement par les foins
de deux freres , fes difciples , *Jean-
Baptifte* & *Paul Hainzel* , qui voulurent lui témoigner par-là leur reconnoiffance , comme il paroît par
cette Epitaphe qu'ils lui firent graver.

Chrifto Sacrum.

*Qui locus infigni vidit cum laude
docentem.*

*Xyftum Betuleium , nunc tegit offa
viri.*

*Ingenium, mores , doctrinam , fcrip-
ta per orbem*

Cognita teftantur: fpiritus aftra tenet.

*Ille quidem luctum patriæ , doctif-
que , bonifque*

*Liquit: at haud fimilem liquit in orbe
orbe fui.*

*Vixit annos 54. menfes 3. dies 26.
Gymnafio Auguftano præfuit annos 16.
Obiit autem 13. Cal. Julii anno 1554.
Joannes Baptifta & Paulus Heinfzelii,
fratres germani, Præceptori bene merito
Pofuere.*

Il avoit formé plufieurs difciples
habiles , entr'autres *Wolfgang* .

J. Betu-
leius.

Musculus, & *Guillaume Xylander.*

C'étoit un homme doux, tranquille, modeste, sans ambition, de bonnes mœurs, & qui ne cherchoit qu'à faire plaisir aux autres

Catalogue de ses Ouvrages.

1. *Nobilitas vera Aug. Vindel* 1538. *in-8°.* C'est une piece Dramatique, imitée de l'Ouvrage de *Bonagarso* de *Pistrie* où il introduit deux personnes disputant sur ce qui constitue la véritable noblesse.

2. *Eva, Mythologia Philippi Melanchtonis redacta in Actionem Ludicram per Xistum Betuleium.* A la p. 67. du premier Tome d'un Recueil intitulé : *Dramata sacra. Comœdiæ atque Tragœdiæ aliquot è Veteri Testamento desumptæ, magna ex parte nunc primum in lucem editæ. Basileæ. Joan. Oporinus* 1547. *in-8°.* *Betuleius* a dédié cette piece à *Barbe Sehing*, sa femme.

3. *Joseph, Comœdia, Andrea Dietheros Augustano Auctore.* A la p. 202. du même volume. Quoique cette piece porte le nom de *Diether*, elle est originairement de *Betuleius*, qui l'avoit d'abord composée en

Allemand, comme toutes ſes au- J. BETU⸗
tres pieces, qui ont été traduites LEIUS,
de cette langue en Latin, ou par
lui-même, ou par ſes diſciples.

4. *Sapientia Salomonis ; Drama Comico - Tragicum. Xyſto Betuleio Auctore.* A la p. 3. du II. Tome du même Recueil.

5. *Judith ; Drama Comico - Tragicum. Exemplum Reipublicæ bene
inſtitutæ.* A la p. 207. du même Tome. Cette piéce avoit été imprimée
auparavant à *Augſbourg*, in-8°.

6. *Suſanna ; Comædia Tragica.* Tiguri 1538. *in-8°*. Il y a à la fin *de
conſtituenda vita Dialogus.* It. *Ab
eodem Auctore recognita & aucta.* A
la p. 332. du II. Tome des *Dramata Sacra.*

7. *Beel ; Tragædia ex Germanico
Xyſti Betuleii latine reddita per Martinum Oſtermincherum, & Vindeli-
cium.* A la pag. 413. du même Tome.

8. *Zorobabel ; Drama Sacrum
Comicum ex Eſdræ libro, in quo ty-
pus eſt regni feliciter inſtituti. Primum
vernaculo Rhytmo olim Baſileæ à Xyſto Betuleio ſcriptum, nunc per Joan-*

J. BETU-
LEIUS

nem Entomium, *Augustanum*, *Latinis numeris redditum* A la p. 497. même tome. L'Original Allemand avoit été imprimé à *Augsbourg* en 1539. *in-8°*.

9. *Herodes ; sive Innocentes. Drama Tragicum.* Je ne sçai quand cette piece a été imprimée.

10. *Sibyllinorum Oraculorum libri octo , Græce primum edidi , cum annotationibus Xysti Betulei. Basilea* 1545. *in-8°*. Les remarques de *Betuleius* ont été réimprimées dans une édition Grécque & Latine , faite aussi à *Basle* en 1555. *in-8°*. Jean *Opsopæus* les a inserées depuis dans les éditions qu'il a données à *Paris* en 1589. 1607. *in-8°*. On les trouve encore dans celle que *Servat Gallé* , Ministre d'*Harlem* , a publiée à *Amsterdam* en 1688. *in-8°*.

11. *Symphonia , sive Novi Testamenti Concordantiæ Gracæ ; auctore Xysto Betuleio. Basilea* 1546. *in-fol.*

12. *In Ciceronis libros tres de Natura Deorum & Paradoxa Commentarius. Basilea* 1550. *in-8°*.

13. *Commentarii in Ciceronis li-*

bros de Officiis, Amicitia & senectute. J. Betu-
Basileæ 1544. *in-*4°. It. Avec les leius.
précedens. *Lugduni* 1556. *in-fol.*

14. *Commentarius in Ciceronis O-
rationem pro Q. Ligario.* Dans un
Recueil de Commentaires sur toutes les Oraisons de *Ciceron*, imprimé à *Lyon* 1554. *in-fol.*

15. *L. Cælii Lactantii Firmiani
Opera, quæ quidem extant Omnia.
Accesserunt Xysti Betulei pia ac erudita Commentaria nunc primum in
lucem edita. Basileæ, Henricus Petri*
1563. *in-fol.* La Préface de *Sixte Betuleius* est datée du mois d'Août
1545. l'Epître Dédicatoire d'*Emmanuel*, son fils aîné, qui a publié
ses Commentaires, est de l'année
1563. en laquelle ils ont paru : l'u-
ne & l'autre piece est suivie de la
vie de l'Auteur, dressée par *Jean
Nisæus.* Elle est fort étendue, &
c'est ce que nous avons de meilleur
& de plus exact sur lui.

V. *sa vie par Jean Nisæus. Mel-
chioris Adami vitæ Philosophorum
Germanorum. Pantaleon de viris il-
lustribus Germaniæ*, pars 3ª. p. 254.
Les Eloges de *M. de Thou* & les ad-

ditions de Teiffier. Ces derniers Auteurs omettent la plupart des circonftances de fa vie.

CONRAD BRUNUS.

CONRAD BRUNUS, naquit
vers l'an 1491. à *Kirchen*,
ville du Duché de *Wirtemberg* fur
le Necre.

Il fit fes études à *Tubinge*, où
après s'être suffisamment inftruit
dans les Humanités & la Philofo-
phie, il fe donna à la Théologie,
& au Droit tant Civil que
Canonique. Cette dernière fcience
faifoit le principal objet de fes études, & il s'y fit recevoir Docteur.

Sa capacité en ce genre le fit rechercher par plufieurs Princes d'Allemagne, qui voulurent l'avoir à
leur fervice. Il demeura fept ans à
la Cour de l'Evêque de *Wirtzbourg*,
en paffa neuf autres auprès de trois
Princes de Baviere, tant à *Straubing*,
qu'à *Landshut.* Il fut outre cela Af-
feffeur de la Chambre Impériale de
Spire.

L'Evêque d'*Augsbourg*, le fit de- puis venir à *Dillingen*, où il fait sa réfidence ordinaire, pour être son Confeiller & fon Chancelier ; & il demeura pendant plufieurs années auprès de lui en ces qualités.

L'Empereur *Charles V.* étant en 1548. à la Diete d'*Augsbourg*, & ayant réfolu de donner des Reglé-mens à la Chambre Impériale, *Bru-nus* fut choifi pour les dreffer avec *Conrad Vifch* ; & il s'en aquitta d'une maniere qui plut à l'Empereur & aux Etats de l'Empire, dont il reçut de grands préfens.

Il ne s'eft gueres fait de fon temps de Dietes à *Augsbourg*, à *Spire*, à *Wormes*, & à *Ratisbonne*, qu'il n'y ait parû avec éclat.

Il fut Chanoine d'*Augsbourg* & de *Ratisbonne*, & paffa les dernieres années de fa vie à *Augsbourg*.

Un an ou deux avant que de mourir, il devint aveugle ; mais on lui ôta heureufement les tayes qui lui offufquoient la vûe, & il fut depuis en état de lire aifément juf-qu'à la fin de fa vie.

L'Empereur *Ferdinand I.* l'ayant

C. BRU-
NUS.

fait venir à *Insbruck*, pour conferer avec lui sur des choses d'importance, *Brunus* s'y donna bien des mouvemens qui l'incommoderent. Il en partit en assez mauvais état, pour retourner à *Augsbourg.* Mais en passant à *Munich*, son mal augmenta, & il fut obligé de s'y arrêter.

Il y mourut après quelques jours de maladie au mois de Juin 1563. ayant passé sa 72. année. Son corps fut transporté à *Augsbourg*, & enterré avec pompe.

Il laissa par son testament une somme d'argent pour entretenir à perpétuité à *Fribourg* trois Ecoliers dans les trois Facultés de Théologie , de Droit , & de Médecine.

Catalogue de ses Ouvrages.

1. *Breve D. Conradi Bruni Jureconsulti introductorium de Hæreticis, è sex libris ejus excerptum, tribus capitulis comprehensum. Apud S. Victorem Moguntiæ. Franc. Belem* 1548. *in-8°. Jean Cochlée*, qui a publié cet Extrait, a mis à la tête une Epître Dédicatoire datée d'*Eystet* le 14. Janvier 1548.

2. *De Cæremoniis Capitula tria D. C.* BRU-
Conr. Bruni, è tribus ejus libris I. NUS.
*III. & VI. excerpta. De Cæremoniis
in genere Cap.* 1. *De rebus sacris
non profanandis. Cap.* 2. *De sublatis
Veteris Testamenti Cæremoniis. Cap.*
3. *Apud S. Victorem Moguntiæ.* Franc.
Behem 1548. *in-*8°. Jean Cochlée a
encore publié cet Extrait, & a mis
à la tête une Epître datée d'*Eystet* le
18. Janvier 1548.

3. *De legationibus capitula tria D.
Conradi Bruni, excerpta è libro ejus
secundo. Cap.* 9. 10. *& 11. De justi-
tia Legatorum. De fortitudine & Con-
stantia Legatorum. De continentia Legatorum. Ibid.* 1548. *in-*8°. Avec une
Epître de l'Imprimeur, *François
Brehem.* Les Ouvrages, d'où tout
cela étoit tiré, suivirent de près les
Extraits.

4. *De legationibus libri V. De Cæremoniis libri VI. De Imaginibus liber unus. Moguntiæ* 1548. *in-fol.*

5. *D. Conradi Bruni libri sex de
Hareticis in genere. D. Optati Afri,
Episcopi quondam Milevitani libri sex
de Donatistis in specie, nominatim in
Parmenianum. Ex Bibliotheca Cusana,*

C. BRU-
NUS.

Apud S. Victorem prope Moguntiam 1549. *in-fol.* Jean *Cochlée* a publié encore ce volume, & a mis des Epîtres Dédicatoires à la tête de chacun des deux Ouvrages qui le composent. Celui de *Brunus* a été inseré dans la deuxiéme partie du onziéme Tome des *Tractatus Juris. Venetiis* 1584. *in-fol.* p. 271.

6. *De Seditionibus libri VI. cum Joannis Cochlæi de seditiosis Appendice triplici. Apud S. Victorem prope Moguntiam.* 1550. *in-fol.* It. dans la premiere partie du onziéme Tome des *Tractatus Juris* de la même édition p. 98.

7. *De Calumniis libri tres. De Universali Concilio libri novem. Ibid.* 1550. *in-fol.*

8. *Annotata de Personis Judicii Cameræ Imperialis, à primo illius exordio usque ad annum Domini* 1556. *Ingolstadii* 1557. *in-fol.* Placcius, qui dans son Ouvrage *de Anonymis* attribue ce Livre à *Wiguleus Hundt,* n'avoit pas lu la vie de *Conrad Brunus,* où l'on marque positivement qu'il en est l'Auteur.

9. *Essai d'un Traité de l'autorité &*
de

la puissance de l'Eglise Catholique (en **C. Bru-** *Allemand*) *Dillingen*} 1559. *in-fol.* **nus.**
Ce n'est qu'une partie d'un Ouvrage sur la Police Ecclesiastique qu'il avoit commencé, mais qu'il n'a pû achever.

10. *Adversus novam Historiam Ecclesiasticam, quam Matthias Illyricus & ejus Collegæ Magdeburgici per Centurias nuper ediderunt, ne quisquam illis malæ fidei historicis novis fidat, Admonitio Catholica. Auctore Conrado Brunus, celeberrimo jurisperito & Canonico Augustano, de cujus vita & scriptis libris initio adjiciuntur. Dilingæ* 1565. *in-8°.* On ne voit point ici le nom de celui qui a donné cette édition, & de l'Auteur de la longue Préface, qui est à la tête.

V. sa vie dans cette Préface. Elle est fort étendue, & c'est de là que j'ai tiré tout ce j'ai rapporté de lui.

JEAN MARTIN.

JEAN MARTIN étoit Pari-
sien. Il fut d'abord Secretaire de
Maximilien Sforce, qui ayant été
obligé de ceder au Roi *François I.*
le Duché de *Milan*, s'étoit retiré
en France. Ce Prince étant mort en
1530. il entra depuis en la même
qualité au service du Cardinal de
Lenoncourt, auprès duquel il demeura jusqu'à la fin de sa vie.

Il mourut vers l'an 1553. du
moins il n'étoit plus en vie, lorsque
Denis Sauvage fit cette année l'Epître
Dédicatoire de sa traduction de l'Architecture de *Leon Baptiste Albert.*

Catalogue de ses Ouvrages.

1. *Dialogue très-élegant intitulé le*
Peregrin, traitant de l'honnête & pu-
dicq amour, concilié par pure & sin-
cere vertu, traduit du vulgaire Ita-
lien en langue Françoise par Maître
François Dassy, Controleur des Bris
de la Maryne en Bretagne, & Se-
cretaire du Roi de Navarre. Revû au
long & corrigé outre la premiere im-

preſſion avec les annotationss & cottes J. MAR-
ſur chacun Chapitre par *Jean Martin*, TIN.
très-humble Secretaire de haut & Puiſ-
ſant Prince le Seigneur *Maximilien
Sforce Viſconte*, & nouvellement imprimé. *Paris*, Jean Saint Denys, in-
4°. On lit à la fin, achevé le 14.
Avril 1529. It. *Paris*, Denys Janot
1535. *in-4°*. feuille 224. It. *Paris*,
Jean-André 1535. *in-8°*. feuille 326.
It. Paris, *Alain Lotriam* 1540. *in-8°*.
feuil. 327. Ces quatre éditions, que
j'ai vûës, ſont Gothiques, & ont
préciſément le même titre. On en
trouve d'autres de la correction de
Jean Martin, comme celle de *Paris*,
Galiot du Pré 1528. *in-8°*. qui eſt
apparemment la premiere ; celle de
Lyon 1528. *in-4°*. celle de la même
ville, *Claude Nourry* 1533. *in-4°*.
  2. *Orus Apollo de Ægypte de la
ſignification des notes Hieroglyphiques
des Ægyptiens*, c'eſt-à-dire des figures
par leſquelles ils écrivoient leurs *Myſ-
teres ſecrets*, & les choſes ſaintes &
divines. Nouvellement traduit de
Grec en François, & imprimé avec
les figures à chaque Chapitre. *Paris*,
Jacques Kerver 1543. *in-8°*. On voit

à la fin de l'Ouvrage dix Hierogly-
phes ajoutez à ceux d'*Orus Apollo*
par le traducteur, qui n'eſt pas nommé, mais qui doit être certainement *Martin*, puiſqu'il n'y a point
d'autre traduction Françoiſe de cet
Auteur faite de ce temps là, &
qu'il eſt certain qu'il en a publié
une. Les figures en bois qu'on voit
ici, ſont aſſez bien faites. Il a paru
dix ans après une traduction du même Ouvrage, nouvelle en apparence, mais qui me paroît n'être autre
que celle de *Martin*, dont *Jacques
Kerver* qui l'a donnée comme la précedente, a fait changer le langage,
pour faire ſervir de nouveau les
planches, qu'il avoit employées d'a-
bord, & pour en avoir un nouveau
débit; ayant dans le même deſſein
changé la forme du volume & le titre du livre, qui eſt tel : *Les Sculp-
tures ou Gravures Sacrées d'Orus A-
pollon, Niliaque, c'eſt-à-dire voiſin
du Nil, leſquelles il compoſa lui-même en ſon langage Egyptien, & Philippe les mit en Grec. Nouvellement
traduites de Latin en François, &
imprimées avec les figures à chacun*

Chapitre. *Paris , Jacques Kerver in-* J.MAR-
16. On trouve ici les dix Hiero- TIN.
glyphes du premier Traducteur ,
auxquels on n'a rien changé.

3. *Roland furieux , compofé pre-*
mierement en Ryme Thufcane par
M. Loys Ariofte , noble Ferraroys ,
& maintenant traduit en Profe Fran-
çoife,partie fuivant la phrafe de l'Au-
teur , partie auffi le ftyle de cette notre
langue. Lyon , Sulpice Sabon , pour
Jean Thelluffon 1544. *in-fol.* feuille
244. It. *Paris , Gautier in-*8°. It.
Lyon Barthelemy Honorat 1582. *in-*
8°. *Du Verdier, & la Croix du Mai-*
ne donnent cette traduction à *Jean*
des Goutes apparemment parce qu'il
y a à la tête une Epître Dédicatoire
de fa façon à *Hippolyte d'Efte ,* Cardinal de *Ferrare ,* Archevêque de
Milan & de *Lyon,* mais s'ils l'avoient
lûe, ils y auroient appris que c'é-
toit feulement à fa follicitation &
à fes prieres qu'elle avoit été faite ,
& qu'il n'en étoit que l'Editeur. Si
l'on s'arrête au témoignage de *la*
Croix du Maine , qui affure que
Martin a traduit d'Italien en François le *Roland furieux* , & que cette

J. MAR-
TIN.

traduction a été imprimée, il faudra dire que celle-ci est de sa façon, puisqu'il n'en a point paru d'autre de son temps. Il est vrai que *Denys Sauvage* n'en fait point mention dans l'Epître Dédicatoire du dernier Ouvrage de *Martin*, où il fait l'énumeration de ce qu'il a donné au public; mais son silence ne prouve rien, puisqu'il a aussi omis la traduction de l'Architecture de *Serlio*, qui est incontestablement de lui.

4. *L'Arcadie de Messire Jacques Sannasar, Gentilhomme Napolitain, mise d'Italien en François par Jean Martin, Secretaire de M. le Cardinal de Lenoncourt. Paris, Michel Vascosan* 1544. *in-8°.* feuil. 135. It. *Lyon, Sulpice Sabon in-16.*

5. *Les Azolains de Monseigneur Bembo, de la Nature d'Amour, traduits d'Italien en François. Paris, Michel Vascosan* 1545. *in-8°.* feuil. 155. Martin a fait cette traduction sur l'édition Italienne de 1540. qui est assez differente des autres. It. *Paris, l'Angelier* 1553. *in-16.* It. *Paris, Nicolas Chrétien* 1555. *in-16.*

feuil. 176. It. *Paris , Galiot du Pré* J. MAR-
1572. *in-*16. TIN.

6. *Le premier Livre d'Architec-*
ture de Sebaſtien Serlio , mis en lan-
gue Françoiſe, par Jean Martin. Pa-
ris 1545. *in-fol.* feuil. 22. Le titre
courant eſt *premier Livre de Géomé-*
trie. Le texte Italien accompagne ici
la traduction, auſſi-bien que dans
le Livre ſuivant.. *Le ſecond Livre de*
perſpective de Sebaſtien Serlio mis en
langue Françoiſe , par Jean Martin.
Ibid. 1545. *in-fol.* feuil. 74. *Martin*
nous apprend à la fin, que *Serlio* l'a-
voit engagé à traduire ces deux premiers Livres de ſon Architecture,
qui devoient être ſuivis par d'autres.
Je ne ſçai s'il a traduit les autres; je
trouve ſeulement dans la Bibliothéque de *Du Verdier. Le cinquiéme*
Livre de l'Architecture de Sebaſtien
Serlio , auquel eſt traité de diverſes
ſortes des ſaints Temples ,ſelon la for-
me des Chrétiens. Paris , Michel Vaſ-
coſan 1547. *in-fol.* En François & en
Italien.

7. *Hypnerotomachie , ou diſcours*
du ſonge de Poliphile ; déduiſant com-
me Amour le combat à l'occaſion de

J. Mar-
tin.

Polia. Soubz la fiction de quoi l'Auteur montrant que toutes choses terrestres ne font que vanité, traite de plufieurs matieres profitables, & dignes de mémoire. Nouvellement traduit de langage Italien. Paris, Jacques Kerver 1546. 1554. 1561. in-fol. Un Gentilhomme François, dont on ignore le nom, est l'Auteur de cette traduction. Son manuscrit, qu'il communiqua à *Jacques Gohory*, paffa depuis de fes mains en celles de *Jean Martin*, qui retoucha la traduction à la priere de *Kerver*, & la donna au public, avec deux Epîtres de fa façon à la tête, dont l'une est datée du 14. Août 1546. Les trois éditions de *Kerver* ont été fuivies d'une quatriéme, que *Bervalde de Verville* publia avec quelques legers changemens, fous le titre fuivant. *Le Tableau des riches inventions, reprefentées dans le fonge de Poliphile, & fubtilement expofées.* Paris, Matthieu Guillemot 1600. in-fol.

8. *Architecture, ou Art de bien bâtir de Marc Vitruve Pollion, Auteur Romain antique, mis de Latin en François par Jean Martin.* Paris, Jacques

Jacques Gazeau 1547. *in-fol.* It. *Pa-* J. MAR-
ris, *Jerôme de Marpef* & *Guillaume* TIN.
Cavellat 1572. *in-fol.* Le Traducteur nous apprend qu'il a été deux
ans à faire cette traduction, & que
les figures sont du dessein de *Jean
Gouion*, Architecte. *Blondel* en a jugé fort désavantageusement dans ses
notes sur l'Architecture de *Savot.*
» La traduction, dit-il, que *Jean*
» *Martin* a fait de *Vitruve* est moins
» intelligible que le texte de cet
» Auteur; & quoiqu'on soit obligé
» à cet Interprete de la peine qu'il
» s'est donnée dans ce travail, il
» est pourtant vrai, qu'il n'est pas
» de grande utilité, puisqu'il y a un
» million de passages de *Vitruve*,
» qu'il a mal entendus, & qu'il a
» même expliqué les plus faciles
» avec peu de succès.

9. *Oraison sur le trépas du Roi
François, faite par M. Galland, son
Lecteur en lettres Latines, & par lui
prononcée en l'Université le 7e. jour
de Mai 1547. traduite de Latin en
François par Jean Martin. Paris, Michel Vascosan, in-4°. feuil.* 33.

10. *La Circé de M. Giovan-Bap-
tista Gallo, Académic, Florentin,*

Tome XLII. F f

J. MAR-
TIN.

nouvellement mise en François par le
sieur du Parc, Champenois. Lyon,
Guillaume Rouillé 1550. in-8°. pp.
309. It. Rouen 1551. in-16. It. *nou-*
vellement revûe par son Traducteur.
Lyon, Guill. Rouillé 1569. in-16.
pp. 428. It. Paris, *Jean Ruelle*
1572. in-16. feuill. 142. *La Croix*
du Maine met une édition de *Paris,*
chez *Galiot du Pré* la même année
1572. Je donne cette traduction à
Martin sur l'autorité de cet Auteur,
qui dit que le sieur *du Parc* n'a fait
que la revoir. L'Epître, qui est à la
tête, ne contient rien qui puisse
nous donner quelque éclaircisse-
ment sur ce sujet.

11. *La Théologie naturelle de*
Dom Raymond Sebon, Docteur excel-
lent entre les modernes, mise de La-
tin en François, suivant le comman-
dement de Madame Leonore, Royne
douairiere de France. Paris, Vasco-
san 1551. in-4°. feuil. 140. *Martin*
dit dans son Epître au Cardinal de
Lenoncourt, datée du 20. Juillet
1550. que c'étoit la traduction d'un
petit sommaire Latin, extrait d'un
fort gros Livre, fait il y a plus de

trente ans par un Docteur Espagnol J. MAR-
nommé *Raymond Sebon*, qui étoit TIN.
alors Professeur en l'Université de
Toulouse. Elle est divisée en six Dia-
logues, & non point en sept, comme le dit *du Verdier*, & contient 86.
chapitres suivis. Le premier Dialogue traite de la Nature de l'homme,
le second des bienfaits de Dieu, le
troisiéme de l'amour divin, le quatriéme du culte de Dieu, le cinquiéme de la chûte de l'homme &
le sixiéme de sa réparation.

12. *L'Architecture & Art de bien
bâtir du Seigneur Leon Bapt. Albert,
Gentilhomme Florentin, divisée en dix
Livres ; traduite de Latin en François
par défunct Jean Martin, Parisien ;
n'aguieres Secretaire du Cardinal de
Lenoncourt. Paris, Jacques Kerver
1553. in-fol.* pp. 228. Denys Sauvage, ami de *Martin*, qui a fait l'Epître Dédicatoire au Roi *Henri II.*
lui dit que ce Traducteur étoit mort,
lorsque l'impression de ce Livre étoit
presque achevée. Il marque ensuite
les Livres qu'il avoit traduits, qui
sont l'*Arcadie de Sannasar*, les *Azolains de Bembo*, le *Polyphile*, *Vitru-*

J. MAR-
TIN.
ve, la Theologie Naturelle, & Orus
Apollo.

V. ses Ouvrages. Les Bibliothéques
Françoises de Du Verdier & de la
Croix du Maine.

POMPE'E SARNELLI.

P. SAR-
NELLI.
POMPE'E SARNELLI, naquit
le 16. Janvier 1649. à *Polignano*,
dans la Province de *Bari* au Royaume de *Naples.*

Destiné de bonne heure à l'Etat
Ecclésiastique, il reçut la Tonsure
à l'âge de sept ans ; lorsqu'il en eut
quatorze, on l'envoya à *Naples*
pour y achever ses études, qu'il a-
voit commencées dans sa patrie.

Lorsqu'il eut été ordonné Prêtre,
le Pape *Clement X.* le fit en 1675.
Protonotaire honoraire, & il ne cessa point depuis ce temps de donner
quelque Ouvrage au public.

Le Cardinal *Vincent Marie Orsini*,
qui étoit alors Evêque de *Manfredonia* le prit en 1679. auprès de lui
en qualité d'homme de lettres, &
ayant été transferé la même année à

l'Egliſe de *Ceſene* dans la Romagne, P. SAR-
il le choiſit pour ſon Grand-Vicai- NELLI.
re; emploi que *Sarnelli* remplit
pendant quelque temps, après avoir
reçu le bonnet de Docteur en Théologie dans le Collége de la Sapien-
ce à *Rome*, & celui de Docteur en
Droit dans l'Univerſité de *Ceſene*. Il
s'appliqua pendant tout ce temps-là
avec ſuccès à la prédication.

Le Cardinal *Orſini* ayant été nommé en 1686. à l'Archevêché de *Benevent*, *Sarnelli* en alla prendre poſſeſſion en ſon nom. Il continua à ê-
tre ſon Grand-Vicaire dans cette ville, & il entra avec lui dans les Con-
claves qui ſuivirent la mort d'*Innocent XI.* & d'*Alexandre VIII.*

Le premier de ces Pontifes lui
avoit donné le privilége d'uſer d'habits pontificaux dans l'Abbaye du
S. *Eſprit*, qu'il avoit à *Benevent*,
& le Cardinal, ſon protecteur, l'a-
voit béni Abbé en 1688.

Le Pape *Innocent XI.* le nomma
à l'Evêché de *Biſoglia* dans la terre
de *Bari* le 24. Mars 1692. & le
Cardinal *Orſini* le ſacra Evêque le
4. Mai ſuivant.

P. SAR-
NELLI.

Depuis ce temps-là, il ne s'occu
pa qu'à régler son Diocèse, profitant de ses momens de loisir, pour
les donner à l'étude.

Il mourut en 1724. âgé de 73.
ans.

Catalogue de ses Ouvrages.

1. *S. Anna Poëma. In Napoli*
1668. in-16.

2. *Il Filo d'Arianna. Commentarii*
interno ad un Epigramma in san De-
menico Maggiore di Napoli. In Na-
poli 1672. in 4°.

3. *Parafrasi Elegiaca de' sette Sal-*
mi Penitenziali. In Napoli 1672. in-
4°.

4. *Alfabeto Greco. In Roma 1655.*
in-4°.

5. *Donato distrutto rinovato. In Na-*
poli 1675. & 1690. in-12. Il avoit
fait une Grammaire divisée en neuf
livres, dont il n'a publié que le
premier, qui est l'Ouvrage dont il
s'agit ici.

6. *Diario Napoletano di Salomone*
Lipper. In-12. Sarnelli donna d'a-
bord cet Ouvrage, qui est une espece d'Almanach, sous le nom de
Salomon Lipper, mais il supprima

le nom les années fuivantes & n'y
mit plus de nom.

7. *Avvenimenti di Fortunato , e de'
fuoi figli. Iftoria Comica traduta ed
illuftrata da Mafilio Reppone da Gnanopoli , libri due. In Napoli* 1676.
in-12. It. *In Bologna* 1681. *in*-12.
Sarnelli s'eft caché dans cette traduction fous le nom de *Mafillo
Reppone ,* qui eft l'anagramme du
fien , comme *Gnanopoli* eft celle de
Polignano.

8. *Ordinario Grammaticale. In
Napoli* 1677. *in*-12.

9. *Della Chirofifonomia della Porta
libri due , tradotti da un manufcritto
Latino. In Napoli* 1677. *in*-4°. &
in-12. On ne peut pardonner à *Sarnelli* fon mauvais goût , qui lui a
fait entreprendre la traduction d'un
Ouvrage fi pueril.

10. *Vita di Giovanbatifta della Porta.* A la tête de la traduction précedente.

11. *Vita del Padre D. Giovan-
Nicolo Boldoni Barnabita.* A la tête
des Sermons de Carême de ce Pe-
re , publié fous ce titre : *Il Cielo in-
terra. In Napoli* 1677. *in*-4°.

F f iiij

12. *Specchio del Clero secolar
overo vite de' SS. Cherici secolari. In
Napoli* 1678. *in-*4°. trois Tomes.

13. *Bestiarum schola ad homines eru-
diendos ab ipsa rerum natura provide
instituta, & ab Æsopo Primnellio e
Mnianopoli decem & centum lectioni-
bus explicata. Cesena* 1680. *in-*12.
Sarnelli s'est ici caché sous le nom
de *Primnellius.*

14. *Cronologia de' Vescovi ed Ar-
civescovi sipontini, con le notizie sto-
riche della vecchia & nuova siponto.
In Manfredonia* 1680. *in-*4°.

15. *Scuola dell' Anima. In Cesena*
1682. *in-*12.

16. *Rittratto di S. Pompeo, Ves-
covo di Paria. In Cesena* 1682. *in-*12.

17. *La Statua di Ferro di S. Marti-
niano. In Cesena* 1683. *in-*8°.

18. *Posillicheata di Masillo Reppone.
In Napoli* 1684. *in-*12. Il n'a pas voulu mettre son nom à cet Ouvrage,
non plus qu'à quelques autres, parce qu'ils ne convenoient pas assez à
la gravité d'un Ecclesiastique.

19. *Commentarii intorno il Rito della santa Messa. In Venetia* 1684. *in-*
12.

20. *Guida de' Forastieri curiosi di vedere ed intendere le cose piu nota-* P. SAR-
bili della Regal Citta di Napoli. In NELLI.
Napoli 1685. *in-*12. It. Avec diverses augmentations. *Ib.* 1692. *in-*12.
It. *trad. en François. Naples* 1706.
*in-*12.

21. *Guida de' Forastieri curiosi di vedere e considerare le cose notabili di
Pozzuoli, Baïa, Miseno, Cuma, ed
altri Luoghi convicine. In Napoli*
1685. *in-*12. It. Avec des augmentations. *Ibid.* 1688. *in-*12.

22. *Antica Basilicografia. In Napoli* 1686. *in-*4°. L'Auteur a ramassé
dans cet Ouvrage tout ce qu'il a
trouvé dans ceux qui l'ont précédé,
sur la disposition des anciens Basili-
ques.

23. *Lettere Ecclesiastiche. in-*4°. 9.
volumes. Le premier a d'abord été
imprimé à *Naples* en 1686. Le second le fut en 1699. & les deux
suivans quelques années après. Ces
quatre ont été depuis réimprimés
avec les cinq derniers à *Venise* en
1716. L'Auteur a joint à ces Lettres,
où il traite differens points de la discipline de l'Eglise, un Discours historique & moral contre les Perru-

ques des Ecclefiaftiques , qui fe
trouve dans le 3e. Tome , une Relation de l'Ambaffade de *Luitprand*
Evêque de *Cremone* à *Conftantinople*,
qu'il a fait entrer dans le 7e. & dix
leçons fur le Prophéte *Jonas* , qui
font dans le 9e.

24. *Il Clero fecolare nel fuo fplendo-*
re , overo della vita commune Che-
ricare. In Roma 1688. in-4°. L'Auteur voudroit rétablir la vie commune des Clercs.

25. *Memorie dell' infigne Collegio*
di S. Spirito della Citta di Benevento.
In Napoli 1688. in-4°. Sarnelli étoit
Abbé de cette Maifon depuis le 11.
Avril de cette année.

26. *Memorie Cronologiche de' Vef-*
covi ed Arcivefcovi della fanta Chie-
fa di Benevento Colla Serie de' Duchi
è Principi Longobardi della Steffa Cit-
ta: è Colle Memorie della Provincia
Beneventana. In Benevento 1691. in
4°.

27. *Memorie de' Vefcovi di Bifeglia,è*
della Steffa Citta. In Napoli 1693. in-
4°.

28. *Diœcefana Conftitutiones Syno-*
dales S. Vigilienfis Ecclefia , Pompeie

Sarnellio Epiſcopo, editæ in Synodis P. SAR-
celebratis diebus 28. *&* 29. *Junii an-* NELLI.
nis 1692. 1693. 1694. *Beneventi*
1694. *in*-4°.

29. *Regola di S. Chiara, colle
Conſtitutioni. In Benevento* 1694. *in-*
4°.

30. *L'Arca del Teſtamento in Bi-
ſeglia. Iſtoria de' SS. Martiri Mauro
Veſcovo, Pantaleone, è Sergio. In
Venezia* 1694. *in*-8°.

31. *Il Fico Miſtico. Diſcorſo per la
traſlatione di S. Bartolomeo. In Bene-
vento* 1698. *in*-8°.

32. *Annotazioni ſopra il libro degli
Egregori del S. Propheta Henoch,
apocrifo per la troppa antichita. In
Venetia* 1710. *in*-12.

33. *Lavanda de' Piedi. In Venetia*
1711. *in*-12.

34. Il a fait réimprimer pluſieurs
Ouvrages, comme les Antiquités
de *Pouzzole* de *Ferrante Loffredo*;
l'Hiſtoire de *Naples* de *Summonte*,
&c.

*V. ſon Eloge par Hiacinthe Gimma
à la p.* 283. *du premier volume du
Recueil intitulé : Elogi Accademici
della Societa degli Spenſierati di Roſ-*

sano. In Napoli 1703. *in-*4°. *Sarnel-*
li étoit membre de cette Académie.
Ughelli, *Italia Sacra. Toppi*, *Biblio-*
theca Napoletana.

GASPAR ABEILLE.

GASPAR ABEILLE, naquit à
Riez en Provence vers l'an
1648. Il vint de bonne heure à *Paris*,
& fut introduit chez M. le Maréchal de *Luxembourg*, qui ayant goû-
té son esprit, l'attacha auprès de lui
en qualité de Secretaire, & le mit
dans une situation fort agréable.
Comme c'étoit un homme à bons
mots, & qui contoit plaisamment,
il amusoit fort M. *de Luxembourg*
dans ses momens de loisir. Tous les
Seigneurs, & les Officiers de l'Armée, qui alloient faire leur cour à
ce Maréchal étoient charmés de
trouver l'Abbé *Abeille*, qui avoit
toujours quelque chose d'agréable
& de divertissant à leur dire. Sa maniere de réciter étoit des plus particulieres & des plus comiques ; car
outre qu'il n'étoit pas beau, il se

démontoit tout le vifage, qu'il rem-
plilloit de rides, & gefticuloit d'une
façon très - vive & très - extraordinaire.

Il a été aufli attaché à M. le Duc
de *Vendome* , & M. le Prince de
Conti l'eftimoit beaucoup , & le
menoit fouvent avec lui à l'*Ifle A-
dam.*

Il avoit embraffé l'Etat Ecclefiaftique , & avoit même reçu l'ordre
de Prêtrife , & en cette qualité il
fut fait Prieur de Notre-Dame de la
Merci.

Il fut aufli Secretaire Général de
la Province de Normandie.

Son talent pour la Poëfie lui procura une place à l'Académie Françoife , où il fut reçu le 11. Août
1704. à la place de *Charles Boileau*
Abbé de *Beaulieu.*

Il mourut le 22. Mai 1718. âgé
d'environ 70. ans.

Catalogue de fes Ouvrages.

1. *Argelie , Reine de Theffalie ,
Tragédie. Paris* 1674. *in-*12. Une a-
vanture finguliere fit échouer cette
piece. Deux Princeffes ayant parù
d'abord fur le Théatre , la premiere

G.ABEIL-
LE.

ouvrit la Scéne par ce vers :

> *Vous souvient-il, ma sœur, du feu*
> *Roi notre pere ?* Malheureusement
l'autre Actrice fut quelque temps
sans répondre; sur quoi un plaisant
du Parterre prit brusquement la
parole & dit à haute voix ce vers de
la Comédie de *Jodelet Prince* :

> *Ma foi, s'il m'en souvient, il en*
> *m'en souvient gueres.*

Cela causa de si grandes risées
dans l'Assemblée, qu'il ne fut pas
possible aux Comédiens de continuer la piece, & qu'ils n'oserent pas
la jouer davantage.

2. *Coriolan, Tragédie, Paris*
1676. *in*-12. Cette piece fut repré-
sentée cette année. L'Abbé *Abeille*
a fait encore quelques autres pieces
de Théatre, qui n'ont point été imprimées; *Lincée*, Tragédie; *la Fille*
Valet, Comédie en trois Actes en
vers réprésentée au mois de Septembre 1712. *Silanus*, Tragédie; *la*
mort de Caton, Tragédie. On prétend qu'il est Auteur de quelques-
unes, qui ont paru sous le nom du
Comédien *la Thuillerie*.

3. *Crispin bel esprit. Comédie* en
un Acte en vers. *Paris* 1682. *in*-12.

ſous le nom *de la Thuillerie*, auſſi G. Abeil3 bien que les deux Tragédies ſui- le. vantes.

4. *Soliman*, *Tragedie. Paris* 1681. *in-*12.

Hercule, *Tragédie. Paris* 1682. *in-*12. Quelques-uns veulent, que ces deux Tragédies, qu'on croit communément être de l'Abbé *A-beille*, ſoient du P. *de la Rue*, Jeſuite.

6. *Diſcours à ſa Reception à l'Aca-démie Françoiſe* 1704. Dans les Re-cueils de cette Académie, auſſi-bien que les pieces ſuivantes.

7. *Epître en vers à M. de Sacy ſur l'Amitié*, dont cet Académicien avoit publié un Traité en 1704.

8. *Epître à M. le Prince de Conti ſur l'Eſpérance* 1707. en vers.

9. *La Conſtance ou fermeté de cou-rage*, *Ode à M. le Duc* 1708.

10. *Epître ſur le bonheur* 1713. en vers.

11. *Ode ſur la Valeur* 1714. Cette Ode, qu'il a fait pour M. *de Lu-xembourg*, a été aſſez vivement cri-tiquée.

12. *Les Sciences*, *Ode à M. l'Ab-bé Bignon* 1714.

13. *La Prudence*, Ode 1715.

14. *Ode contre les Stoïciens.* La même année.

V. le *Parnasse François de M. Titon du Tillet. Supplément de Morery de l'an 1735. Recherches sur les Théatres de France, par Monsieur de Beauchamps.*

JOSEPH CASTIGLIONE.

J. CASTI-
GLIONE.

JOSEPH CASTIGLIONE, naquit à *Ancone*, suivant *Victor Rossi*, qui l'ayant connu & ayant vécu avec lui à *Rome*, est plus croyable, que *Toppi* qui le fait natif de *Civita di Penna* dans le Royaume de *Naples*, peut-être parce que sa famille étoit originaire de cette ville.

Il fut d'abord Précepteur de *Thomas d'Avalos*, & ensuite des fils du Duc de *Sora.* S'étant depuis donné à la Jurisprudence, & s'y étant fait recevoir Docteur, il s'établit à *Rome*, & y épousa le 5. Février 1582. *Madeleine Simoni*, native de cette ville, dont il eut quelques enfans.

II

Il étoit Gouverneur de *Corneto* en J. CASTI-
1598. & il perdit en ce lieu sa fem- GLIONE.
me, qui mourut le 19. Janvier de
cette année.

Il a toujours cultivé la Poësie Latine, & a composé un grand nombre
de petits ouvrages tant en prose
qu'en vers. Il ne se passoit même
rien de considérable à *Rome* qui ne
lui donnât occasion de composer
quelque piece, soit que son génie
le portât à se produire ainsi en public, soit qu'il y trouvât son compte par les présens que ses Ouvrages
lui procuroient.

On ignore le temps de sa mort ;
mais comme la derniere piece que
je connois de lui est de l'an
1616. je présume qu'il ne vécut pas
beaucoup au de là de cette année.

Catalogue de ses Ouvrages.

1. *Venantii Honorii Clementiani
Fortunati Expositio Orationis Domi-
nicæ & Symboli, per Josephum Casta-
lionem edita & Castigata. Romæ* 1576.
in-8°.

2. *Symposii Ænigmata, cum scho-
liis Josephi Castalionis. Romæ* 1581.
in-4°. It. Avec *Phédre* des éditions

J.CASTI-
GLIONE.

de *Leyde* 1598. & 1610. *in*-8°. It.
Duaci 1604. *in*-8°. Avec quelques
autres piéces femblables.

3. *Cl. Rutilii Numatiani Galli
Stinerarium, ab Jofepho Caftiglione
emendatum & annotationibus illuftra-
tum. Romæ* 1582. *in*-8°. pp. 113. l'E-
pître de *Caftiglione* eft en vers.

4. *De Columna triomphali Imperatoris
Antonini Commentarius. Romæ* 1582.
in-4°. It. *Ibid.* 1590. *in*-4°. It. Dans
le quatriéme volume des Antiqui-
tés Romaines de *Grævius.*fol. 1937.

5. *Ad Ill. D. Hieronymum de
Ruvere S. R. E. Cardinalem à Sixto
V. creatum* 16. *Kal. Januarii* 1586.
Carmen. Romæ in-4°. pp. 6.

6. *Tholus novæ Bafilicæ S. Petri,
ad Ill. D. Fabrium Blondum, Pa-
triarcham Hierofolymitanum qui Sixti
V. Pont. Max. juffu opus à fuperiori-
bus Pontificibus inchoatum ac diu in-
termiffum confummandum curat. Romæ*
1588. *in*-4°. pp. 4. C'eft une piece
de vers.

7. *In funus Francifci Peretti Sixti
V. P. M. nepotis Jof. Caftalionis An-
conitani Carmen. Romæ* 1588. *in*-4°.
pp. 7. La qualité que *Caftiglione*

prend ici d'*Anconitanus*, décide la
question sur le lieu de sa naissance.

8. *In Cardinalatum Illustris Princi-
pis Scipionis Gonzaga Panegyris. Romæ* 1588. *in-*4°. pp. 8. en vers.

9. *In Cardinalatum Ill. D. Maria-
ni Perbenedicti Carmen. Romæ* 1589.
*in-*4°. pp. 6.

10. *Oratio in Exequiis Alexandri
Cardinalis Farnesii habita. Romæ*
1589. *in-*4°.

11. *Explicatio ad Inscriptionem Augusti*, *quæ est in basi Obelisci statuti
per Sixtum V. Pont. Max. ante Por-
tam Flaminiam*, *alias Populi. Romæ*
1589. *in-*4°. It. Dans le 4e. Tome
des Antiquités Romaines de *Græ-
vius*, Colon. 1858.

12. *De Gregorio XIV. P. M. in
Basilica* *Laterana possessionem profi-
ciscente Carmen. Romæ* 1590. *in-*4°.
pp. 5.

13. *Ad Ser. Ferdinandum Medi-
cem Magnum Hetruriæ Ducem de
Principe nato Carmen. Romæ* 1590. *in-*
4°. pp. 3.

14. *Ode ad Ascanium Columnam
Cardinalem. Romæ* 1590. *in-*4°.
pp. 3.

J. CASTI-GLIONE. 15. *Capiluporum Carmina. Roma* 1590. *in-4°.* pp. 394. On voit à la tête une Epître Dédicatoire de *Joseph Castiglione*, qui a procuré cette édition, à *Vincent de Gonzague* Duc de *Mantoue*, laquelle est datée de *Rome* le 13. Mai de cette année.

16. *Julii Capilupi Cento ex Virgilio in diem Coronationis Greg. XIV. P. M. Josephi Castiglionis Epistola ad Paulum Camillum Sfondratum Cardinalem. Ejusdem de Gregorio XIV. P. M. Carmina. Roma* 1591. *in-4°.* pp. 10.

17. On trouve une piece de vers de la façon de *Castiglione* à la tête d'*Euclidis Phœnomena de Græca lingua in Latinam conversa à Josepho Auria Neapolitano. Roma* 1591. *in-4°.* Ils sont à la louage d'*Auria*.

18. *Quatuor Cardinales à Clemente VIII. P. M. Creati. Roma.* 1593. *in-4°.* pp. 8. C'est une piece de vers à la louange du Pape, & des quatre nouveaux Cardinaux.

19. *Oratio habita tricesimo die depositionis Orinthia Columna in Basilica Sanctorum Apostolorum pridie Cal.*

Septembris 1594. *Rome* 1594. *in-*4°. J. CASTI-
pp. 16. It. *Tradotta di Latino in vol-* GLIONE.
gar Italiano per Mar-Ant. Baldi. In
Roma 1594. *in-*4°. *Castiglione* récita ce
discours Latin par ordre de la Con-
frairie des SS. Apôtres, dont il é-
toit.

20. *Varia. Lectiones Rome* 1594. *in-*
4°. pp. 14. & 84. L'Epître dédicatoire est datée du 10 Janvier de cette année. It. Dans le quatriéme Tome du
Thesaurus Criticus Gruteri. It. Dans le
premier Tome des *Miscellanea Ita-*
lica Gaudentii Roberti. Parma 1690.
*in-*4°. *Victor Rossi* témoigne avoir
appris de *Meursius*, que lorsqu'on
apporta cet Ouvrage à *Leyde*, tout
le monde se mit à rire dans la pensée que les Italiens n'étoient pas ca-
pable de rien faire d'important &
de raisonnable en matiere d'érudition; mais qu'à peine en eut-on lû
quelque chose, qu'on changea de
pensée, & qu'on y apprit que les
Italiens étoient aussi capables d'é-
rudition que les autres.

21. *De Antiquis puerorum prano-*
minibus Commentarius. Roma 1594.
*in-*4°. pp. 20. L'Epître est datée du

J, CASTI-
GLIONE.

23. Janvier de cette année. It. Dans le II. Tome des Antiquités Romaines de *Grævius*; Colon. 2062. It. Dans le I. Tome des *Miscellanea Italica Gaudenii Roberti*

22. *De Vergilii Nominis scribendi recta ratione Commentarius, & adversus fœminarum prænominum assertores disputatio.* Romæ 1594. in-4°. pp. 28. la Dédicace est du dernier Fevrier de cette année. It. Dans le I. Tome des *Miscellanea Italica Gaudentii Roberti.* La Dissertation sur les prénoms des femmes a été inserée par *Grævius* dans le second Tome des Antiquités Romaines. Col. 2050.

Ces trois Ouvrages ont été réunis sous le titre général de *Variæ Lectiones & Opuscula.* Romæ 1594. *in-4°.* Avec une Epître au Cardinal *Pierre Aldobrandin*, datée du 9. Mars de cette année.

23. On voit une piece de vers Latins de sa façon à la tête d'un Ouvrage intitulé : *Vita è morte della ser. Eleonora, Archiduchessa d'Austria è Duchessa di Mantoua, recitate da Antonio Possevino, della Compa-*

gnia di Giefu nelle generali Effequie J. CASTI-
di Lei. In Ferrara 1595. *in-*8°.   GLIONE

24. *Epulam à Clemente VIII. P.*
pauperibus appofitum à Jof. Cafti-
lione verfibus confcriptum. Roma 1596.
*in-*4°. pp. 15.

25. *Jacobi Caftalionis, Romani,*
Jofephi filii, Oratio in funere Magda-
lena Matris habita Corneii in templo
S. Francifci XIII. Cal. Februarii
1597. *Roma* 1598. *in-*4°. pp. 23. Il
eft à préfumer que *Jofeph Cafti-*
glione a eu beaucoup de part à ce
difcours de fon fils, s'il ne la pas
fait en entier, puifque ce fils n'a-
voit que treize ans, lorfqu'il le prononça, étant né le 2. Juille 1583.
L'Oraifon funebre eft fuivie d'une
lettre de *Jofeph Caftiglione* à fon fils,
de deux Elegies du même fur la
mort de fa femme, & celle de *Lu-*
crece fa fille arrivée le 8. Mai 1598.
de deux pièces de vers à fon fils fur
le jour de fa naiffance, & l'Epitaphe de fa femme & de fa fille, le
tout de fa façon.

26. *Tiberis inundatio anni* 1598.
J. Caftalionis J. C. Romani ad Pe-
trum Aldobrandinum. Roma 1599.

obtenu des lettres de Citoyens de
Rome.

27. *Joannis Francisci Aldobrandini Cardinalis Laudatio habita Rome anno* 1601. *Roma* 1602. *in-*4°.
It. traduite en Italien sous ce titre :
*Orazione di Giuseppe Castiglione re-
citata nella presenza de gli Ill. Signori
Cardinal nell' Oratorio dell' Archi-
confraternità della santissima Trinita,
nell' Essequie dell' Ill. Sign. Gio.
Francesco Aldobrandini di san Angelo , Governatore di Borgo , Generale
di S. Chiesa , tradotta di Latino in
volgare da Giac. Castiglione, Romano.
In Roma* 1602. *in-*4°.

28. *Panegyris de Ill. D. Jacobo
Dario Episcopo Ebroicensi , Cardinali
Creato. Roma* 1604. *in-*4°.

29. *Observationum Criticos decas
prima. Roma* 1605. *in-*4°. L'Epître
Dédicatoire est du premier Novembre 1605. Cette premiere décade a
été accompagnée depuis de neuf
autres. *Observationum in Criticos de-
cades decem. Lugduni* 1606. *in* 4°. &
1608. *in-*8°.

30.

30. *Joſ. Caſtalionis de frigido & Calido potu Apologeticus, in quo seneca, Tranquilli, Plauti, & Martialis loca aliter atque à lipſio accepta ſunt explicantur; item Horatii Virgilii, Athenæi, Platonis, & Ariſtotelis ad verſus Petrum Caſſianum. Romæ* 1607. *in*-4°.

31. *Silvii Antoniani Cardinalis vita à Joſepho Caſtalione conſcripta. Romæ* 1610. *in*-4°. A la tête des diſcours de ce Cardinal.

32. *Panegyris de Petro Paulo Creſcentio Cardinali, ad Paulum V. Romæ* 1611. *in*-4°.

33. *De Congregationis Oratorii à B. Philippo Nerio fundatæ Inſtitutis. Romæ* 1612. *in*-4°.

34. *Carmen in Beatiſſimæ Virginis Mariæ laudationem à Pompeio Brunello conſcriptam. Romæ* 1613. *in quarto.*

35. *De Pacis Templo, unde columna exempta in Exquilinum eſt translata Opuſculum. Romæ* 1614. *in*-4°. pp. 16. It. Dans le quatriéme Tome des Antiquités Romaines de *Grævius.* Col. 1843.

36. *Numiſmatum Oſtienſis & Tra-*

Tome XLII.   H h

J. Casti- *jani portus explicatio. Roma* 1614. *in*- glione. 4°. pp. 12.

37. *De B. Philippo Nerio,* Con- *greg. Oratorii fundatore Carmen. Ro- ma* 1616. *in*-4°. pp. 8.

38. *Tusculanum Aldobrandinum; Carmen. Usbeveteri* 1621. *in*-4°. Je n'ai point vû cet Ouvrage, qui est seulement rapporté dans le Catalo- gue de la Bibliothéque Barberine.

39. *Fulvii Ursini vita. Roma* 1657. *in*-8°. imprimée par les soins de *Luc Holstenius.* It. parmi les *Vita Selecta Eruditissimorum quorumdam Virorum. Vratisladia.* 1711. *in*-8°. p. 555.

40. On trouve un long morceau d'un Traité manuscrit de *Castiglio- ne,* dans le dernier Chapitre d'un Livre intitulé : *Prolegomena ad No- vi Testamenti Græci Editionem. Ams- telodami* 1730. *in*-4°.

Jacques Castiglione son fils a don- né aussi quelquesOuvrages ou l'Elo- ge de sa mere, publié en 1598. & la traduction Italienne de l'Orai- son funebre de *Jean François Al- dobrandini* marquée ci-dessus n°. 27. Les autres qui me sont connus sont les suivans,

Trattato dell' inondatione del Teve- J. Casti-
re, è Relatione del diluvio di Roma glione.
del anno 1598. In Roma 1599. in-8°.
C'est apparemment la traduction de
l'Ouvrage de son pere, marqué au
n°. 26.

Enigmi di simposio, Poëta antico,
tradotti da Latino in Rima da Jaco-
mo Castiglione. In Roma 1604. in-16.
pp. 16.

Discorso Sopra il bever fresco. In
Roma 1602. in-4°.

Discorso Academico in Lode del
Niente. In Napoli 1632. in-4°.

V. Jani Nicii Erythrai Pinacothe-
ca prima. Toppi, Bibliotheca Napole-
tana.

CLAUDE DE L'ETOILE.

C LAUDE DE L'ETOILE C. de l'E-
sieur du *Saussay* & de la *Bois-* toile.
finniere, naquit à *Paris* en 1597. de
Pierre de l'Etoile, Audiancier en
la Chancellerie, & de *Colombe Mar-*
teau.

Il n'eut point d'autre emploi que
celui des Belles Lettres & de la Poë-

C. DE L'E-
TOILE.

sie , auxquels il s'appliqua avec quelque succès , quoiqu'il eut plus de génie que d'étude & de sçavoir. Il s'étoit attaché particulierement a bien tourner un vers , & aux régles du Théatre , qu'il faisoit profession d'avoir apprises de *Gombauld* & de *Chapelain.*

Quand il vouloit composer le jour , il faisoit fermer les fenêtres de sa Chambre & apporter de la chandelle ; & lorsqu'il avoit fait quelque Ouvrage , il le lisoit à sa servante , pour connoître s'il avoit bien réussi ; croyant que les vers n'avoient point leur entiere perfection, si la beauté ne s'en faisoit sentir aux personnes les plus grossieres.

Le Cardinal de *Richelieu* le choisit pour travailler aux Piéces, nommées alors les *Pieces des cinq Auteurs.* Il fut reçu à l'Académie Françoise dès ses premiers commencemens , & il y lut un Discours *de l'excellence de la Poësie & de la rareté des Poëtes parfaits* , le 14. Mai 1635. Deux ans après il fut nommé avec quelques autres Académiciens pour examiner la versification *du Cid.*

Il étoit d'une compléxion extra- C. DE L'É-
ordinairement portée à l'amour, & TOILE.
cette paffion fit prefque tous les
troubles & tous les maux de fa
vie. En fes dernieres années, il époufa par inclination une femme, qui
n'avoit que peu de bien. Il tint long-
temps ce mariage caché; mais comme il n'étoit pas affez riche pour
vivre commodément à Paris avec
famille, il fe retira à une maifon de
campagne, où il paffa prefque tout
le refte de fa vie.

Il mourut l'an 1651. âgé de 54.
ans, fuivant M. *Godefroy*, dans l'*A-
vis au LeReur*, qui précede les Mémoires de l'*Etoile*, pere de notre
Auteur. M. l'Abbé d'*Olivet*, ni M.
Pelliffon ne s'accordent point avec
lui; car le premier met la mort de
l'*Etoile* en 1652. & le fecond le
fait mourir âgé d'environ 50. ans.

M. Maupoint dans fa *Bibliothéque des Théatres* place fa mort au 1.
Juin 1652. Je ne fçai fur quel fondement une note manufcrite ajoutée
au Catalogue de la Bibliothéque du
Roi porte qu'il mourut le 3. Fevrier
1651. âgé de 52. ans.

Il étoit de taille médiocre & fort
grêlé ; il avoit les cheveux & les
yeux noirs , le visage fort pâle &
fort maigre , gâté , & sans barbe en
quelques endroits , à cause qu'étant
enfant il étoit tombé dans le feu.

Il avoit beaucoup de vertu &
d'honneur , & supporta sa mauvaise fortune sans s'en plaindre , &
sans être incommode ou impor-
tun à personne.

Il reprenoit hardiment & brusquement , avec une sévérité étran-
ge , ce qui ne lui plaisoit pas dans
les choses , qu'on exposoit à son
jugement. On l'accuse d'avoir fait
mourir de regret & de douleur un
jeune homme qui étoit venu de
Languedoc avec une Comédie, qu'il
croyoit un Chef-d'œuvre , & où il
lui fit remarquer clairement mille
défauts. Une autre personne l'étant allé consulter sur une Tragédie, il en
écouta la premiere & la seconde
Scéne sans rien dire , mais à la troisiéme , où il y avoit un Roi, qui ne
ne parloit pas à son gré, *ce Roi est
yvre* , dit-il en se levant , *car autrement il ne tiendroit pas ce discours.*

Il travailloit avec un soin extraor- C. DE L'E.
dinaire, & repassoit cent fois sur les TOILE.
mêmes choses ; ce qui fait que nous
avons si peu d'ouvrage de lui.

Catalogue de ses Ouvrages.

1. *La belle Esclave, Tragi-Comé-*
die. Paris 1643. *in-4°.*

2. *L'Intrigue des Filoux , Comé-*
die en cinq Actes , en vers. *Paris*
1648. *in-4°.*

3. *Poësies diverses ;* dans un Recueil de Poësies imprimé en 1626.
in-8°. & dans le 3e. Tome d'un
autre Recueil publié en 1692.

4. *Compliment au Chancelier Se-*
guier. Il se trouve dans l'*Histoire*
de l'Académie Françoise par M. *Pel-*
lisson. L'*Etoile* le prononça le 17.
Decembre 1642. en qualité de Di-
recteur de l'Académie , pour lui
offrir la qualité de Protecteur à la
place du Cardinal de *Richelieu.*

V. son Eloge dans l'Histoire de
l'Académie Françoise.

H h iiij

PHILIPPE OUSE'EL.

PHILIPPE OUSE'EL, naquit à *Dantzig* le 7. Octobre 1671. de *Michel Ouféel*, Marchand de cette ville, & d'*Efter de Huyfteen*.

On prétend qu'il étoit iffu de l'ancienne & noble famille des *Oifel* où *Loifel*, qui s'eft diftinguée en France par de grands emplois ; auffi le nom de fes Ancêtres a-t-il beaucoup varié ; quelques-uns ont été appellés *Oifel*, & d'autres *Loifel*.

Quoiqu'il eût perdu fon pere & fa mere, étant encore en bas âge, il ne laiffa pas d'être élevé avec foin fous la conduite de fes Tuteurs & d'une belle-mere, nommée *Marie Turckia*, qui ne fut point pour lui une Maratre.

Après avoir fait de grands progrès dans les Humanités à *Dantzig*, il alla continuer fes études à *Breme*, où il s'appliqua à la Philofophie, à la Théologie & à la langue Hébraïque.

Il paſſa de-là en 1691. à *Gronin-* PHILIPPE *gue*, en ſuite à *Franequer*, & à OUSE'EL, *Leyde*, & prit dans toutes ces villes des leçons des plus habiles Profeſſeurs qui y enſeignoient. Il s'y appliqua ſur-tout aux langues Orientales, & y fit même une ſi bonne proviſion d'érudition Juive, que pluſieurs ſçavans n'ont pas fait difficulté de le mettre en paralléle avec les *Buxtorf* & *Coceeius*.

Après avoir acquis ces tréſors par un travail infatigable, il paſſa en 1697. en Angleterre. Il y trouva de nouveaux alimens à ſon avidité, & de nouveaux exercices à ſa diligence dans les rares manuſcrits, qui ſe trouvent tant à *Londres*, qu'à *Oxford* & à *Cambridge* & dans la fréquentation des ſçavans ; & il en ſçut profiter avec beaucoup de ſoin.

Il vouloit après cela viſiter la France, mais la guerre l'en empêcha, & il retourna en 1698. dans ſa patrie. Il s'y donna pendant quelque temps à la Prédication ; mais enfin laſſé d'attendre qu'on lui donnât quelque poſte qui lui convint, & voyant que la multitude des pré-

PHILIPPE
OUSE'EL. tendans pourroit empêcher qu'il n'en eût de long-temps, il prit le parti de retourner en Hollande.

Il se rendit à *Leyde* en 1706. dans le dessein de s'y donner à de nouvelles études, & de s'y appliquer à la Médecine, qu'il ne croyoit pas incompatible avec la Théologie, qui l'avoit occupé jusques-là.

Il fit en peu de temps des progrès si considérables dans cetteScience, qu'il s'y fit recevoir Docteur à *Franequer* en 1709.

De retour à *Leyde*, il y fut fait en 1711. Pasteur de l'Eglise Allemande de cette ville, & il remplit cette place jusqu'en 1717. que l'Université de *Francfort sur l'Oder* l'appella dans cette ville pour y être Professeur en Théologie, & Ministre.

Il se maria en 1719. & épousa *Anne Christine Ring.* Cette union ne dura pas long-temps; une complication de maux & entr'autres un Asthme, dont il étoit attaqué depuis quelques années, & que la prédication lui rendit plus fâcheux, le conduisirent peu à peu au tombeau.

Il conserva jusqu'à la fin beaucoup
de présence d'esprit, tout accablé
qu'il étoit par son mal; surquoi
l'on rapporte ce trait singulier. Lorsque M. *Claessen*, son Collegue & son
ami, lui alleguoit des passages de
l'Ecriture en Latin, ou en Allemand pour sa consolation, il cor-
rigeoit la version sur l'Hébreu & sur
le Grec, & s'expliquoit sur l'em-
phase de l'Original avec la même
exactitude, que si son lit avoit été
une Chaire de Philologie sacrée.

Il mourut le 12. Avril 1724. âgé
de 53. ans.

Catalogue de ses Ouvrages.

1. *De Lepra Cutis Hebræorum
Dissertatio inauguralis. Franequera*
1709. *in-4°.*

2. *Introductio in accentuationem
Hebræorum Metricam. Lugd. Bat.*
1714. *in-4°.* pp. 124. si tout ce que
l'Auteur dit de la vertu des Accens
Hébraïques est traité de chimeres
par quelques sçavans, on ne peut
nier qu'il n'y ait dans son Ouvrage
une érudition très-profonde & très-
recherchée.

3. *De Accentuatione Hebræorum*

Prosaica. Lugduni Bat. 1715. *in-*
4°.

4. *De Auctore Decalogi Disserta-*
tiones duæ. Francofurti, *in-*4°. La
premiere en 1717. & la deuxiéme
en 1718.

5. *De Nominibus Decalogi. Fran-*
cofurti 1717. *in-*4°.

6. *De Decalogo soli Israëli data.*
Dissertationes tres. Ibid. 1719. *in-*
4°.

7. *De denario regni Cœlorum*, *seu*
parabola Matthæi XX. 1. *Dissertatio-*
*nes duæ. Ibid. in-*4°. La premiere en
1720. la deuxiéme en 1723.

8. *De natura Decalogi Dissertationes*
duæ. Ibid. 1723. *in-*4°.

V. son Oraison funebre par Dieterie
Sigefroy Claessen, *dont on trouve un*
long Extrait dans la Bibliothéque Ger-
manique Tome XII. p. 124. *Le Pro-*
gramme funebre sur sa mort par Ni-
colas Westermann inserée dans le 8e.
volume de la Bibliotheca Bremensis
p. 900.

LAURENT RHODOMAN.

LAURENT RHODOMAN L. RHO-
naquit l'an 1546. au village de DOMAN.
Saſſowerf, appartenant aux Comtes de *Stolberg* dans la haute Saxe.

Il fit ſes premieres études à *Stolberg* & à *Hering* ; & les belles diſ-
poſitions qu'il fit alors paroître pour
les Sciences, engagerent les Comtes
de *Stolberg* à l'entretenir dans le
Collége d'*Ilfeld*. Il y demeura ſix
ans, & y fit de grands progrès ſous
Michel Neander, qui conſerva toujours beaucoup d'affection & d'eſtime pour lui.

Il paſſa enſuite à *Roſtok* ; où il a-
cheva de ſe perfectionner dans la
langue Gréque ſous *David Chytrée*.

Il enſeigna depuis dans pluſieurs
Univerſités. On ſçait qu'il profeſſa
les Belles-Lettres à *Walcerod*, à
Stralſund, & à *Lunebourg*, la langue Gréque à *Jene*, & enfin l'Hiſtoire à *Wittemberg* ; mais on ignore
les dates de ces differens emplois.

Il étoit Recteur de l'Univerſité de

**L. RHO-
DOMAN.**

Wittemberg, où il demeuroit depuis quatre ans, lorsqu'il fut attaqué de la maladie dont il mourut le 8. Janvier 1606. dans sa 60. année. Voici son Epitaphe.

Laurentius Rhodemanus Cheruscus, Professor Historiæ publicus qui cum memoriam nominis sui præstantissimis Græcarum litterarum monumentis inscriptam orbi Europæo vivus suspendisset, perfunctus hoc tantillum loci invenit, ubi corporis reliquias conderet pridie Eidus Jan. anno Christi 1606. ad latus Maritæ Adelheidis, Fæminæ præstantissimæ.

Il a été marié deux fois. *Adelaïde*, dont il est parlé dans son Epitaphe, a été sa premiere femme, la seconde lui a survécu. Je ne sçai de laquelle il a eu *Nicolas Rhodoman* son fils dont on a quelques Ouvrages.

Rhodoman a excellé dans la Poësie Gréque, & ce qu'il a fait en ce genre a toujours été fort estimé. Il n'en a pas été de même de sa Poësie Latine, qui a été méprisée par Joseph *Scaliger*, & dont personne ne paroît avoir jamais fait de cas.

Catalogue de ses Ouvrages. L. RHO-

1. *Hymnus Scholasticus, quo libe-* DOMAN.
ralis doctrinæ studia, & Scholæ studio-
rum officinæ, & eximii Scholarum
Patroni per omnem memoriam, præ-
dicantur, studiosæ juventuti consecra-
tus : cum Apostrophia encomiastica ad
Illustres & Generosos Comites à Stol-
berg, quæ schola Ilfeldensis, item &
Physica Michaelis Neandri commen-
dantur. Lipsiæ 1585. *in-8°.* C'est un
Poëme Grec fort étendu, qui se
trouve à la p. 1. de la seconde partie de la Physique de *Michel Nean-*
der.

Descriptio Historiæ Ecclesiæ sive
populi Dei, Politiæ ejusdem, & re-
rum præcipuarum, quæ in illo populo
acciderunt : patribus primum in Oeco-
nomia, schola & politia gubernanti-
bus omnia ; deinde Assyriis & Chal-
dæis, Persis, Alexandro Magno,
Græcis sive Macedonibus & tandem
Romanis, in prima, secunda, tertia,
quarta Monarchia imperantibus, à
conditis rebus humanis usque ad novis-
simum urbis Hierusalem & gentis Ju-
daicæ horribile excidium. Exposita
Carmine Græco. Adjecta est versio La-

L. Rhc- doman. *tina è regione textus Græci. Franco-furti. Andreas Wechel* 1581. *in 8°.*

3. *Ilfelda Hercynia sita ad eam partem veteribus Græcis ac Latinis scriptoribus celebrata Sylva Hercynia, quæ sola hactenus vetus ac celebre suum nomen in illis tantum locis reti-net, descripta Carmine Græco & Latino. Francofurti. And. Wechel* 1581. *in 8°.*

4. *Lutherus, seu expositio simplex vita, doctrina Catechetica & certaminum Lutheri, Carmine Græco Heroïco exposita, & interpretatione Latina, quam ad verbum vocant, in gratiam piæ juventutis, reddita. Ursellis. Nic. Henricus* 1579. *in 8°.*

Ceux qui ont mis l'édition de ce Poëme à *Lunebourg,* se font trompés. Il est divisé en deux Livres, dont le premier, qui est assez long, contient la vie de *Luther,* & le second expose les dogmes contenus dans son petit Catechisme.

5. *Theologia Christianæ Tirocinia, Carmine Heroïco Græco-Latino in V. libros digesta. Lipsiæ* 1696. *in 8°.* *Witten* & *Bayle* se font trompés en mettant l'année 1595. *Rhodoman* composa

compoſa cet Ouvrage , pendant
qu'il demeuroit à *Jene.*

6. *Laurentii Rhodomani Catechiſ-
mus geminus , Græco-Latino Carmine concinnatus , quorum unus exhibet
Theologiæ Chriſtianæ Tyrocinia , alter
Catechiſmum Lutheri minorem ver-
ſione proſâ donatus , & etimologicè
evolutus à M. Balthaſare Coppio ,
Lauchenſi , Gymnaſii Iſlebienſis Con-
rectore.* Lipſiæ 1626. *in-8°.* Ce n'eſt
qu'une nouvelle édition du deuxiéme Livre du Poëme marqué au n°.
4. & de celui qui le ſuit au n°. 5.
que *Coppius* a réuni en un ſeul volume , dans lequel il a ajouté une
verſion en proſe des *Tirocinia Theologiæ Chriſtianæ* à celle que *Rhodoman* avoit faite en vers , & une eſpece de Dictionnaire des mots difficiles.

7. *Poëſis Chriſtiana ; Palæſtinæ , ſeu
Hiſtoria Sacra libri IX. ubi ex S.
Bibliis , Joſepho , Hiſtoria Eccleſiaſti-
ca , & aliunde continua ſerie recitan-
tur præcipua , quæ in Paleſtina ſeu
Terra Sancta ab ultima indè memoriâ,
ad hanc ferme ætatem uſque , Deus ,
S. Patres , Judices , Reges , Propheta*

Tome XLII.　　　I i

L. Rho-
DOMAN.

Etnarchæ, Pontifices, Macedones Aſmonæi, Herodes, Chriſtus, A-poſtoli, Romani, Agareni Turcæ & Argonautæ noſtri, aliique interim geſſerunt. Ad uſum ſcholaſticæ juventutis Græco-Latina Poëſi ita concinnati, ut ab omnibus ubique Chriſtianis, bonarum artium ſtudioſis, cum fructu & voluptate legi poſſint. Francofurti 1589. *in* 4°. C'eſt l'Ouvrage le plus conſidérable que nous ayons de *Rhodoman.*

8. *Idyllium Græcum in Natalem Joannis Caſelii. Witteberga* 1602. *in* 4°.

9. *Idyllium Græcum in Obitum Ægidii Hunnii.* Cette piece ſe trouve à la p. 43. & ſuivante du Recueil intitulé : *Threnologia de vita & morte Ægidii Hunnii. Witteberga* 1604. *in*-4°.

10. *Martino Cruſio Carmen Græcum.* Ce Poëme, qui eſt à la tête de la *Turco-Græcia* de Cruſius eſt daté de Lunebourg le 25. Août 1579. & *Rhodoman* y prend la qualité de *Scholæ Luneburgenſis ad D. Michaëlem Rector.*

11. *Vita ſua deſcriptio.* Ce Poëme

Grec de *Rhodoman* a été inseré par L. Rho-
Martin Crusius à la p. 348. de fa DOMAN.
Germano-Gracia.

12. *Idyllium Gracum in Frid. Taub-*
manni Schediafmata. Dans la Prefa-
ce de l'édition de cet Ouvrage faite
à *Wittemberg* en 1613. *in-8°.* & apparemment dans les précedentes.

13. *Anonymi Poëta Graci Argo-*
nautica , *Thebaïca five bellum ad*
Thebas Beoticas de regno Oedipi The-
bani , *Troïca five bellum Trojanum* ,
& *Ilias parva* , *Carmine Heroïco*
Graco. Nec non Arion dictione Dori-
ca. Troicis fubjicitur narratio de bello
Trojano, excerpta ex Conftantini Ma-
naffis Annalibus , *fcriptis Carmine*
Graco politico , *& tunc Grace adhuc*
ineditis. Lipfia 1588. *in-8°.* Ce Poëte Anonyme , fous le nom duquel
ont été publiées ces Poësies Gréques , n'eft autre que *Rhodoman* ,
qui y rapporte en abregé ce que les
Auteurs ont dit plus au long des fujets qu'il y traite. Les *Troïca* , &
l'*Ilias parva* fe trouvent auffi avec la
verfion Latine de *Quintus Calaber*
donnée par *Rhodoman* , dont je parlerai plus bas.

L. RHO-
DOMAN.

14. Dans le Recueil d'Ouvrages Grecs que *Michel Neander* a publié sous le titre d'*Opus aureum & Scholasticum. Lipsiæ* 1577. *in-4°.* on trouve trois pieces de vers que *Rhodoman* a composées en Grec, ou traduites en Latin. En voici les titres : 1°. *Vaticinium Nereï Marini de Trojæ excidio Græcis & Latinis Exametris.* 2°. *Poëma historicum de Mithridate Ponti Rege, Græcis heroïcis versibus.* 3°. *Historia Poëica de Arione Citharædo, seu Lyrico suæ ætatis celeberrimo, exposita Dorice versibus heroicis, & in linguam Latinam conversa.*

15. *Carmen Lugubre Græcum in obitum Friderici Wilhelmi, Saxoniæ Electoris.* Imprimé avec plusieurs autres pieces sur le même sujet à *Jene* en 1603. *in-4°.*

16. *Charisterion pro salute Academiæ Wittebergensis.* Ce Poëme Grec se trouve dans un Livre intitulé : *Wittebergensis Jubilæi anni* 1602. *die* 18. *Octobris Acta. Vittebergæ* 1603. *in-4°.*

17. Il a fait imprimer en 1591. à *Helmstad* une piece de vers Grecs

& Latins en l'honneur d'*Henri* L. RHO=
Meibomius, à l'occasion de la cou- DOMAN.
ronne Poëtique, qu'il avoit reçue
de l'Empereur *Rodolphe.*

18. *Cointi Smyrnæi de Ilii excidio
libri duo, & Reditus Græcorum post
captam Trojam liber unus ; cum ver-
sione Laur. Rhodomani.* Dans le Recueil de *Michel Neander,* intitulé :
Opus aureum & Scholasticum. Lipsiæ
1577. *in-4°. Rhodoman* donna depuis la traduction entière de *Cointus*
ou *Quintus,* mal appellé par quelques Auteurs *Calaber,* sous le titre
suivant

19. *Ilias Cointi Smyrnæi, seu Quin-
ti Calabri Paraleipomena, id est de-
relicta ab Homero, XIV. libris com-
prehensa : in quibus historiam belli
Trojani, ab interitu Hectoris ad exci-
dum & calamitosum Græcorum reditum Homerico orationis genere perse-
quitur ; latine olim reddita & corre-
cta à Laurentio Rhodomano. Nunc
accessit epitome gemina, tum Homeri
& Cointi, tum universæ historiæ Tro-
janæ. Item Dionis Chrysostomi Oratio
de Ilio non capto, interprete eodem.
Hanoviæ* 1604. *in-*8°. It. *Francofurti*

1614. *in-8°.* Il faut remarquer que
ces deux éditions n'en font qu'une,
& que celle qui paroît la feconde,
n'eft autre chofe que la premiere
renouvellée par un autre titre. La
verfion Latine de *Rhodoman* eft en
profe. Les deux Abregés joints à
l'Ouvrage de *Cointus* font l'*Ilias parva*, & les *Troïca*, dont j'ai parlé
au n°. 13.

20. E. *Memnonis Hiftoria, de Republica Heraclienfium & rebus Pon-
ticis Ecloga, feu excerpta & abbre-
viata narrationes, in Latinum Ser-
monem tranflata à Laurentio Rhodomano. Helmftadii* 1591. *in-4°.* Cette édition ne contient que la verfion Latine. *It. Gracè & Latinè. Ge-
neva* 1593. *in-8°.* Comme ces Extraits font tirez de la Bibliothéque
de *Photius*, *André Schot* a confervé
dans l'édition qu'il en a donné, la
traduction de *Rhodoman*.

21. *Diodori Siculi Bibliotheca libri
XV. reliqui ab anno V. C.* 268. *ad
annum* 452. *cum fragmentis librorum
qui defiderantur; Latine, interprete
ex Graco Laur. Rhodoman. Hanovia*
1611. *in-8°.*

22. *Tabula Etymologiæ Græcæ. Li-* L. RHO-
pfie 1590. *in-8°.* DOMAN.

23. *Philomufus , feu de Tirociniis*
Græcæ linguæ. Lipfiæ 1594. *in-8°.*
It. Ibid. 1596. *in-8°. Avec Philippi*
Melanchthonis Ordo ftudiorum ado-
lefcenti atque ftudiofo Theologo præf-
criptus.

24. *Epithalamia Sacra. Jenæ* 1594.
in-4°.

25. *Oratio de præcipuis Beneficiis à*
Deo per feptem illuftr. Saxoniæ Electo-
res , eximiofque Dei viros , D. Mar-
tinum Lutherum & D. Philippum
Melanchthonem in Academia Witte-
bergenfi Collatis. Witteberga 1602.
in-4°.

26. *Oratio gemina de lingua Græca*
& de vita Philofophica. Argentorati
1604. *in-12. It. Jenæ* 1634. *in-12.*

Jofeph Scaliger dit dans le *Scali-*
gerana qu'il a fait une Chronologie , où il s'eft propofé de contredire tout le monde ; mais il a con-
fondu *Laurent Rhodoman*, avec *Lau-*
rent Codoman , dont on a quatre
Livres de Chronologie , joints à fes
Annales de la S. Ecriture , publiées
à *Wittemberg* l'an 1581. *in-4°.*

L. RHO-
DOMAN.

*V. Programma in funere Laurentii
Rhodomani propositum à Proretto-
re Academiæ Wittebergensis Daniele
Sennerto, Med. D. & Prof. Witter-
bergæ 1606. in-4°.* It. dans les *Me-
moriæ Philosophorum, &c. Henningi
Witten Tome I. p. 23.* La liste des
Ouvrages de *Rhodoman*, que *Witten* a ajoutée au Programme de *Sen-
nert*, imparfaite & fautive. *Manes
Laurentii Rhodoman. Wittebergæ 1608.
in-4°.* On y voit son Oraison funebre par *Gaspar Barthius* & par
*Jean Zezner. Jeannis Conradi Diete-
rici Programma de Propagatione Græcarum litterarum & Poëseos par Ger-
maniam à Triumviris litterariis Martino Crusio, Michaële Neandro, &
Laurentio Rhodomano instituta. Lipsiæ 1701. in-4°. Georgii Lizelii Historia Poëtarum Græcorum Germaniæ.
Francofurti 1730. in - 8°.* C'est ce
qu'on a de plus recherché & de plus
exact sur cet Auteur. *Adolphi Clar-
mund vita clarissimorum in re litera-
riâ Virorum* (en Allemand) seconde
partie p. 197. Cet Auteur est un mauvais copiste de *Witten. Bayle, Dictionnaire.*

JACQUES

JACQUES OISEL.

JACQUES OISEL, naquit à J. OISEL.
Dantzig le 4. Mai 1631. de *Philippe Oifel*, Marchand de cette ville, & de *Marie le Noir.* On prétend qu'il étoit de l'illuftre famille
des *Loifel* de France, & que fes
ancêtres ayant échappé au maffacre
de la *S. Barthelemi*, fe retirerent
fans biens en Flandres, où ils s'ap-
pliquerent avec fuccès au Commerce, & que le pere de notre Auteur
quitta ce pays, pour aller s'établir
à *Dantzig.* Le nom de cette famille
a fort varié fuivant les temps, quelques-uns porterent le nom de *Loifel*, & le neveu de notre Auteur,
dont j'ai parlé plus haut, eut celui
de *Philippe Oufeel.*

Après qu'il eut fait fes premiéres
études, fon pere, qui le deftinoit
au Commerce, l'envoya en Hollande pour l'apprendre; & il demeura dans cette vûë pendant quelque temps à *Harlem*, à *Leyde* &
à *Amfterdam.* Comme il confervoit

Tome XLII. K k

J. OISEL. toujours, malgré fa deftination, du goût pour les Sciences, il employa pendant ce temps fes heures de loifir à affifter aux leçons des Profeffeurs des lieux où il fe trouvoit.

Ayant enfin obtenu de fon pere la permiffion de fe donner entierement à l'étude, il alla à *Leyde* en 1650. où il fuivoit affiduement *Claude Saumaife*, *Daniel Heinfius*, *Adrien Hecrebord*, *Jean Raius*, *Zuerius Boxhornius*, *Antoine Thyfius*, *Lambert Barlée*, & *Jacques Golius.*

De l'étude des Belles-Lettres, il paffa à celle du Droit, qu'il apprit tant à *Utrecht* qu'à *Leyde*. Après avoir reçu dans cette derniere ville le degré de Docteur en cette Faculté, il alla en 1655. voyager en Angleterre & enfuite en France.

Il voulut paffer de là en Italie; mais ayant appris que la pefte étoit dans ce pays, il s'arrêta à *Geneve*, & fit un nouveau voyage en France & en Angleterre, d'où il retourna en Hollande en 1657.

Il vécut tant à *Leyde*, qu'à *la Haye* & à *Utrecht* jufqu'en 1667.

qu'on l'appella à *Groningue*, pour J. OISEL.
y être Professeur du Droit public
& des Gens.

Il mourut en cette ville d'hydropisie le 20. Juin 1686. âgé de 55. ans,
sans avoir été marié.

Il avoit quelque érudition ; mais
c'étoit un insigne plagiaire , dont
presque tous les Ouvrages ne font
qu'une dépouille de ceux des autres,
que souvent il n'a point nommés
pour paroître davantage original.

Catalogue de ses Ouvrages.

1. *Minutii Felicis Octavius , cum
integris omnium notis ac Commentariis novâque recensione Jacobi
Oiselii , accedunt animadversiones.* Lugd. Bat. 1652. in-4°.
It. *Ib.* 1672. *in* - 12. Il publia
cet Ouvrage à l'âge de 21. ans ;
mais il ne lui a pas beaucoup couté
puisqu'il n'a fait que transcrire les
Remarques des autres, qu'il a fait
souvent passer pour les siennes.

2. *Disputatio inauguralis de Obligatione.* Lugd. Bat. 1654. *in*-4°.

3. *Caii , Antiquissimi Jurisconsul-
ti , institutionum fragmenta cum notis
perpetuis. Accedit insuper Aniani E-*

K k ij

3. OISEL. *pitome. Lugd. Bat.* 1658. *in-8°.* Les notes d'*Oisel* ne sont qu'une copie du Commentaire de *Jerôme Alexandre* sur cet Auteur, qui parut à *Venise* l'an 1600.

4. *A. Gellii Noctes Atticæ, cum Antonii Thysii, Oiselii, & Variorum Commentariis. Lugd. Bat.* 1666. *in-8°.*

5. *Thesaurus Selectorum Numismatum antiquorum; cum singulorum succincta descriptione & accurata enarratione. Amstelod.* 1677. *in-4°.* Les planches de cet Ouvrage sont les mêmes que celles qui avoient servi à l'Ouvrage Flamand de *Joachim Oudaan*, intitulé : *La puissance Romaine décrite & illustrée par les Médailles. Amsterdam* 1671. *in-4°.* Les Libraires qui les possédoient, étant bien aises d'en avoir un nouveau débit, engagerent *Oisel* à les accompagner d'un Commentaire Latin, qu'il tira pour la plus grande partie de l'original Flamand.

V. son Eloge par *Jean Mensinga*, Professeur en Eloquence à *Groningue*, imprimé dans cette ville en 1686. *infol. & l'Extrait qu'en donne la Biblio*

theca Bremensis tome 8. *p.* 901. &
905.

JOSEPH LAMBERT.

JOSEPH *LAMBERT*, naquit J. LAM-
à *Paris* le 28. Octobre 1654. de BERT.
Guillaume Lambert, Maître des
Comptes, & de *Marie de Mont-
chal*.

Ayant embrassé l'Etat Ecclesiastique, il se fit recevoir Docteur de
la Maison & Societé de Sorbonne,
dont on lui donna le bonnet le 19.
Juin 1680.

Il joignit à de grandes lumieres,
& à une étude profonde de l'Ecriture
& des Peres un grand amour pour
la vérité, une pieté edifiante, une
douceur & une modestie charman-
tes, une vie pénitente, qui ruina
de bonne heure sa santé, un travail
continuel, une charité tendre pour
les pauvres, & une humilité sincere.

A l'âge de trente ans il prêcha
à *S. André des Arcs*, sa Paroisse, &
y attira un grand concours d'Audi-
teurs. Les Protestans y accouroient
K k iij

J. LAM-
BERT.

en foule & le goûtoient ; & il eut
la satisfaction d'en convertir plusieurs. Ses Sermons étoient d'un
style simple , mais nourri de l'E-
criture & plein d'onction. Il avoit
préferé à toute autre méthode celle
des Homelies à l'exemple des SS.
Peres.

Son zele pour la discipline Ecclesiastique le fit écrire contre le
Livre de M. *Boileau* sur la pluralité
des Bénéfices , & l'engagea à s'élever fortement en Sorbonne contre
le scandale qu'il croyoit que donnoient au public quelques Docteurs
& Bacheliers , qui mettoient parmi
leurs qualités au bas des Théses les
titres de plusieurs bénéfices dont ils
jouissoient, il obtint de la Faculté
un Statut qui condamna cette pratique , & déclara nulles les Théses,
où les Présidens & répondans se
feroient nommés titulaires de plus
d'un bénéfice.

Dans les dernieres années de sa
vie , il se donna entierement au service des pauvres. Non content d'employer tout le revenu de son Prieu-
ré de *S. Martin de Palaiseau* , près

de *Paris* aux beſoins de cette Pa- J. LAM-
roiſſe, il y fonda des Ecoles, de BERT.
même qu'en d'autres endroits, &
conſacra ſa plume à l'inſtruction
des pauvres de la campagne.

Pluſieurs Prélats avoient une eſtime ſinguliere pour lui, entr'autres
M. le Cardinal de *Noailles*, M. *de
Brou*, Evêque d'*Amiens*, & M.
Girard, Evêque de *Poitiers*. Il ac-
compagnoit ordinairement Monſieur d'*Amiens* dans ſes viſites, &
il a fait tant à *Amiens* qu'à *Paris*
des Conférences, qui ont été imprimées.

Il mourut le 31. Janvier 1722.
âgé de 67. ans. Son corps fut inhumé dans le Cimétiere de *ſaint André des Arcs*, & ſon cœur fut porté
à *Palaiſeau* & mis ſous le porche
de l'Egliſe, comme il l'avoit ordonné.

Catalogue de ſes Ouvrages.

1. *L'Année Evangelique, ou Homelies ſur les Evangiles de tous les
Dimanches de l'Année. Paris 1692.
in-12. 4. vol.*

2. *Suite de l'Année Evangelique,
ou Homelies ſur les Evangiles des Fêtes*

K k iiij

J. LAM-
BERT.

de l'année. Paris 1696. *in-*12. trois
volumes.

3. *Discours sur la vie Ecclesiastique.*
Paris 1702. *in-*12. deux vol. c'est
le résultat des Conférences, qu'il
avoit faites à *Paris*, & à *Amiens*,
renfermé en 24. Discours, ils sont
pleins d'excellentes vérités tirées de
l'Ecriture Sainte, des Peres & des
Conciles, & écrits avec une éloquence qui convient à la matiere.

4. *Passages les plus touchans des*
Pseaumes avec de courtes refléxions
& des notes. Paris 1705. *in* 12.

5. *Lettre de Controverse. Paris*
1705. *in-*12. Ces Lettres sont au
nombre de six.

6. *Passages les plus touchans du*
Nouveau Testament, avec de courtes
refléxions & des notes. Paris 1706.
*in-*12.

7. *Lettre d'un Docteur de Sorbon-*
ne à un de ses amis, sur le livre in-
titulé : De re Beneficiaria sub nomine Abbatis Sidichembechensis *Paris.*
1710. *in* 12. pp. 64. Cette Lettre
tend à réfuter ce que l'Abbé *Boi-*
leau avoit avancé, pour justifier la
pluralité des bénéfices.

8. *Seconde Lettre d'un Docteur de* J. LAM
Sorbonne à un de ſes amis ſur la ma- BERT.
tiere des Bénéfices. Paris 1711. *in-*12.
pp. 99.

9. *Epîtres & Evangiles de l'année*
avec des Refléxions. Paris 1713. *in-*
12.

10. *Les Ordinations des Saints, ou la*
maniere dont les ſaints ſont entrés dans
les Ordres ſacrés , ou ſont parvenus
aux dignités de l'Egliſe. Avec des
Maximes ſur la ſainteté & les devoirs
de la vie Eccleſiaſtique. Rouen 1717.
*in-*12.

11. *La maniere de bien inſtruire*
les pauvres , & en particulier les gens
de la Campagne. Rouen 1716. *in-*12.
It. *Ibid.* 1717. *in-*12. Cette ſeconde
édition eſt fort augmentée.

12. *Histoires Choiſies de l'Ancien*
& du Nouveau Teſtament , avec des
courtes refléxions morales à la fin de
chaque Histoire. Paris 1722. *in-*12.

13. *Instructions courtes & fami-*
lieres ſur les Evangiles des Diman-
ches & des principales fêtes de l'année
en faveur des pauvres , & principale-
ment des gens de la campagne. Paris
1722. *in-*12.

J. LAM-BERT.

14. *Instructions courtes & familieres sur les Commandemens de Dieu & de l'Eglise. Paris* 1722. *in*-12. Ces Instructions sont de même espece que les précédentes Comme *Joseph Lambert* n'avoit rien fait en ce genre sur le Symbole, un Anonyme, qui est M. *Cabrisseau*, Théologal de *Reims*, a supplée à son défaut par une suite de son Ouvrage, qu'il a intitulé : *Instructions courtes & familieres sur le Symbole, pour servir de suite aux Instructions courtes & familieres de M. Joseph Lambert. Paris* 1728. *in*-12. 2. vol.

5. *Le Chrétien instruit des Mysteres de la Religion & des vérités morales, par les propres paroles de l'Ecriture Sainte, avec de courtes réflexions Paris* 1729. *in*-12.

16. *Cas de Conscience sur l'Ivrognerie, décidés par Messieurs les Doyen, Syndic, & Docteurs de la Faculté de Théologie de Paris. Paris* 1720. *in*-12. pp. 42.

17. *Cas de Conscience sur le Carême, &c. Paris* 1721. *in*-12. pp. 81.

18. *Cas de Conscience sur les Danses. Paris* 1722. *in*-12. pp. 31.

19. *Cas de Conſcience ſur le Jubilé* J. LAM-
& l'adminiſtration du Sacrement de BERT.
Pénitence. Paris 1722. *in-*12. pp. 73.
C'eſt notre Auteur qui a dreſſé ces
cas de Conſcience & leur déciſion.

20. *Méditations ſur le Baptême,
ſur les vœux des Religieuſes Hoſpita-
lieres, &c.* brochures.

21. Quelque temps après ſa mort
on imprima *in-*4°. un petit écrit,
qui fut trouvé parmi ſes papiers, &
qui contient un *détail de la conduite
qu'il avoit tenue dans les Aſſemblées
de la Faculté de Théologie de Paris,
qui ſe ſont faites en Sorbonne le* 2. *&
le* 5. *Decembre* 1715. Cet écrit eſt à
la ſuite du Mémoire des Sieurs
Lattaignant, Duſault, & autres
Docteurs de la Faculté.

V. *Le Supplément de Morery de*
l'an 1735.

DANIEL HASENMULLER.

DANIEL HASENMULLER, naquit le 3. Juillet 1651. à *Eutin*, ville du Holstein de *Gui Hasenmuller* Ministre de ce lieu, & de *Marguerite Franze*.

Il commença ses études dans sa patrie sous *George Lauterbac* & *Frederic Cogelius*, & alla à l'âge de 15. ans les continuer à *Lubeck*.

En 1670. il passa à *Kiel*, où il s'appliqua avec beaucoup d'ardeur aux langues Orientales sous *Matthias Wasmuth*, chez qui il demeura, & dont il prit des leçons pendant 5. ans.

Il alla à *Leipsic* en 1675. & il s'y vit bien-tôt en état d'instruire lui-même les autres. Il y reçut le degré de Maître-ès-Arts en 1677.

Etant retourné à *Kiel*, il y fut fait en 1683. Professeur en langue Gréque ; & l'on joignit à cette Chaire en 1688. après la mort de de *Wasmuth* celle d'Hebreu & des langues Orientales ; & il les remplit l'une & l'autre jusqu'à sa mort. D. HA-

Il mourut le 29. Mai 1691. dans SENMUL-
sa 40ᵉ. année.   LER.

Catalogue de ses Ouvrages.

10. *Differtatio de linguis Orientali-*
bus. Lipfiæ 1677. in-8°. C'est une
Thèse qu'il soutint, lorsqu'il fut
reçu Maître-ès-Arts.

2. *Henrici Opitii Synafmus facili-*
tati & integritati fuæ reftitutus. Lip-
fiæ 1678. 1691. in-4°. Cet Ouvrage
a été publié par les soins d'*Hafen-*
muller.

3. *Biblia parva Græca, in quibus*
dicta infigniora omnia ex verfione fe-
ptuagintavirali fecundum ordinem li-
brorum Biblicorum obfervatum in
Bibliis parvis Opitianis cum cura
exhibentur. Kilonii 1686. in-12.

4. *Michaëlis Pfelli de Operatione*
Dæmonum Dialogus. Gilbertus Gaul-
minus primus Græce edidit, & notis
illuftravit. E Mufæo Danielis Hafen-
muller. Kilonii 1688. in-12. pp. 156.
Il y a bien des fautes d'impreffion
dans cette édition, dont le caractere
est trop menu.

5. *Janua Hebraifmi aperta, cu-*

D. HA-SENMUL-LER.

jus parte. 1ª. *Præcepta Grammatica breviter , sed solide traduntur.* 2ª. *Vocabularium sic satis plenum exhibetur.* 3ª. *Textus Biblici continentur.* 4ª. *Difficiliora omnia accurate resolvuntur.* 5ª. *Institutio Accentuationis succincte & clare , cum duplici accentuatione Decalogica , proponitur. Kilonii* 1691. *in-forma oblonga.*

V. Athenæ Lubecenses part. 3. *p.* 426. *Goetzii Elogia Philologorum Hebræorum. Lubecæ* 1708. *in*-8.

Fin du Quarante-deuxiéme Tome.